KB059919

두브로브니크에서 만난 사람

프라하

체코

슬로바키아

브라티슬라바

빈

오스트리아

부다페스트

헝가리

루마니아

블레드 · 슬로베니아

류블랴나

자그레브

부쿠레슈티

베네치아

크로아티아

보스니아 헤르체고비나

베오그라드

포차레바츠

사라예보

세르비아

스플리트

모스타르

불가리아

이탈리아

네움

몬테네그로

프리슈티나

소피아

두브로브니크

코소보

로마

페라스트

포드고리차

코토르

스코페

티라나

마케도니아

알바니아

그리스

아테네

○ 수도
● 도시

지도 1: 발칸과 그 주변

바빈쿡

라파드

그루지

스르지산

벨뷰 호텔

필레   플로체

올드 타운

로크룸

지도 2: 두브로브니크 지역

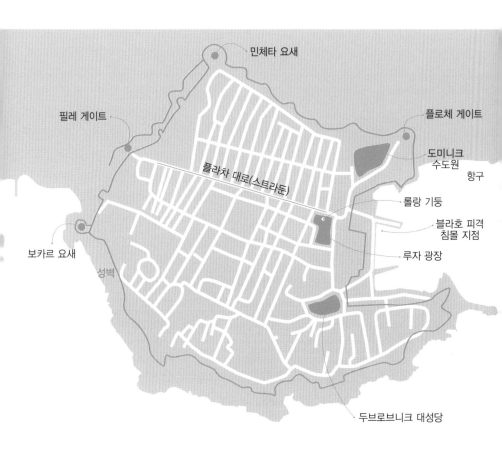

민체타 요새

필레 게이트

플로체 게이트

도미니크
수도원

항구

플라차 대로(스트라둔)

롤랑 기둥

블라호 피격
침몰 지점

보카르 요새

성벽

루자 광장

두브로브니크 대성당

지도 3: 두브로브니크성(올드 타운)

지도 4: 이동경로

두브로브니크에서 만난 사람

Dubrovnik

신영 소설

솔

차 례

폼페이우스˙

기원전 49년 3월 17일.

로마 반도 남쪽 끝자락 브룬디시움˙ 항구.

앞에 펼쳐진 아드리아 바다에 파도가 거칠게 인다. 옷깃을 파고드는 3월의 바닷바람은 차갑고 매섭다. 암울한 미래를 예고하듯 오늘따라 진눈깨비가 내리고 있다. 서서히 어둠이 다가온다. 콘술˙의 자리에 올라 로마를 한 손에 쥐고 호령하던 폼페이우스가 로마에서 쫓겨 가고 있다. 갈리아˙ 총독 카이사르˙가 루비콘강˙을 건넌 것은 불과 두 달 남짓 전인 1월 12일이었다. 그것은 분명히 반역이었다. 원로원˙은 카이사르에게 명했었다. 그가 정복전쟁 중에 지휘하던 휘하 군대는 루비콘 이북 지역 갈리아에 남겨놓은 채 단신으로 로마 본토로 귀국하라고. 그 명을 거역하고 카이사르는 자기 친위부대를 이끌고 루비콘강을 건넜다.

"주사위는 던져졌다."

카이사르가 휘하 부하들에게 내린 명령이다. 카이사르에게는 목숨 바쳐 충성하는 부하들이 있었다. 7년 동안 갈리아 지방에서 거친 족속들에 맞서 싸워오면서 다져진 전우애이다. 카이사르군은 거칠 것이 없이 로마시를 향해 진격해 왔다. 폼페이우스는 당장 이에 맞설 군대가 없었다. 로마시를 벗어나 남으로 남으로 쫓겨 내려와 반도의 장화 뒷굽 부분 브룬디시움까지 왔다. 더 이상 내려갈 육지는 남아 있지 않다. 살아서 후일을 도모하려면 배를 타고 아드리아해海˙를 건너 동방으로 가는 수밖에 없다.

"카이사르는 어디 있는가?"

폼페이우스가 무겁게 묻는다. 폼페이우스 옆에는 항상 그를 밀착하여 보호하는 믿음직한 장남 그나이우스˙가 있다.

"우리 저지선 바로 앞까지 와 있습니다. 곧 공격을 개시할 것 같습니다."

아들이 대답한다.

"항구는 열려 있는가?"

폼페이우스가 확인한다.

"바다에 적선 몇 척이 떠 있습니다만, 아직은 우리 배가 더 많습니다. 지금 돌파하는 게 좋겠습니다. 길이 막히면 곤란합니다."

아들은 초조한 표정이다.

"음! 떠날 때가 됐으니 영을 내려라. 그리고 누군가를 시켜서 카이사르에게 내 말을 전하라고 해라. 내 꼭 다시 로마로 돌아올 거라고."

한때의 친구였으나 지금은 피해야 할 적이다. 언젠가 처절한 복수를 해야 할 원수다. 11년 전 폼페이우스는 자기보다 나이가 여섯 살 적은 카이사르를 도와 그가 집정관으로 당선되는 데 결정적인 도움을 주었다. 덕분에 권력 정점에 한발 다가선 카이사르는 갈리아 총독으로 부임하여 전공을 쌓을 수 있었다. 카이사르는 갈리아 원정을 통해 군대와 명성을 동시에 얻었다. 이제 폼페이우스가 결코 무시할 수 없는 강자로 대두된 카이사르는 은혜를 원수로 갚으려 하고 있는 것이다.

폼페이우스와 그나이우스는 병사들을 움직여 해안에 정박한 갤리선船*까지 가는 혈로를 뚫는다. 앞길을 막는 카이사르 측 병사들과 몇 번의 접전이 있었으나 피해는 경미하다. 그들이 부두에 닿자마자, 진작 돛까지 올리고 기다리고 있던 배들이 서둘러 뱃줄을 풀고 출항한다. 막 뒤쫓아 온 카이사르의 시야에는 내리는 어둠 속으로 아슴푸레 사라져가는 갤리선단의 돛대들이 들어올 뿐. "한발 늦었군." 카이사르가 낮게 신음한다. 최후의 승부는 마저 하지 못하고 뒤로 미루어졌다. 그렇게 폼페이우스는 브룬디시움항港을 떠났다. 목적지는 자신의 군대가 있는 바다 건너 동방의 땅 일리리쿰*. 내가 정복하여 로마에 바친 땅, 그곳에서 나를 기다리는 내 병사들을 데리고 다시 이 바다를 건너오리라. 나와 원로원의 뜻을 어기고 감히 루비콘을 건너온 카이사르의 만용을 징벌하리라. 만약 언젠가 로마의 공화정이 무너지고 왕이 탄생한다면 그 왕국의 주인은 마땅히 카이사르가 아닌 나 폼페이우스가 되어야 하리라.

그러나 그 후 그는 로마로 돌아오겠다는 다짐을 지키지 못한 채 멀고 먼 이집트 땅에 묻히고 만다. 1년 후 뒤를 쫓아온 카이사르에 맞서 그리스 북부의 파르살로스˚ 평원에서 로마의 패권을 건 일대 회전이 벌어진다. 이 전투에서 폼페이우스는 패배한다. 그는 자신이 로마의 식민지로 다져놓은 땅 이집트로 퇴각하여 후일을 도모하려 하지만, 천하대세가 카이사르에게 기울고 있다는 사실을 깨달은 이집트 사람들은 오히려 폼페이우스를 살해하여 그의 목을 카이사르에게 바친다. 정작 이집트 여왕 클레오파트라의 환대를 받은 사람은 폼페이우스 뒤를 쫓아 그곳에 도착한 카이사르였다. 후일 로마의 왕이 되려고 나서는 사람도 역시 폼페이우스가 아닌 카이사르였다.

벨뷰 호텔[*]

아드리아 바다가 육지 쪽으로 깊숙이 파여 들어온 해변에 호텔이 서 있다. 만灣의 좌우 양쪽으로 큰 암석―거의 바위산이라고나 해야 할―이 높이 솟아서 호텔 건물을 감쌌다. 호텔은 꽤나 높고 넓게 뻗은 현대적인 건물이다. 바다를 바라보는 쪽의 건물 전면을 거의 전부 덮고 있는 유리창이 햇빛을 받아 호사스럽게 빛난다. 부근 해변은 세계적으로 유명한 관광지로 각양각색의 호텔들이 들어섰지만, 그중에서도 이 호텔은 매우 등급이 높은 호텔이라고 할 만한 경관을 갖췄다. 앞쪽으로 아드리아 바다가 아득한 수평선까지 널리 펼쳐졌다. 호텔에 묵는 사람들만이 밟아볼 수 있게끔 좌우 양쪽이 큰 암석절벽으로 둘러져 폐쇄된 프라이빗 비치가 건물과 해안 사이를 채웠다. 흰 모래밭 위로 밀려오는 물결이 잔잔하고 평온하다. 아드리아의 거친 파도는 만을 거쳐 들어오면서 숨이 한껏 꺾였다.

건물의 4, 5층쯤 되어 보이는 중간층에 바깥으로 오픈된 테라스가 나 있다. 건물 안쪽에 있는 레스토랑과 연결된 테라스이다. 테이블과 의자 세트가 십여 개 놓여 있는 열린 공간으로 사람들이 나와서 식사를 한다. 호텔 왼쪽에 솟은 바위산 위로 아침 해가 얼굴을 내미는 시각이다. 아드리아 800킬로 해안은 길게 남동쪽으로 뻗어 있지만, 두브로브니크는 바다 쪽으로 돌출한 반도에 세워진 도시이므로 동쪽으로부터의 일출을 온전히 볼 수가 있다. 벨뷰 호텔은 좌우가 바위산으로 둘러싸인 곳이어서 해가 바위산 위로 솟아올라야만 그 빛을 받을 수 있다. 그 싱싱한 아침햇살을 받으며 테라스 레스토랑에서는 오늘의 아침식사 코스가 진행되고 있다.

테라스는 붐빈다. 바다와 접한 테이블에 여자 혼자 앉아 있다. 소매 없이 어깨가 드러난 흰색 원피스, 테가 둥글고 넓은 베이지색 모자, 브라운 계통의 선글라스. 사람들의 시선을 끄는 차림이다. 다른 테이블은 모두 사람들이 차 있다. 한 남자가 여자의 테이블 앞에 다가와서 묻는다.

"실례합니다. 좀 앉아도 될까요?"

여자는 고개를 들어 남자를 쳐다보고는 이내 대답한다.

"아, 네. 앉으시죠."

남자가 맞은편 의자에 앉는다.

"한국말로 된 책을 보고 한국 사람인 줄 알았습니다. 여기서 한국 사람 만나게 되니 반갑네요. 여행 가이드북인가 보지요?"

남자가 여자 앞에 놓인 책자를 눈으로 가리키며 웃는다. 여자도 따라 웃어 보인다.

"인천공항에서 비행기 타기 전에 하나 샀어요. 처음 와보는 곳이라서 아무것도 모르니까요. 저도 여기서 한국 분을 만나니 반가워요."

남자는 반팔 푸른 티셔츠에 여자와 비슷한 옅은 브라운 선글라스. 계절은 이미 가을을 깊숙이 지나 다음 계절의 입구에 이른 즈음이지만, 남국 바닷가의 햇살은 여전히 선글라스로 눈가림을 할 만큼 밝고 따사롭다. 마주 앉은 두 사람의 화사한 차림이 서로 잘 어울리는 모습이다.

남자가 말을 붙인다.

"제가 직업상 한국을 떠나 외국에서 지낸 지 오래되어서 그런지 이렇게 한국 사람을 만나면 무척 반갑더군요. 그런데 듣자 하니, 요즘 두브로브니크˚가 한국에서 큰 인기를 끌고 있다고 하죠? 최고 인기 관광지로 떠올랐다고 하더군요. 얼마 전까지만 해도 그렇지 않았다는데 한국의 TV방송을 통해서 이곳이 소개가 된 후로 갑자기 그리됐다고 하던데요. 크로아티아˚ 관광청장이 한국을 방문해서 감사인사를 할 정도라니까요."

"그런가요? 하긴 그런 것도 같네요. 어제 늦게 도착해서 오늘 첫 아침 먹는 자리에서부터 이렇게 한국 분과 마주치는 걸 보니."

"그럼 그쪽은 오늘이 이곳에서 첫날인 셈이로군요? 전 나흘째가 되는 날인데요. 벌써 다 돌아본 느낌이에요. 이곳을 떠날 때가 언제인가 가늠을 하고 있던 참이지요."

웨이터가 와서 주문할 핫디쉬가 있는지 묻는다. 남자가 여자에게 설명을 해준다.

"핫디쉬는 여기서 웨이터에게 주문을 하고, 나머지는 저 레스토랑 안쪽에 가서 뷔페식으로 가져다 먹으면 됩니다. 핫디쉬에는 아메리칸 스타일과 잉글리시 스타일이 있어요. 에그 프라이와 베이컨이 있는 잉글리시 스타일이 좀 더 풍성하더군요."

남자가 먼저 웨이터에게 잉글리시 스타일을 주문한다. 에그 프라이는 양면을 다 익힌 보우스 사이즈로 해달라고 청하면서. 여자는 잠깐 망설이다가 같은 것으로 달라고 주문한다. 다 마셔서 비어 있는 커피 잔에 리필을 청하면서.

여자가 바다 쪽을 바라보며 말한다.

"여기선 두브로브니크성城이 안 보이네요. 저 바위산 때문에 가려져서 그런가요?"

"네. 성은 저 바위산 뒤에 있어요. 그쪽에서도 이쪽이 안 보이겠죠. 서로 숨어 있는 꼴이죠. 서로가 빤히 지켜보고 있는 것보다는 그게 더 편할지도 몰라요. 보고 싶으면 얼마든지 찾아가서 보면 되니까요. 어디에 가든지 성이 보인다면 신비감이 없잖습니까. 카프카*의 성이 그랬지요. 그 성은 도시 어느 곳에서든지 다 볼 수 있었지요. 높은 산 위에서 도시를 내려다보면서 사람들에게 항상 위압감만 주는 존재였지요. 결국 그 소설 주인공 K는 내내 바라보기만 했을 뿐 끝내 성에 들어가 보지도 못하고 말았죠.”

남자는 무심히 받아서 말하는 듯했으나 그 말을 듣는 여자는 뭔가 생각에 빠진 표정이 된다. 여자가 왼쪽 바위산 너머에 있음 직한 두브로브니크성 쪽을 바라보면서 나직이 말한다.

“찾아가면 볼 수 있다고요? 언제든지? 그렇게 찾아가서 볼 수만 있다면 얼마나 좋을까요?”

독백처럼 하는 여자의 이 말에는 무슨 의미가 들어 있는 것도 같으나, 남자는 이에 신경 쓰지 않는 듯이 쾌활한 어조로 말을 계속한다.

“찾아가기 쉬워요. 호텔 밖으로 나가서 저 바위산만 피하면 바로 보인답니다. 천천히 걸어도 20분이 채 안 걸리죠. 그런데, 성에 들어가기 전에 먼저 반드시 스르지*에 올라가 봐야 합니다.”

“스르? 뭐라고 하셨어요?”

“스, 르, 지 말입니다. 두브로브니크에서 가장 높은 산이죠. 해발 400미터 정도 된다는데 전망이 아주 좋고 멀리 부근 지역까지 다 보입니다. 거기서 내려다 보면 두브로브니크성이 어떻게 생겼는지 한눈에 들어오지요. 그 광경을 한번 보고 나서 성에 들어가야만 비로소 두브로브니크를 제대로 이해할 수 있다는 것이 제가 경험상 내린 판단이랍니다. 그렇게 하시길 권합니다. 원하신다면 제가 안내해드릴 수도 있어요. 제가 렌트를 한 차가 있거든요. 산꼭대기까지 가는 케이블카가 있긴 하지만, 그것보다는 차를 운전해서 올라가보는 것이 훨씬 재미가 있어요. 길이 아슬아슬한 게 퍽 스릴이 있답니다. 하하."

여자는 남자의 말에 대답하는 대신 베이컨을 나이프로 자르는 일에 집중한다. 남자도 음식을 먹는 일에 열중한다. 잠시 대화의 멈춤 사이로 식기가 달그락거리는 소리만 이어진다. 웬만큼 지나 식사가 끝나 갈 즈음 남자가 묻는다.

"스르지에 저와 함께 가시겠어요? 저로서도 한번쯤 다시 가볼 가치가 있는 곳이라 생각되어서 말씀드리는 겁니다."

그동안의 침묵이 이상하다 느껴질 정도로 의외로 재빨리 여자가 대답을 한다.

"네, 가보고 싶어요. 데려다주시겠어요?"

나폴레옹*

1807년 11월 29일.

10년 만에 다시 와보는 베네치아*.

10년 전 처음 베네치아에 왔던 그때 나폴레옹 보나파르트는 프랑스 혁명정부가 임명한 이탈리아 원정군 사령관이었다. 28세의 청년 사령관은 질풍노도와 같이 롬바르디아* 평원을 휩쓸고 밀라노공국*에 입성했었다. 밀라노에서 다시 원정군을 이끌고 남쪽으로 내려와 천 년을 내려온 베네치아공화국을 프랑스의 지배하에 무릎 꿇렸다. 그렇게 해서 베네치아는 프랑스 혁명공화국 아래 놓이게 되었다. 그 후 나폴레옹은 프랑스를 공화국이 아닌 제국으로 만들고 스스로 황제의 자리에 올랐다. 그리고 점령지에 이탈리아왕국*을 세워 스스로 왕이 되었다. 지금 나폴레옹은 대프랑스 제국의 황제이자 동시에 나폴레옹 자신이 창설한 이탈리아왕국의 왕의 신분으로 베네치아에 온 것이다. 다시 찾아온 감회가 깊다. 10년 전 피와 땀으로 물든 4만 원정군을 이끌고 왔을 때, 그는 이 도시에서 포도주 20만 병을 징발했었다. 베네치아의 포도주는 동이 났었다. 그때 그의 병사들에게는 포도주가 필요했다. 프랑스 군대에게 포도주는 최우선의 군수품, 그것 없이는 전쟁에 나설 수 없다. 사령관은 전투가 끝난 밤에 지쳐 있는 자기 병사에게 포도주를 한 병씩 나눠줄 의무가 있다. 그것이 나폴레옹의 전쟁철학이다. 행군의 먼지로 뒤덮인 그때의 이탈리아 원정군에게 가장 시급했던 것은 당장 그날 밤에 마실 포도주였기에 그는 그것을 징발했었다. 그러나 황제가 되어 돌아온 지금은 그 무엇이라도 구태여 징발할 필요가 없다. 저들은 이미 저들의 왕으로 군림한 그와 그의 병사들에게 스스로 온갖 호화로운 향연을 바칠 준비를 마쳐 놓았을 테니까.

나폴레옹의 쾌속범선이 육지에서 출발하여 늦은 오후의 햇빛을 받으며 베네치아 섬으로 접근해가자, 건너편 부두 쪽에서 황금빛 대형 곤돌라*가 마중을 나온다. 곤돌라의 황금빛이 수면에 비치어 부근 바다도 황금빛으로 물들인다. 황제 일행은 바다 위에서 곤돌라로 갈아타고 베네치아로 입성한다. 열광적인 예우가 베풀어진다. 요란한 축포와 함께 하늘 높이 불꽃이 터지고 산 마르코 광장*을 꽉 메운 환영 인파가 황제를 향해 환호성을 올린다. 낡은 왕국인 오스트리아의 지배를 받기보다는 새로 떠오르는 민중의 황제를 맞아들이는 것이 그들에게는 훨씬 더 흡족할 것이다. 베네치아에서 황제의 도착을 기다리고 있던 마르몽˙ 장군이 곁에 바짝 붙어 따라온다.

나폴레옹은 마르몽을 돌아보며 말한다.

"마르몽, 이 베네치아는 이미 오래전에 우리 것이 되었으니 이제 다음 목표는 저 아드리아 바다 건너편에 있는 광활한 땅이 아니겠나. 작년에 자네가 바다 건너에 있는 일리리아˙ 땅에서 러시아·몬테네그로 연합군을 꺾은 것은 정말 통쾌한 일이었어. 덕분에 이 베네치아뿐만이 아니라 저기 펼쳐져 있는 아드리아 바다 전부가 영구히 프랑스의 것이 되지 않았나?"

마르몽이 득의양양하게 말을 받는다.

"황제 폐하, 일리리아 지역의 라구사공화국˙은 베네치아와 쌍벽을 이루며 거의 천 년간 독립국을 유지해온 나라였습니다. 이제 더 이상 라구사공화국은 지도상에 존재하지 않습니다. 오직 대프랑스제국의 깃발만이 펄럭이고 있습니다. 호시탐탐 그 지역을 노리던 음흉한 러시아를 물리치고 그 땅을 폐하께 바칠 수 있었던 것은 제 일생 최고의 영광이었습니다."

"마르몽, 자넨 나의 죽마고우와 같은 전우지. 14년 전 툴롱전투˙에서 처음 전우로 묶여서 함께 싸웠지. 그때 다리에 총탄을 맞은 나를 자네가 구해주지 않았나. 10년 전 이탈리아 원정때에도 나와 함께 했고, 7년 전 내가 알프스를 넘어와 이탈리아 지배권을 놓고 오스트리아와 싸울 때에도 마찬가지였지. 그때 마렝고 전투˙에서 극적으로 승리를 거둔 덕분에 난 황제

자리까지 오를 수 있었지. 마렝고에서 패배했더라면 아마 난 결코 황제가 될 수 없었을 거야. 그런 자네가 지금 프랑스 제국 황제가 된 나에게 라구사공화국을 통째로 들어 선물했네. 내 영토가 아드리아를 건너 일리리아까지 확장되는 순간이야. 자넨 여전히 나를 실망시키는 적이 없군. 난 곧 자네를 지금의 달마티아* 총독에서 전 이탈리아의 총독으로 임명할 생각이네."

"폐하, 감사합니다. 전 언젠가 꼭 저 아드리아를 건너서 라구사공화국의 수도인 두브로브니크에 폐하를 모시고 가고 싶습니다. 아드리아에서 가장 높고 두터운 성벽으로 둘러싸인 그 도시가 얼마나 아름다운 곳인지 폐하께서도 보신다면 감탄하실 겁니다. 이 베네치아보다 더 아름답다고 감히 장담할 수 있습니다."

"그래? 다음에 이곳에 올 때는 배를 타고 저 바다를 건너 두브로브니크라는 곳에 가보기로 하지."

아드리아를 바라보는 나폴레옹의 눈길이 매처럼 날카롭다. '저 바다 너머에 광대한 일리리아 땅이 펼쳐져 있고 또 그 너머에는 오리엔트*가 있다. 나는 이미 앞서 세계를 통일하는 선례를 보여주었던 카이사르와 샤를마뉴*의 뒤를 잇는 후계자가 될 것이다. 내게는 유럽도 좁고 지중해도 좁다. 베네치아는 장차 내 왕국이 동방으로 뻗어가는 발판이 되리라. 그것은 그 어떤 영웅도 해내지 못한 위업일 것이다.' 나폴레옹은 특유의 뒷짐 진 자세를 하고 아드리아를 바라보면서 다짐한다.

그러나 그는 그 후 아드리아를 건너는 일이 없는 채 8년이 지나 황제의 자리에서 내려오게 된다. 일리리아나 오리엔트 와는 반대편 방향인 서쪽 대서양상의 절해고도 세인트 헬레 나˚에서 고독하게 일생을 마친다.

「나폴레옹 1세의 베니스 방문」
보르사토, 베르사이유 트리아농 궁

스르지

지그재그로 올라가는 길이 험하다 못해 위태롭다. 간신히 차 한 대가 들어설 만한 폭으로 난 길이 아무렇게나 풀어진 띠처럼 구불구불 이어져 있다. 간혹 한쪽 옆으로 피할 수 있게끔 억지로 파놓은 조그만 공간이 그나마 마주 오가는 차들이 서로 교행을 할 만한 유일한 숨통이다. 길가에 보호난간이나 방지턱도 없다. 한쪽 밑으로는 아득한 절벽, 한쪽 위로는 가파른 산등성이. 산에 나무는 거의 없이 바위투성이어서 눈에 드는 위협감이 훨씬 더하다. 자칫 바퀴가 어긋나 길에서 빠져나가기라도 하면 차는 그냥 멈추지 않고 굴러떨어져 저 까마득한 바닷속으로 박혀버릴 것만 같다. 핸들을 꽉 움켜쥔 남자의 손에 힘이 잔뜩 들어가 있고, 경직된 몸으로 앞만 지켜보는 여자의 눈길에 걱정스런 빛이 가득하다.

"이 차, 아우디 에이쓰리. 1400cc에 110마력짜리 소형차이지만 성능이 좋아요. 베니스 공항에서 렌트해서 예까지 몰고 온 건데 이렇게 좁은 길엔 딱이로군요. 마침 여행객이 많지 않은 계절이라 길도 비어 있어서 다행이구요. 조금만 더 가면 정상에 도착합니다. 어때요, 괜찮습니까?"

남자의 안심시키려는 말에 여자는 짐짓 태연하게 대답한다. "네, 얼마든지 더 가도 좋아요. 길이 경치가 좋네요. 롤러코스터 탄 것 같아요. 이런 재미도 흔하지 않잖아요?"

여자의 자신만만한 반응에 남자는 감탄스러운 표정을 짓는다. 이윽고 아우디는 탈 없이 정상에 다다른다.

스르지 정상에는 자동차 십여 대를 주차할 수 있는 자그마한 주차장이 있다. 아우디를 세우고 차에서 내린다. 두 사람 모두 청바지에 운동화를 신은 경쾌한 차림이다. 그들은 바다가 내려다보이는 쪽으로 걸어간다. 철제 난간을 둘러놓은 전망대가 여기저기 설치되어 있다. 한쪽에 돌로 축조된 거대한 십자가가 바다를 바라보고 서 있다. 역시 돌로 된 커다란 좌대 위에 세워진 십자가는 높이가 일고여덟 길은 족히 되어 보인다. 그들은 그 십자가 앞에 설치된 전망대를 선택한다.

남자가 십자가에 대해 설명한다.

"이 십자가는 19세기 초에 나폴레옹이 두브로브니크를 점령하고 나서 세워 놓은 것이라고 합니다. 눈앞에 보이는 아드리아 바다를 몽땅 지배하겠다는 야심에서 이 자리에 이 거대한 구조물을 세웠겠죠. 서구 역사에서 보면 종교적 희생의 상징인 십자가가 종종 정복의 도구로 이용되어 왔던 것 같아요. 이 십자가도 마찬가지죠. 정복의 기념물이니까요. 유럽에는 왜 그렇게 전쟁기념물이 많은지 모르겠어요. 전쟁숭배 사상이 만연한 족속들이에요."

여자가 남자의 말에 동조한다는 듯이 말한다.

"여기에 세운 이 십자가는 좀 뜬금없는 것 같아요. 전쟁기념물 치고는 형체나 장소를 잘못 택한 것 아닐까요? 하필 십자가이고 이 산꼭대기였어야 할까요. 여기 이렇게 서 있을 물건이 아닌 것 같은데요. 같은 전쟁기념물이라도 파리 개선문은 그나마 아름답기라도 한데 말이죠."

두 사람은 나폴레옹의 십자가를 등 뒤에 두고 전망대 난간에 기대어 주위를 둘러보기 시작한다. 광활한 산과 바다의 풍경이 펼쳐졌다. 아드리아는 가을날 오전의 햇빛 아래 한껏 푸르게 빛난다. 그 푸름 위로 크고 작은 섬들이 점점이 떠 있다. 바다와 해안선은 구불구불 맞붙은 채 끝도 없이 아득히 이어져간다. 해안선은 평지가 아니라 대부분 험준한 바위 절벽으로 이루어졌다. 그 틈틈이 나 있는 해변을 비집고 도시와 촌락이 들어섰다. 유난히 툭 튀어나온 해변 돌출부에 성냥갑처럼 생긴 두브로브니크성이 달라붙어 있다. 두브로브니크성은 바다 쪽을 향해 완벽하게 자기 모습을 드러냈다. 오각형의 두터운 돌벽으로 둘러싸인 철옹성. 성안에 들쑥날쑥한 높이로

빽빽하게 들어찬 건물들의 지붕은 모두 짙은 주황색으로 통일되어 있다. 도시를 감싸고 있는 성벽마저 따라서 옅은 주황색으로 물든 것처럼 보인다. 성벽 바깥 인근 지역에 초록빛 수목 사이사이로 흩뿌려진 듯 퍼져 있는 촌락의 지붕들도 한결같은 주황색. 내려다보이는 두브로브니크는 성안과 성 바깥을 아울러 그 전체가 하나의 레드캐슬이다.

여자가 말없이 시선을 이리저리 돌려가며 살피는 사이 남자는 먼 수평선에 시선을 고정하고 자못 감동 섞인 어조로 말한다.

"저 바다를 좀 보세요. 아름답고도 장엄하지 않습니까? 아드리아처럼 깊은 역사를 품은 바다도 없을 겁니다. 수천 년간 수없이 많은 역사적 사건을 겪어온 바다지요. 아드리아는 에게해*와도 다르고 지중해와도 달라요. 아드리아는 아드리아만의 이야기를 갖고 있어요. 수많은 사람들이 갖가지 사연을 안고 이 바다를 건너가고 건너왔겠지요. 오늘은 우리가 그 바다를 바라보며 우리의 이야기를 하나 더 보태고 있는 거고요."

여자가 주위를 둘러보기를 멈추고 남자의 이야기에 동참하는 듯이 옆에 다가와서 함께 바다를 바라본다. 남자가 말을 이어간다.

"우리 눈앞에 보이는 이 지역 전부, 그리고 그보다 훨씬 더먼 저곳까지 옛날 라구사공화국의 영토였지요. 두브로브니크는 그 수도였구요. 라구사공화국은 작지만 강력한 나라였습니다. 지중해의 해양강국이었던 베네치아와 맞먹는 세력이었으니까요. 저 단단하게 둘러싼 성벽이 공화국의 심장부를 지켜준 덕분이기도 하지요. 그러나 19세기에 와서 전 유럽을 휩쓴 나폴레옹의 마수는 피할 수가 없었지요. 나폴레옹은 오백 년 동안 번성했던 라구사공화국의 독립을 끝내고 자신의 제국 아래 편입시켜 버렸어요. 하긴 더 강력했던 베네치아까지도 나폴레옹의 말발굽 아래 굴복하는 판이었으니 어쩔도리가 없었겠지만. 나폴레옹으로 말미암아 18세기까지 유지되어온 유럽의 옛 질서는 완전히 재편되었지요. 두브로브니크나 베네치아처럼 나름대로 자기 영역을 지키며 독립을 유지해오던 중세의 국가들은 더 이상 존속할 수가 없었고, 민족주의라는 급조된 깃발 아래 커다란 제국들이 형성되어 무력으로 각축전을 벌이게 되는 겁니다. 침략을 업으로 삼는 제국주의가 판을 치게 되지요. 유럽 대륙 본토에서 아드리아 바다를 건너간 곳에 위치한 발칸반도°의 백성들이야말로 그 제국주의 전쟁의 가장 큰 희생물이었다고 할 수 있을 거예요. 수많은 약소민족들이 강한 제국들의 세력경쟁 틈에서 시달리며다사다난한 역사를 겪어야 했으니까요. 이 땅에서는 정말 수많은 전쟁이 일어났어요. 그래서 발칸반도를 유럽의 화약고라고 하지 않습니까."

"역사에 아주 밝으시네요."

"아닙니다. 근래에 이곳 역사를 좀 공부할 기회가 있었을 뿐입니다."

"무슨 직업을 가지셨기에? 혹시 교수님이세요? 역사 교수님?"

남자는 손사래를 친다.

"하하. 아닙니다. 교수는 아니에요. 차차 말씀드릴게요."

남자는 멀리 밑에 보이는 두브로브니크성을 가리키며 말을 계속한다.

"자 보세요. 두브로브니크성이 어떻게 생겼는지 훤히 보이잖아요. 정말 독특하게 생긴 성이죠. 아름답죠. 역사도 깊고요. 유럽에 성이 많지만 이런 성은 다시없어요. 유네스코˚가 도시 전체를 세계문화유산˚으로 지정하기에 충분하죠. 곧 나올 영화 스타워즈 8편에서 두브로브니크를 은하계 어느 행성의 도시로 설정하고 여기서 3년간이나 촬영을 했다고 합니다. 그만큼 지구상의 도시 같지 않다는 거죠. 그런데 이 아름답고 역사 깊은 성이 26년 전 유고슬라비아 내전˚ 때 처참하게 파괴되고 말았답니다. 지금은 대부분 복원을 해놓은 상태입니다만, 그때 수많은 문화 유적의 원형이 훼손되고 말았지요."

"그런 일이 있었나요? 이곳 역사를 아신다니 설명을 좀 해주시겠어요? 우린 학교에서 세계 역사를 배울 때 유고슬라비아˚에 대해서는 거의 배우지 못해서 모르고 있잖아요?"

"하하. 그럴까요? 아는 범위에서 조금만 말씀드려볼게요.

유고슬라비아는 원래 그 지역에 세르비아˚, 크로아티아˚, 보스니아˚, 슬로베니아˚, 마케도니아˚, 몬테네그로˚, 이 여섯 개의 나라가 있었는데, 2차 세계대전이 끝난 후에 이 나라들이 합쳐져서 하나의 연방국가를 이루게 되었어요. 강력한 카리스마를 가진 티토˚ 대통령이 있어 가능한 일이었죠. 약소민족이라서 늘 강대국에게 휘둘리며 살아왔던 발칸 지역의 나라들이 하나로 뭉쳐 강력한 국가를 건설하자는 것이 티토의 철학이었고, 그를 따르는 연방주의자들의 전략이기도 했어요. 그래서 탄생한 유고슬라비아연방˚은, 1개의 국가, 2개의 문자, 3개의 종교, 4개의 언어, 5개의 민족, 6개의 나라로 형성된, 어떻게 보면 하나의 역사적 실험이었다고도 할 수 있지요. 그런데 1980년 그 연방국의 지도자인 티토가 죽자 더 이상 이 나라를 하나로 묶어 둘 힘이 사라지게 되었어요. 그러자 다시 원래의 여섯 나라로 돌아가려는 움직임이 일어났지요. 일종의 복원력이라고 할까요. 그 여섯 나라 중에서 슬로베니아와 크로아티아가 1991년 동시에 독립국가를 선언했어요. 이에 유고슬라비아연방의 분열을 원하지 않는 연방 중앙정부는 이 두 나라의 독립을 막기 위해 연방군을 두 나라로 진격시킵니다. 이것이 소위 유고슬라비아 내전이라는 전쟁의 시초가 됩니다. 유고슬라비아연방의 해체를 바라지 않았던 세르비아와 몬테네그로의 군이 연방군의 주력을 이루었지요. 연방의 가장자리에 위치해서 서부 유럽의 색채가 강했던 슬로베니아는 큰 전투를 겪지 않고 비교적 수월하게 독립을 인정받을 수 있었어요. 그러나 크로아티아는 달랐지요. 연방정부는 크로아티아만은 순순히 놓아줄 수 없다고 보고 본격적인 군사 개입을 시도합니다. 당시 크로아티아군은 유고슬라비아 연방군의 막강한 군사력에 대항할 힘이 없었어요. 특히 크로아티아의 변방 지역이라고 할 수 있는 남쪽 달마티아 지방의 두브로브니크에는 고작 소총 위주의 경무기로 무장한 민병대가 주력을 이루고 있었지요. 연방군은 두브로브니크를 포위하고 항복을 요구하지만 민병대는 거부하고 결사항전을 외칩니다. 두브로브니크는 연방군에 의해 7개월간 포위가 되어 외부와의 연결이 완전히 두절된 채 공격을 받게 됩니다. 연방군은 육군, 해군, 공군을 모두 동원해서 두브로브니크에 무차별 포격을 가합니다. 공격이 가장 심했던 3개월간 무려 2000발의 포탄이 퍼부어졌다고 하니까요. 지금 우리가 서 있는 이 스르지산 정상에 크로아티아군 진지가 있었는데 여기에도 포탄이 많이 떨어졌어요. 우리 뒤에 서 있는 저 나폴레옹 십자가도 사실은 그때 포탄을 맞아 파괴되었던 것을 전쟁이 끝난 후에 다시 복원해놓았다고 합니다.”

남자가 흘낏 뒤쪽 십자가를 올려다보자 여자도 따라서 뒤를 돌아보며 말한다.

“어쩐지 나폴레옹이 세운 십자가라고 하는데 세월의 이끼가 전혀 없이 너무 말끔하다고 생각하긴 했어요. 콘크리트로 만든 것인가 봐요. 십자가가 그나마 200년이나 된 역사 때문에 의미를 줄 수 있었는데 그 흔적이 지워지고 새로 만든 것이라고 하니 더 볼품이 없어 보이네요. 그렇긴 하지만, 과거에 정복의 상징물로 세워 놓았던 옛 십자가가 파괴되고 희생의 상징물로 새 십자가가 복원이 되었다면 오히려 십자가 본래 의미를 찾았다고 볼 수도 있겠어요."

"하하. 그 말씀 참 날카로운 해석이로군요."

남자의 설명이 계속된다.

"연방군은 UN 유네스코에서 세계문화유산으로 지정되어 세계인의 사랑을 받는 두브로브니크성 안에도 가리지 않고 포격을 가했어요. 많은 역사적 건물들이 무너져 내렸고 무고한 시민들이 희생되었지요. 그 광경은 실시간으로 TV방송을 통해 세계 전역에 퍼져나갔고, 이것을 지켜본 세계인들은 유고슬라비아 연방군의 무차별 포격에 대해 거센 비난을 퍼부었어요. 유네스코 직원들이 두브로브니크에 와서 상주하면서 문화재 파괴 상황을 매일 체크해서 UN에 보고를 했고요. 이 유네스코의 현장 보고 활동이 전쟁에 대한 세계의 여론을 크로아티아 쪽으로 기울게 하는 데 큰 역할을 합니다. 문화재 보호를 위한 유네스코협약*이란 게 있는데, 이 국제조약에는 104개 국가가 가입해 있거든요. 세계 여론에 영향을 받은 UN이 개입을 해서 연방군에게 압력을 넣자 연방군은 궁지에 몰렸어요. 실제로 UN은 나토군*을 시켜서 유고슬라비아 연방군에게 군사적인 공격을 가하기도 했지요. 결국 UN이 주선하여 정전협정이 맺어지고 크로아티아는 독립을 인정받게 되었어요. 그런데 재미있는 사실은, 그렇게 세계 여론이 일어나도록 만들기 위해 크로아티아는 일부러 두브로브니크성 안에 군 본부를 설치하여 연방군의 포격을 유도했다는 거예요. 성이 포격을 받아 파괴되는 모습을 촬영해서 전 세계로 중계방송 하려고 미리 TV카메라까지 설치해놓았고요. 어떤 면에서는 크로아티아의 교활한 작전에 유고슬라비아 연방군이 말려든 셈이라고 볼 수도 있지요. 그렇다면, 두브로브니크성 안의 문화유산을 파괴하고 민간인을 살상한 책임이 진정 어느 쪽에 있는 것일까 다시 한번 생각해보게 되지 않습니까? 성안에 포격을 가한 쪽일까요, 아니면 포격을 가하도록 유도한 쪽일까요?”

남자가 말을 멈추고 대답을 구하듯이 여자를 바라본다. 유심히 남자의 말을 듣던 여자가 그 시선을 받으며 잠시 생각에 잠기더니 이내 단호하게 대답한다.

“피장파장이로군요. 포격을 유도한 쪽이나 포격을 가한 쪽이나 마찬가지로 책임이 있는 것 아닐까요? 서로 상대방에게 책임을 돌리겠지만, 누가 더 낫다고 말할 수가 없겠네요. 결국 모든 것은 전쟁 때문이에요. 전쟁이란 것은 어떤 짓이든 저지르는 법이니까. 전쟁을 피하지 못하는 인간의 본성 자체에 책임을 돌리는 것이 마땅하겠지요."

"하하, 그게 좋겠군요. 과연 명답입니다. 그런데 두브로브니크의 파괴가 오히려 크로아티아의 독립을 도왔다고 볼 수 있어요. 세계의 여론이 크로아티아 편을 들도록 만들었으니까요. 크로아티아가 자신의 힘만으로 독립을 쟁취한 것은 아니거든요. 미국, 영국, 프랑스, 독일 등 서방국가들의 외교적 군사적 지원이 있었기에 가능했지요. 또 이 나라는 전쟁 후에도 UN과 다른 나라들의 도움을 많이 받았어요. 그 도움으로 저 정도로 말쑥이 복원이 되긴 했지만, 내란 때 입은 파괴의 흔적은 역사에서 영원히 지워지지 않을 겁니다."

"그런 잔인한 역사가 불과 얼마 전에 여기에서 벌어졌군요. 이야기를 듣고 나니 괜히 저 두브로브니크성이 안쓰러워 보이네요."

남자가 재킷 주머니에서 모바일폰을 꺼내어 뭔가 조작을 하더니 그것을 여자에게 불쑥 내민다.

"자, 이걸 좀 보시죠. 당시 두브로브니크성에 포격이 가해지는 광경을 찍어서 TV방송으로 전 세계에 내보낸 영상입니다."

남자의 모바일폰에 저장되어 있는 유튜브의 영상이다. 모바일폰 화면을 통해 두브로브니크성에 가해지는 유고슬라비아 연방군의 포격 장면이 나온다. 성 안팎으로 곳곳에 포탄이 떨어져 검은 연기가 피어오르고 굉음이 진동한다. 유고연방군 전투기에서, 군함에서, 야포에서 발사되는 포탄은 천 년 동안 쌓고 보존해온 역사유적을 통렬하게 꿰뚫는다. 20세기 현대 무기의 위력 앞에 중세의 돌담과 기와지붕은 허망하게 주저앉고 만다. 손바닥 위에 놓인 작은 모바일폰이 지나간 쓰라린 역사의 현장을 시각과 청각을 통해 마법처럼 생생히 재현한다.

"이 영상은 공격이 가장 심했던 날인 1991년 12월 6일의 모습을 TV카메라가 잡은 거예요. 그날 새벽부터 정오 사이에 육백여 발의 포탄이 쏟아졌다고 합니다."

10여 분간 계속되는 영상을 여자는 눈을 크게 뜨고 뚫어져라 바라본다. 이윽고 여자의 눈에서 눈물방울이 흘러내린다. 그리고 나직이 탄식을 뱉는다.

"이럴 수가! 어떻게 이럴 수가 있단 말이죠? 두브로브니크는 비극의 땅이었군요. 이런 영상을 보고 나서는 저 성안에 들어서기가 두려워질 것 같아요."

"죄송합니다. 성안에 들어가보기도 전에 제가 먼저 흥미를 잃게 해드린 것이 아닌가 해서."

"아니에요. 오히려 제가 고마워해야지요. 두브로브니크에 대해 훨씬 많이 알고 이해하게 된 걸요. 그나저나 그처럼 이야기를 술술 풀어나가시는 걸 보니 더더욱 그쪽의 직업이 뭔지 궁금해지는 걸요?"

"하하, 곧 말씀드릴게요. 한마디로 말하기엔 좀 복잡한 직업이라서."

"뜸을 들이시니 더 궁금해요. 언제 속 시원히 말씀해주시려나? 그때가 기다려지네요."

"성에는 오늘 오후에 들어가보실 건가요? 성안을 거니는 것이 두브로브니크 관광의 하이라이트죠. 모두들 저 성을 보려고 여기까지 오는 것 아니겠어요?"

남자가 당연하다는 듯이 묻는 말에 여자는 뜻밖의 대답을 한다.

"아니, 전 굳이 성안까지 들어갈 필요는 없을 것 같아요. 여기서 이렇게 보는 것만으로도 충분해요."

남자는 적이 놀라는 표정이 된다.

"무슨 말씀? 여기까지 와서 성안엘 들어가보지 않는다니요."

"전 관광 여행을 온 것이 아니니까요."

"그럼 무슨 일로 오신 건가요? 여긴 관광 말고는 오는 사람이 없을 텐데요."

"저도 차차 말씀드릴게요."

"하하, 우린 서로 상대방에게 차차 해줄 얘기 때문에라도 좀더 함께 다녀야 하겠군요."

돌연 여자가 정색을 하는 표정으로 남자에게 묻는다.

"이 부근에 대해 저보다 더 잘 아시잖아요. 그래서 말씀드리는 건데, 저 좀 도와주시겠어요?"

남자는 여자의 도움을 청한다는 말에 흠칫 놀라면서도 호기심이 어린 표정이 된다.

"무슨 도움인데요?"

여자는 겸연쩍어하며 고개를 숙인다.

"제가 너무 당돌하다고 생각하시지는 않는지요?"

"그렇지 않습니다. 처음 만나 이렇게 대화가 잘 풀리는 분을 만나기도 쉽지 않지요. 저에게 얘기해도 괜찮다 싶은 거라면 뭐라도 좋으니 주저 말고 그 도움이란 걸 청해보시지요."

"이따가 저녁을 같이 하시겠어요? 이렇게 안내를 해주신 데 대한 보답으로 제가 저녁 살게요. 그때 말씀드릴게요. 보여드릴 것도 있고."

여자로부터 뜻밖의 저녁 초대를 받은 남자의 얼굴에 미소와 함께 화색이 돈다.

"물론 오케이입니다. 저녁을 어디서 하는 것이 좋을까요?"

"전 이곳에 대해 아무것도 모르니 그쪽에서 잡아주세요."

"음, 어디가 좋을까요? 저도 특별히 아는 곳이 없어서요. 차라리 우리가 묵는 호텔에서 하는 것은 어떨까요? 벨뷰 호텔 레스토랑에 옥터퍼스 요리가 괜찮아 보이던데요. 호텔 로비에 광고판을 세워 놓았더군요. 사진을 보니 아주 먹음직스럽더군요. 아드리아산이라고 해요. 어때요, 옥터퍼스 좋아하세요?"

"그렇게 해요. 오늘 아침에 보니까 이 호텔 요리가 먹을 만하더군요."

"그 광고판을 보고 한번 먹으러 가보고 싶었는데 잘됐네요. 제가 레스토랑에 예약을 해놓을게요. 그러면 오늘 오후에는 뭘 하실 건가요? 아무래도 성안에 잠깐이라도 들어가보는 것이 어떨지요?"

남자가 다시금 권하는 듯이 말하자 여자는 잠시 망설인다. 그러다가 남자에게 되묻는다.

"혹시 저 성안에 티치아노*의 그림을 볼 수 있는 곳이 어디 있을까요?"

"티치아노요?"

"네, 티치아노 베첼리오."

"누군데요? 화가 이름인가요?"

"르네상스 시대에 베네치아를 대표하는 화가인데 유럽 곳곳에 그 사람 그림이 퍼져 있어요. 성당에도 종교화가 많이 남겨졌지요. 두브로브니크는 베네치아와 가깝고 중세에 세워진 성당도 많을 테니 어딘가 그의 그림이 있을 만도 한데요."

남자는 낯선 질문을 받고 고개를 갸우뚱한다.

"전 미술 쪽에는 그다지 밝지 못해서……. 아니, 거의 문외한이라고 해야겠죠. 베네치아의 티치아노라고 하셨지요? 두브로브니크는 역사적으로 베네치아와 밀접한 관계가 있었으니까 그쪽 화가들 작품이 남아 있을 가능성이 있지요. 인터넷

이나 가이드북에서 찾아볼게요. 찾으면 제가 그곳으로 안내
해 드리겠습니다. 그 화가를 좋아하시나 봐요?"

"딱히 좋아한다기보다는 관심을 가지게 됐어요. 대학 다닐
때 서양미술사 강의를 들었어요. 꽤 열심히 들었죠. 그때 베네
치안 르네상스°를 이끈 티치아노를 알게 됐어요."

"그럼 베니스에 가면 그 사람 그림을 많이 볼 수 있겠네요."

"티치아노 작품은 워낙 유명해서 전 세계로 널리 퍼져갔지
만, 역시 그가 활동한 주무대인 베니스에 가장 많이 있겠지요.
어제 여기 두브로브니크에 오는 길에 베니스 공항에서 비행
기를 환승했는데, 나중에 한국에 돌아가는 길에 잠깐이라도
베니스를 돌아보면 좋겠다는 생각이 들더군요. 베니스엔 제
소녀적 추억이 배어 있기도 해서요."

"베니스에서의 추억이라! 멋진데요. 어떤 추억인지 궁금하
군요."

"그것도 나중에 얘기해드릴게요."

여자의 말에 남자가 고개를 젖히며 크게 웃는다.

"하하, 오늘 저녁자리가 무척 기대가 되는데요? 사실 베니
스는 언제라도 몇 번이라도 또 가보고 싶은 곳 아니겠어요?
저도 불현듯 다시 가보고 싶어지네요. 예전에 한 번 가보고 나
서 못 가본 지 벌써 10년이 다 된 것 같군요."

두 사람은 스르지 산정에 나란히 서서 아드리아의 수평선

으로 함께 시선을 던진다. 바다 건너 저 멀리 아득한 곳, 수평선 너머 어딘가에 숨어 있을 베니스 쪽을 바라보는 듯이.

쿠프린[*]

1963년 여름.

슬로베니아의 블레드 호숫가에 있는 대통령 별장.

블레드호수[*]는 유고슬라비아뿐만이 아니라 발칸 전 지역에서도 가장 아름다운 호수로 꼽힌다. 티토 대통령은 가장 아름다운 곳에 가장 아름다운 별장을 짓고 틈만 있으면 찾아오곤 했다. 티토는 여름휴가 중 어느 날에 밀카 쿠프린을 불러들였다.

"밀카, 자네 20년 전 숲속 파르티잔[*] 시절에 보스니아 비하치에서 열렸던 유고슬라비아 국민해방 반파시스트 평의회를 기억하나? 그때 총회 석상에서 내가 자네더러 무대에 올라가 연설을 하라고 시켰더니 자넨 수줍어서 제대로 말도 못하고 무대 뒤로 도망쳐버렸지."

"대통령 각하, 전 그때 20대 초반 어린 소녀에 불과했습니다. 그 후 파르티잔 총사령관 동지였던 각하의 각별한 지도와

보살핌 속에서야 전 비로소 어엿한 파르티잔 전사가 될 수 있었지요."

"그랬지. 자넨 이제 우리 유고슬라비아연방에서 가장 뛰어난 여성 지도자가 되었네. 믿음직스럽군. 내가 가장 신뢰하는 자네에게 새로운 임무를 줄까 하네. 이번 정부개편에서 관광부를 신설하기로 했네. 자네가 그 관광부장관을 맡아주게."

"각하, 드디어 제 건의를 받아 주시는 겁니까?"

"그래. 자네 말이 옳다는 판단을 내렸어. 조국은 더 부강해져야 해. 그러자면 나라를 개방해서 외국인들을 불러들여 돈을 벌어야 하지 않겠나. 우린 철의 장막*을 치고 숨어 사는 소비에트연방국*과는 달라. 인민의 자유가 보장된 사회주의 건설이 우리의 목표 아니었나. 영국 처칠* 수상도 그렇게 예상을 했기에 내가 경쟁자인 미하일로비치*를 제치고 유고슬라비아의 지도자가 될 수 있도록 도왔던 거지. 이 티토는 근본적으로 낭만주의자란 말이야. 밀카, 자네에게 전권을 줄 테니 달마티아를 세계적인 관광지로 개발해보게. 특히 전쟁으로 파괴된 두브로브니크를 잘 보수하게. 사실 두브로브니크만큼 아름다운 도시는 세상에 다시없지 않은가? 전쟁의 흔적을 말끔히 지우고 완벽하게 재건을 해서 옛날의 명성을 되찾도록 하게. 그 일이라면 내가 뭐든 지원할 테니까."

쿠프린은 자기도 모르게 대통령의 손을 덥석 잡으며 감격해 한다.

"대통령 각하, 감사합니다. 기필코 두브로브니크를 세계인들이 찾아오는 아드리아의 진주로 만들어놓겠습니다. 세르비아나 마케도니아 땅에 공장 몇 개 더 짓는 것보다 아드리아 해안에 호텔을 짓는 것이 훨씬 더 많은 돈을 벌 수 있다는 것을 보여드리겠습니다. 그러나 각하, 개방 반대파인 란코비치* 부통령이나 스테파노비치 정보부장 같은 사람들을 막아주셔야 합니다. 저를 모함하고 저의 개방정책을 방해할 겁니다. 그들은 외국인 관광객들의 카메라를 멋대로 압수해가곤 하는데, 우선 그런 짓부터 하지 못하도록 해주십시오."

티토는 과거 파르티잔 시절 자기 부하들이었던 관료들 사이의 알력을 즐기기라도 하는 듯 유쾌한 웃음을 터뜨린다.

"하하. 그 사람들도 다 나름대로 애국을 한다고 하는 일이라네. 완전 개방을 하기에는 아직 조국의 사정이 미치지 못한다고 여기는 게야. 애국자들끼리 서로 미워하거나 싸우지는 말게. 내가 판단을 하고 조종을 하겠어. 내게 맡기고 자넨 관광부장관으로서 임무에 열중하게."

유고슬라비아는 동유럽 공산국가 중 유일하게 국경이 개방된 나라가 된다. 소련이나 동독처럼 전기철조망으로 국경을 차단하는 일이 없고, 유고슬라비아 국민은 자유롭게 외국으로 나갈 수가 있게 되었다. 관광객들에 대한 고환율 정책이 과감하게 시행되었다. 사진촬영에 대한 제한도 풀렸다. 쿠프린

장관이 예상한 대로 서독, 영국 등지에서 관광객들이 쏟아져 들어왔다. 특히 두브로브니크가 관광객을 많이 모았다. 두브로브니크는 티토가 사망하기 1년 전인 1979년에 도시 전체가 유네스코에 의해 세계문화유산으로 지정되었다. 유고슬라비아 사회주의연방공화국의 획기적인 개방정책을 두고 국내에서도 의견이 갈렸다. 아드리아 해안을 끼고 있는 슬로베니아, 크로아티아, 몬테네그로 사람들은 개방을 지지한 반면, 내륙에 위치한 세르비아, 보스니아, 마케도니아 사람들은 무절제한 개방에 반대하는 입장이었다. 그러나 일단 터진 개방의 추세는 막을 수 없었다. 개방 분위기에 맞춰 작가와 예술가들에게도 자유가 폭넓게 주어졌다. 자유의 열매로 풍성한 문화가 맺히기 시작했다. 밀카 쿠프린이 바라던 결과였다.

성城

스르지에서 내려온 두 사람은 바로 성안으로 들어선다. 온통 돌로 된 도시. 성벽, 건물, 도로, 광장, 분수대까지 가릴 것 없이 모두 돌로 쌓아올린 것들이다. 오밀조밀한 건물의 집단을 좌우로 밀어내고 그 가운데로 넓게 트인 돌길이 저 먼 곳까지 죽 뻗어 있다. 그 돌길 위를 걷는다.

남자가 말한다.

"인터넷에서 찾아보니 티치아노 그림이 있는 성당이 한 군데 나와 있더군요. 그 성당에 가려면 이 길로 걸어서 저 끝부분까지 가야 해요. 우리가 방금 들어온 서쪽 입구 성문이 필레 게이트˚라 하고요, 지금 가는 이 길은 플라차 대로˚, 혹은 스트라둔이라고 하는 이 성의 메인스트릿이에요. 동쪽으로 뻗어 있는 이 길을 따라 가다보면 루자 광장˚이란 데가 나오는데, 거기서 오른쪽으로 꺾어서 조금만 더 가면 그 성당입니다. 성안을 서에서 동으로 횡단하는 셈이 되지요. 천천히 구경하면서 걸어가 보시죠."

"관광 성수기가 아닌데도 관광객은 여전히 많군요. 생각보다 동양인들이 많네요. 한국 관광객들도 꽤 많은 것 같아요."

십수 명의 단체 관광객이 곁을 스치고 지나간다. 그 관광객들이 꽤나 큰 소리로 서로 주고받는 말은 두 사람이 알아들을 수 있는 한국어다.

"하하, 목소리들이 좀 큰 편이지요? 세계 관광지 어디서나 관광객들 중에서 소리가 가장 큰 사람들은 중국 사람들이고, 그다음이 우리 한국 사람들이라고 하던데요. 서양인들이 듣고서 놀랄 정도로. 아마 큰 소리로 말하는 평소의 습관 탓이겠죠."

"성안에 이런 넓고 긴 돌길이 깔려 있다는 게 신기하네요."

"서양 사람들 돌로 도시를 건설한 것 보면 참 대단해요. 전쟁을 워낙 많이 겪다 보니까 뭐든 저렇게 든든히 쌓아 올려야 했나 봐요. 그만큼 주변에 돌이 많기도 했고요. 우리가 걷는 이 플라차 대로는 원래 바다였는데 그곳을 돌로 메꾸고 만든 길이라고 하네요. 처음엔 이 길의 왼쪽 즉 북쪽에 있는 땅만 육지였고, 오른쪽 즉 남쪽은 작은 해협을 사이에 둔 섬이었다는 거예요. 그랬던 것을 해협을 메워서 남쪽 섬까지 성의 영역을 넓혔다고 하더군요. 우린 지금 옛날 바다였던 곳을 돌로 메운 길을 걷고 있는 거지요. 유고슬라비아 내전에서 두브로브니크 포위공격 때에 유고연방군의 포탄이 가장 많이 떨어진 곳이 바로 이 플라차 대로라고 합니다. 지금은 말끔하게 포장이 되어 있지만, 그때는 정말 처참했을 거예요."

"아까 산 위에서 보여주신 그 동영상을 생각하니 이 길을 걸어가기가 두려워지네요. 포탄을 맞아 무너져 내린 돌 더미와 길가에 쓰러진 사람들의 모습이 눈에 선해서요. 지금 길을 걷고 있는 저 관광객들은 그때의 참상을 알고나 있을까요? 저도 그 영상을 보지 않았다면 상상도 못했을 테지요. 어떻게 보면 역사는 악몽의 연속인 것 같아요. 모르는 사람들에게는 감추어지고 알고 있는 사람들 눈에만 보이는 악몽."

"크로아티아의 아름다운 산하에는 그런 비극의 역사가 숨어 있지요. 오늘의 크로아티아가 존재하기까지 이 나라 백성은 무척이나 험난한 길을 숨 가쁘게 걸어왔답니다. 비단 최근의 유고슬라비아 내전뿐만이 아니라 그 이전부터 숱한 역사적 난관을 헤쳐온 민족이에요."

"이곳 역사에 대해 잘 알고 계신 것 같은데, 제게도 설명을 좀 해주시겠어요?"

"하하, 제가 아는 만큼 차차 해드릴게요. 대신 저에게는 미술공부를 좀 시켜주시기 바랍니다. 제 가장 큰 약점을 이 기회에 보충 좀 하게요."

"네, 저도 아는 만큼만 차차 해드릴게요."

두 사람이 동시에 웃음을 터뜨린다.

두 사람은 제법 빠른 속도로 걷는다. 주변 풍경에는 별 관심이 없다는 듯이. 성을 거의 다 횡단하여 중앙대로가 끝났다 싶은 지점에 꽤 널찍한 광장이 나타난다. 오고가는 사람들, 적당한 곳에 제각기 앉아 있는 사람들로 번잡하다. 성안에서 사람이 가장 많은 곳이라 할 만하다. 광장을 둘러싸고 제법 번듯한 건물들이 들어서 있다. 남자가 들고 온 지도와 책을 번갈아 보면서 설명한다.

"여기는 루자 광장입니다. 플라차 대로의 끝부분에 위치해 있지만 여기가 성의 중심이 되는 곳이에요. 바다와 가장 가까운 곳이기도 하지요. 저기 동쪽 성벽 문을 나서면 바로 두브로브니크의 관문이었던 옛 항구가 있어요. 멀리 바다 쪽에서 두브로브니크성을 바라보면 여기 이 광장에 서 있는 저 건물들이 가장 두드러지게 부각되어 보이겠죠. 시청을 비롯한 온갖 관공서 건물이 모여 있고 여기서 모든 중요한 행사가 치러졌을 거예요. 저기 서 있는 돌기둥은 롤랑 기둥*이라고 해요. 중세의 유명한 기사 롤랑의 상이 새겨져 있지요. 두브로브니크가 자유도시라는 상징으로 700년 전에 세워졌다는 겁니다. 우린 이 광장에서 오른쪽으로 꺾어서 가야 해요. 여기서 우리도 좀 쉬었다 갈까요? 구경도 할 겸."

남자가 여자를 돌아보며 묻는다. 그러나 여자는 설명을 듣는 둥 마는 둥 오히려 남자보다 더 빨리 앞서 나간다. 남자가 급한 걸음으로 쫓아가서 여자를 안내하는 위치로 복귀한다.

한결 좁아진 길을 걸어서 오른쪽, 왼쪽으로 두 번 더 돌아가자 아담한 공간이 나오고, 그곳에 목적지인 성당이 모습을 드러 낸다. 광장이라기보다는 성당 앞마당이라 하는 것이 더 적합 할 듯하다. 꼬불꼬불한 골목 구석에 숨어 있기에는 어울리지 않게 장대한 건물.

"바로 여깁니다. 영어지도에는 '커시드럴 트레저리*'라고 되어 있는데, 보물 성당이라고 번역해야 할까요? 한국 가이드 북에는 두브로브니크 대성당*이라고 나와 있네요. 아마 이 성 안에서 가장 크고 오래된 성당인가 봐요. 지은 지 800년이나 됐다고 하네요. 300여 년 전에 바로크식*으로 화려하게 재건 축을 했다고 합니다. 두브로브니크의 대표 성당이라 할 수 있 겠죠. 이 대성당 역시 두브로브니크성의 운명을 벗어나지 못 해서, 유고슬라비아 내전 때 연방군의 포격을 받아 파손되었 다가 복구되었다고 하지요. 바로 여기에 티치아노의 그림이 있다는 거예요. 사실 저는 그저께 성안을 둘러볼 때 이 성당 앞까지 한번 와보긴 했었지만 정작 들어가보진 않았어요. 유 럽에서 오래 지내면서 성당이라면 워낙 많이 들어가봐서 큰 흥미는 없어졌거든요. 오늘은 위대한 예술품을 감상하기 위 해서 한번 들어가보겠습니다만. 자, 들어가실까요?"

십여 개의 돌계단을 올라서 성당 정문에 마주친다. 쇠 장식 이 줄지어 박혀 있는 육중한 녹색 문을 밀고 안으로 들어선다.

실내는 온통 어두침침하다. 결코 밝지 않게 몇 군데 켜놓은 조명의 빛은 맞은편 멀리 바라보이는 성당 벽 쪽으로 집중되어 있다. 그 먼 벽면 위쪽에 정사각형의 스테인드글라스 창문이 나 있고, 그 창문 밑에 미사를 집전하는 자리인 제단이 설치되어 있다. 스테인드글라스 창문과 제단 사이의 공간 벽에 커다란 그림 하나가 걸려 있는 것이 멀리에서도 시야에 들어온다. 기다란 미사용 벤치가 좌우로 나뉘어 줄지어 놓여 있고, 그 가운데로 제단을 향해 나아가는 공간이 열려 있다. 두 사람은 흰 마름모와 주황색 마름모의 문양이 엇갈려 이어진 대리석 바닥 위를 나란히 걸어가서 제단 앞에 다다른다. 대리석 제단 위에는 은으로 만든 갖가지 성물이 놓였다. 여섯 개의 화려한 은촛대가 병렬로 죽 늘어섰는데, 그 한가운데에 예수가 매달린 은십자가가 가장 높이 우뚝 솟았다. 그 제단 뒤의 성당 벽면을 가득 채우며 걸린 그림, 제단화*이다. 제단 앞에서 보면 마치 제단 위의 은십자가에 매달린 예수가 그 제단화를 등에 지고 있는 듯이 보인다.

그림은 한 여인이 천상으로 오르는 찰나의 모습이다. 흰 드레스가 목부터 발목까지 내려와 덮이고 그 위로 푸른 가운이 어깨와 허리를 감싸며 드리워져 있는 젊은 여인이다. 공중에 떠 있는 그 여인의 주변을 황금빛 오로라가 에워싸고 있다. 오로라를 감싼 잿빛 구름을 경계선으로 윗세상과 아랫세상이 구분되었다. 구름의 밑 아랫세상에서는 수많은 군중이 여인의 천상 오름 광경을 치어다보며 혹은 무릎을 꿇고 혹은 두 손을 합장하고 경배를 한다. 구름 위의 세상에서는 어린 천사가 구름을 밟고 올라오는 여인을 손을 내밀어 맞이한다.

"이건가요?"

남자가 여자를 보며 묻는다. 여자는 고개를 끄덕여서 답한 후 찬찬히 그림을 살펴보며 말한다.

"네. 티치아노의 「성모승천」. 이것이 성모 마리아가 창조주의 부름을 받고 이승을 떠나 저승으로 올라가는 영광스러운 장면을 그린 성모승천의 전형적인 형태랍니다. 그 시대의 많은 화가들이 성모승천을 그렸지만 티치아노의 「성모승천」이 가장 뛰어났다고 하죠. 색채와 구도, 인물들의 생동감이 종전의 다른 화가들 그림과는 확연히 달랐다는 거예요. 티치아노는 스물여덟 살 때 베니스의 프라리 성당*에 이런 형식의 「성모승천」 그림을 그렸는데, 그 그림 하나를 계기로 단연 최고 인기화가가 되어 여러 나라 성당에 초청을 받아 가서 「성모승천」 제단화를 그려 줬어요. 티치아노의 제단화가 있는 성당은 그만큼 가치가 올라갔으니까요. 그가 여기 두브로브니크에도 왔었나 봐요. 베네치아에서 배를 타고 아드리아해를 건너왔겠죠? 이 두브로브니크 대성당의 명성을 올려주기 위해서."

"티치아노가 누군가요? 누구이기에 우리가 이 유명한 성에 들어와서 다른 곳은 쳐다보지도 않고 이 사람 그림만 보겠다고 이리로 오게 된 거죠?"

"친퀘첸토˙를 대표하는 베네치아 화가예요."

"친퀘……? 그게 뭐지요?"

남자는 완연히 여자에게 의존적인 말투가 된다. 여자는 담담하면서도 여유롭게 설명을 한다.

"친퀘첸토. 이탈리아 말로 '500'이란 뜻인데, 이탈리아 르네상스 미술의 전성기인 1500년대, 곧 16세기를 일컫는 미술 용어예요."

"르네상스 화가라면, 미켈란젤로˙가 가장 유명한 사람 아닌가요? 로마 시스티나 예배당˙에 「최후의 심판」 벽화를 그린 사람. 우린 어렸을 적부터 그 사람 이름만 실컷 들으며 자랐는데요."

"미켈란젤로는 피렌체˙ 사람이지요. 르네상스 미술이 처음에는 피렌체를 중심으로 발전했지만, 나중에는 주도권이 베네치아로 넘어갔어요. 친퀘첸토의 피날레는 베네치아가 장식했지요. 피렌체는 고전적인 원칙에 충실한 반면 베네치아는 훨씬 자유로운 풍토였어요. 바다를 통해 동서남북 온갖 세계의 문화를 접촉했기 때문에 가능했죠. 색채는 밝고 화려하고, 구도는 자유분방하고, 소재도 다양해졌죠. 선에서 빛으로, 대칭에서 비대칭으로, 엄숙함에서 생동감으로 옮겨 간 거예요. 티치아노는 그 베네치안 르네상스의 중심인물이에요."

"흠. 티치아노가 미켈란젤로와 어깨를 겨룰 만한 화가였나 보지요?"

"미켈란젤로는 화가라기보다는 종합적인 예술가였다고 하는 게 맞아요. 원래 조각가로 출발해서 나중엔 그림도 그리고 건축도 했지요. 그야말로 다재다능한 당대 최고의 예술가였지요. 석공으로부터 출발해서 조각가의 길로 매진했고, 화가보다는 조각가가 더 우월하다고 여겼지요. 미켈란젤로는 자신이 화가라고 불리는 것을 거부하고 어디까지나 조각가라는 정체성을 간직하고자 했어요. 반면 티치아노는 다른 길은 전혀 바라보지 않고 일생을 바쳐 오직 화가의 길만 걸었어요. 그 결과 이탈리아 르네상스 미술의 정점을 기록한 최고의 화가로 남을 수 있었지요."

"두 사람 다 최고라는 말씀인데, 우문인지 모르겠지만, 두 사람을 비교해본다면 그중 누가 진짜 최고라고 생각하세요?"

그 물음에 여자는 남자를 돌아보며 고개를 갸우뚱하면서 미소 띤 표정으로 답한다.

"그 질문은 좀 짓궂은 질문이라는 생각이 드는데요? 예술에 진정한 의미에서 최고라는 게 존재할까요? 그저 극진한 찬사를 보낼 때에 붙이는 허사에 불과한 것 아닐까요?"

남자는 과연 짓궂다고 할 만한 웃음 띤 표정을 지으며 말한다.

"그쪽에서 먼저 최고라는 말을 사용하셨잖아요? 두 사람에게 모두 최고라는 호칭을 붙이셨기에 한번 물어본 것뿐입니다. 미술을 모르는 문외한의 우문이라고 생각하시고 대답해주시면 고맙겠습니다."

　여자는 제단 앞에서 물러나와 미사용 벤치의 맨 앞줄 자리에 앉아서 티치아노의 제단화를 바라다본다. 남자도 여자를 따라가서 옆에 앉는다. 여자는 시간 간격을 두었다가 이윽고 남자의 질문에 대답을 할 결심이 선 듯 말한다.

　"미켈란젤로와 티치아노는 모두 동시대에 이탈리아 친퀘첸토 르네상스를 이끈 대표적인 예술가이지만 여러 면에서 서로 판연히 달랐어요. 미켈란젤로는 인문학적 소양이 풍부해서 사상가이자 철학자의 풍을 간직한 인물이었지요. 소년 시절 피렌체 메디치˚ 가문의 지도자 로렌초˚의 눈에 들어서, 그의 집에서 살면서 보고 듣고 공부할 기회가 주어졌기 때문이죠. 역사, 철학, 문학을 두루 배워서 당대의 지성인으로 성장할 수가 있었죠. 예술에 대한 집념, 자기 스타일에 대한 고집이 세어서 누구와도 타협하지 않았고, 심지어 당시 최고 권위자인 교황에게도 반항하면서 대들 정도였죠. 여자도 모르고 평생 독신으로 살면서 오직 예술작품 제작에 자기 일생을 바친 사람이에요. 세상에 존재했던 예술가들 중에서 그야말로 불후의 명작을 가장 많이 남겨놓은 사람이라 할 만하죠. 조각가로서 한창 때의 것인 산 피에트로 성당˚에 있는 「피에타」, 피렌체 아카데미아 미술관˚에 있는 「다비드」 같은 조각 작품은 오늘날까지도 지켜보는 우리를 감동 속에 몰아넣고 있잖아요. 인생의 중반에 접어들자 그는 개별적으로 작품을 만드는 작은 세계를 넘어 더 큰 세계로 나아갔어요. 누구에게 작품을 만들어서 바치는 수동적인 위치가 아니라 자기 자신의 우주를 꾸미기 시작한 거지요. 바티칸 시스티나 예배당 천정화 「천지창조」에 4년, 그 예배당 벽화 「최후의 심판」에 7년을 바쳤어요. 그것은 이미 그림의 차원을 벗어나서, 그 건물 전체를 하나의 신성한 세계로 변모시키는 창조적 작업이었죠. 그런 엄청난 작업이 어디 인간이 한 일이라고 할 수 있겠어요? 말년에는 브라만테*, 라파엘로*가 죽으면서 미완성으로 남기고 간 산 피에트로 성당의 건축을 마무리하는 일에 몰두했어요. 그 일은 일체 대가를 물리치고 무보수를 자청하여 수행했지요. 역사에 길이 남을 산 피에트로 성당에 자기의 마지막 영혼을 불어넣었던 거죠. 그는 예술가로서 흡사 순교자 같은 삶을 살았다고 볼 수 있어요.

반면, 티치아노는 인문학자도 아니고 천재도 아니고 순교자는 더더욱 아닌 그저 한 사람의 화가였지요. 티치아노는 오직 그림으로만 살았던 사람이에요. 그리고 또 그려서 세상에서 인정받고 유명해지고, 인생을 실컷 즐기며 행복하게 살았어요. 온 유럽의 권력자들이 티치아노가 그려 주는 초상화를 받기 위해 거액을 내놓으면서 줄을 섰지요. 따르는 여자들도 많았다고 해요. 티치아노는 그 여자들을 절대 거부하는 적이 없었다는 거예요. 그의 그림은 밝고 화려해요. 그가 그린 초상화는 표정이 꿈틀거리는 생동감이 넘쳤어요. 그가 그린 종교화도 엄숙함보다는 환희의 기운 같은 것이 감돌았지요. 베네치아는 티치아노에게 행운의 땅이었어요. 베네치아에는 전통과 새 조류가 합쳐지는 융합의 힘이 있었지요. 많은 사람들이 베네치아로 모여들었어요. 피렌체나 다른 도시에서 정치적 핍박을 당한 정치가들이 망명을 오는 곳이 베네치아였어요. 밀라노에서 활동하던 레오나르도 다빈치˚도 전쟁을 피해 여기에 와서 머무른 적이 있지요. 그때 아직 어렸던 티치아노는 레오나르도를 만나 그림 기법을 전수받기도 했어요. 콘스탄티노플˚이 투르크˚에게 무너지자 비잔틴제국˚의 문명이 베네치아로 건너와 이식되었는데, 이것이 베네치아의 문명이 풍성해지는 데 큰 기회가 되었지요. 베네치아의 미술은 기술적으로도 대폭 진화를 했어요. 종전에는 나무판 위에 광물로 만든 안료로 그림을 그리던 템페라화˚가 전부였는데, 베네치아 화가들은 북유럽에서 만든 기름물감을 들여와서 천으로 만든 캔버스 위에 그리는 유화 기법을 정착시켜서 회화의 새 시대를 열었어요. 티치아노는 그런 베네치안 르네상스의 중심인물로 자리 잡았고, 그 계보는 틴토레토˚, 엘 그레코˚ 같은 후계자들로 이어지지요."

여자가 이만하면 됐냐는 표정으로 남자를 본다. 남자는 여전히 장난스럽다거나 짓궂다고 해야 할 표정으로 여자를 마주 본다.

"대단히 전문적인 강의 잘 들었습니다. 놀랐습니다. 감탄했습니다. 제 서투른 역사 강의보다 훨씬 재미있고 또 유익하네요. 비참한 전쟁 얘기가 아니라 아름다운 예술의 세계 얘기잖아요. 그런데 제 질문에는 답해주셔야죠."

"미켈란젤로와 티치아노 중에 누가 진짜 최고냐는 그 억지 질문 말인가요? 이미 제 얘기 중에 대답이 나와 있지 않은가요? 꼭 말로 다시 확인을 해드려야 만족하시겠어요?"

남자는 웃으며 손을 내젓는다.

"아니, 아닙니다. 확인하실 필요 없습니다. 아무리 문외한이라 해도 그 정도면 알 만합니다. 제가 독자적으로 판단할게요."

남자가 벤치에서 일어나 티치아노 그림 앞으로 간다. 제단화 앞에는 머리카락이 노란 한 남자가 서서 그림을 보고 있다. 남자는 노랑머리 남자의 옆에 나란히 선다. 남자는 저만치 뒤쪽에 여자를 남겨둔 채 노랑머리 남자와 대화를 나누기 시작한다. 서양인 남자가 뒤로 흘끗 머리를 돌려 여자를 바라본다. 한국 남자가 서양인에게 뭔가 얘기를 계속한다. 서양인이 웃음을 띠며 여자를 향해 고개를 숙여 인사를 한다. 여자도 엉겁결에 고개를 까딱하며 인사를 마주 보낸다. 잠시 후 남자가 노랑머리 남자와의 대화를 끝내고 벤치로 돌아와 여자 옆에 앉는다.

"좋은 정보를 가지고 왔습니다. 저 사람은 영국 사람인데 미술에 퍽 조예가 깊더군요. 그쪽만큼의 수준이 되는 것 같았어요. 두 분이 얘기 나누면 아주 좋을 거라는 생각이 들어요. 두 가지 정보를 저 사람으로부터 얻었습니다. 우선, 티치아노의 「성모승천」 그림은 여기 두브로브니크에 있는 것보다는 베니스의 프라리 성당에 있는 「성모승천」이 규모도 크고 색채도 화려하고 등장인물도 다양하다는 겁니다. 이곳 두브로브니크 대성당에 있는 저 「성모승천」은 베니스 프라리 성당의 「성모승천」에 비하면 지극히 검소한 것이라는 게 저 영국 사람 얘기입니다. 저 사람은 험블이라는 단어를 쓰던데요, 검소하다는 뜻으로 번역을 해야겠지요. 두 번째, 이 정보가 더 중요한 건데요, 이 두브로브니크에 티치아노의 그림이 한 점 더 있다는 겁니다. 그리 멀지 않은 곳에 있는 도미니크 수도원°이라는 곳에 티치아노가 그린 막달라 마리아° 그림이 있다는데요. 그걸 꼭 가서 보라고 저 영국인이 강력히 권유하더군요. 수도원에 있는 종교화이지만 한결 인간적인 체취가 풍기는 멋진 작품이라는 것이 저 사람의 평입니다."

"영국 사람과 꽤 많은 얘길 나누셨군요. 저는 영국식 영어는 발음과 악센트가 특이해서 알아듣기 힘들던데요."

"제가 한때 영국 대학에 적을 둔 적이 있어서 영국 영어에 어느 정도 익숙한 편이에요. 오히려 영국 사람 만나면 반갑죠."

여자가 놀란 표정으로 남자를 쳐다본다.

"어머! 영국에서 학교를 다니셨다고요? 저도 영국에서 산 적이 있는데요. 어렸을 때였어요. 초등학생이었으니까."

"아, 그랬습니까? 전 직장을 다니다가 공부를 더 하려고 영국에 가서 대학을 좀 다녔지요. 우리 사이에 공통점을 발견하니 더 반갑네요."

"그러게요. 저도 영국에서 살아봐서 그런지 영국 사람 만나면 반갑더라고요. 그쪽이 영국에서 대학을 다니셨다니 더 반갑고요. 전 그때가 초등학교 다닐 때라서 채 영어를 제대로 익히지 못했어요. 그래서 영국식 영어를 잘 못해요."

두 사람은 공통점을 발견한 후 한결 더 가까워진 표정이다.

"저 영국인은 이 두브로브니크에 자주 온답니다. 벌써 여섯 번째 온 거랍니다. 이곳이 세상에서 제일 아름다운 고장이라고 하네요. 이 부근 해안을 따라 좋은 곳이 많으니 시내를 벗어나 멀리 나가보라고 권하더군요. 그리고 우리더러 뷰티플 커플이라고 칭하던데요? 결혼을 한 부부 사이인 줄 아는 모양이에요. 우리가 오늘 아침에야 처음 만난 사이인 줄은 모르고서. 전 그냥 부정하지 않고 가만히 있었죠. 저 사람 특히 그쪽 칭찬을 많이 해요. 고르져스 레이디란 표현을 쓰더군요. 저들이 대단한 미인을 칭할 때 쓰는 말이지요. 아까 저 사람이 이쪽을 두 번이나 돌아봤잖아요. 괜히 제가 기분이 좋아지데요. 남이 부러워하는 미인과 데이트하는 사람이 됐으니. 하하."

남자가 유쾌한 어조로 하는 말에 여자는 직접적인 반응을 피하면서 짐짓 건조한 표정으로 말을 받는다.

"아, 그래요? 도미니크 수도원이라고 했지요? 우리가 티치아노 덕분에 가볼 곳이 한 군데 더 생겼네요. 아니, 여행 가이드북에 나와 있지 않은 것을 알려준 저 영국 사람 덕분이겠죠. 찾아갈 수 있겠어요?"

"네. 저 사람 말이, 루자 광장에서 동쪽 성벽을 따라 북쪽으로 죽 올라가라고 하더군요. 동쪽 성벽과 북쪽 성벽이 만나는 구석진 곳에 있답니다. 자, 이왕 나선 티치아노 순방길이니 또 하나의 티치아노를 만나러 가보실까요?"

높고 견고한 돌벽으로 둘러싸인 건물. 성안에 또 하나의 성이라고 할까. 건물의 후면에 두브로브니크 성벽이 맞붙어서 높이 솟아 있다. 그 성벽이 그대로 건물의 일부이다. 들어가는 정문은 아무런 장식도 없이 마치 암굴 입구처럼 조그맣고 음산하게 뚫려있다.

"청빈과 구원을 모토로 삼는다는 도미니크 수도회의 수도원답게 검소하기 이를 데 없군요. 들어가기가 으스스한데요?"

엄살 섞인 남자의 말. 문 앞에 'MUSEUM'이라고 쓴 표지판이 섰다. 유료라는 표시. 그 때문인지 관광객의 출입이 거의 없어 한적하다. 남자가 주머니에서 쿠나*지폐를 꺼내 입장료를 낸다. 일단 안으로 들어서니 내부에 마련된 공간은 외부와는 달리 자못 화려하다. 널찍한 직사각형의 중정이 있고, 중정을 둘러싼 회랑이 있다. 중정에는 야자수를 비롯한 각종 식물들이 잘 가꾸어져 있다. 코린트식˚돌기둥들이 열 지어서 회랑의 지붕을 받쳐 준다. 회랑을 따라 그림과 조각 작품이 빼곡히 진열되었다. 두 사람은 회랑을 한 바퀴 돌고 나서 수도사들이 미사를 드리는 예배당 안으로 들어선다. 예배당 안의 공간은 웬만한 성당만큼이나 높고 넓다. 커다란 창문으로 들어오는 햇빛이 실내를 밝게 만든다. 스테인드글라스와 아치형 기둥 사이에 높이 걸린 대형 금빛 십자가. 벽면에 줄지어 걸린 오래된 그림들. 간간이 현대적 화풍이 물씬 나는 그림들이 사이에 끼어 있어 중세와 현대의 조화를 이룬다. 낮고 소박하게 꾸며진 제단이 이곳이 대성당과는 다른 도미니크 수도원이라는 사실을 상기시킨다.

"수도원 전체를 하나의 뮤지엄으로 꾸며 놓았군요. 아주 예쁜 수도원이 됐어요. 바깥에서 보기와는 아주 달라요."

여자가 사방을 둘러보며 탄성을 지른다. 남자는 사냥꾼처럼 사방을 두리번거린다.

"이 메인 홀 안에는 티치아노의 막달라 마리아가 보이질 않는데요? 어디에 숨어 있기에?"

남자가 예배당 바깥으로 나가서 여기저기 기웃거리며 다니다가 무엇인가 발견하고 돌아와 급히 여자를 부른다. 따라가

보니 한쪽에 작은 별실이 있다.

"여기 이쪽으로 와보세요. 저기 걸린 저 그림이 그것 아닐까요?"

남자가 손으로 가리키는 곳에 그림 한 점이 홀로 벽면을 장식하고 있다. 테두리가 얇은, 그리 크지 않은, 평범한 나무틀로 둘러싸인 그림. 두 사람은 다가가서 제각기 유심히 그림을 들여다본다. 그림의 액자에는 아무런 표시가 되어 있지 않다. 대신 그림 앞에 접근을 막는 울타리가 있고, 그 울타리 앞에 세워진 지지대 위에 활자로 찍힌 그림 설명서가 놓여 있다.

"이것이 설마 영국 사람이 말한 그 그림일까요? 사람이 무려 다섯 명이나 함께 그려져 있는데? 가만, 여기 작품설명이 있네요."

의문을 제기하던 남자가 잠시 그 설명서를 읽어본 다음 다시 말한다.

"아, 여기 분명히 쓰여 있네요. 이탈리아어 밑에 영어로도 써놨어요. 티치아노 베첼리오. 작품명은 「성 블레즈˚, 성 막달라 마리아, 토비아˚, 대천사 라파엘˚, 그리고 기증자」로 되어 있네요. 작품명을 이렇게 복잡하게 한 이유가 무엇일까요?"

여자가 그 물음에 해답을 내놓기 위해 나선다.

"여기 그림에 그려져 있는 다섯 사람의 이름들인가 봐요. 왼쪽의 인물부터 차례로 이름이 매겨져 있네요. 이게 원래의 그림 제목은 아니었을 거고 후에 사람들이 제목을 이렇게 붙였을 거예요. 왼쪽에서 두 번째 유일한 여성 인물이 막달라 마리아 같네요. 오른쪽 끝에 무릎 꿇고 합장을 하고 있는 사람은, 이 수도원에 돈을 기부하고 이 그림도 기증을 한 돈 많은 사람인가 봐요. 나머지 인물들은 성경이나 역사에 등장하는 성인들이겠고요. 중세의 그림을 보면, 화가에게 돈을 주고 그림을 주문하는 사람의 모습을 그림 속에 성자들과 함께 넣어주는 경우가 많았더군요. 맨 오른쪽에 있는 인물을 이름 대신 도우너, 즉 기증자라고 써놓은 것을 보니 그 사람이 돈을 낸 사람인 것 같아요.”

여자가 그림을 살펴보면서 설명을 덧붙인다.

“티치아노가 몇 살 때 그린 것인지 그 시기는 설명서에 적히지 않았네요. 그림이 역시 티치아노 그림답게 무척 밝아요. 맨위 하늘에 밝은 광채 부분이 「성모승천」 작품에서 본대로 티치아노의 특성을 보여주네요. 막달라 마리아의 아름다움이 돋보여요. 모두가 막달라 마리아의 성스러움보다는 아름다움을 주목하고 있는 것 같지 않아요? 이 그림에 그려져 있는 인물들도 그렇고, 또 지금 그림을 보고 있는 우리 자신도 그렇죠. 아마이 그림을 감상하는 사람들은 다 그럴 것 같아요. 막달라 마리아는 그 시대의 화가들이 작품의 대상으로 삼기에 좋은 인물이었나 봐요. 많은 화가들이 앞다투어 막달라 마리아를 그렸지요. 그중에서도 티치아노의 막달라 마리아는 유난히 아름답고 관능적이기까지 한 모습으로 그려진 것으로 유명해요. 그래서 꽤 인기가 있지요. 저는 티치아노가 그린 막달라 마리아는 두 개가 있는것으로 알고 있었거든요. 하나는 이탈리아 피렌체의 피티 미술관*에, 또 하나는 러시아 상트페테르부르크의 에르미타주 미술관*에 보관되어 있어요. 그 그림들을 책에서 도판으로 본 적이 있는데, 둘 다 제목이「회개하는 막달라 마리아」*라고 되어 있어요. 막달라 마리아가 예수님을 만나기 전까지는 죄를 많이 짓고 살다가 예수님을 만나서 과거의 죄를 뉘우치는 모습을 그린 것이죠. 그 두 그림은 꽤 많이 알려져 있는 그림이에요. 그런데 여기 두브로브니크에 티치아노의 막달라 마리아가 또 하나 있는 줄은 몰랐어요. 그만큼 잘 알려지지 않은 그림이에요. 이 막달라 마리아는 다른 막달라 마리아와는 다른 특이한 점이 있네요. 막달라 마리아가 혼자 있는 것이 아니라 이렇게 여러 사람과 함께 그려져 있고, 또 엄숙한 모습이 아니라 아주 밝은 표정을 짓고 있는 점이 색다르네요. 이런 그림을 이렇게 뜻밖에 직접 보게 될 줄이야.”

남자가 의문이라는 듯이 묻는다.
“막달라 마리아는 본래 창녀였다가 회심해서 예수님을 따랐던 사람 아니었나요? 그런 그가 하늘의 부름을 받고 승천을 하고 오늘날까지 성인으로 추앙을 받고 있는 이유는 뭘까요?”
“막달라 마리아에 대해서는 여러 가지 설왕설래가 많지요. 창녀였다는 설, 정신병자였다는 설, 그냥 평범한 여자였다는 설. 그의 과거가 어떠했든지 간에, 예수님이 십자가에 매달릴 때까지 끝까지 현장에 남아서 곁을 지켰던 사람이고, 예수님이 무덤에서 부활한 사실을 처음 알게 되어 주변에 알린 사람이기도 하지요. 댄 브라운°이 쓴 소설『다빈치 코드』° 읽어보셨어요?”

“물론 읽어봤지요. 톰 행크스가 나오는 영화도 봤는걸요.”

“그 소설에 보면 막달라 마리아는 예수의 열두 제자 중의 한 사람이자 예수의 부인이었던 것으로 나오잖아요? 레오나르도 다빈치가 그린 「최후의 만찬」에서 예수님의 바로 오른쪽에 붙어 있는 인물이 바로 그 막달라 마리아였다는 거죠. 그 사이에서 출생한 예수의 자손이 훗날 프랑스 왕까지 되고, 오늘날까지 혈통이 이어져서 지금 후손인 한 여자가 영국에 살고 있다는 스토리예요. 물론 교단에서는 펄쩍 뛰면서 댄 브라운을 터무니없는 사기꾼으로 몰고 있지만.”

“그 소설 참 대단했어요. 신빙성은 차치하고서라도 일단 상상력이 뛰어나서 재미있던데요? 선풍적인 베스트셀러가 됐지요. 그런데 예수가 결혼을 하고 자식이 있었다는 사실은 너무나 자연스러운 것 아닐까요? 굳이 그것을 부인하고 그런 주장을 죄악시할 필요가 있을까요? 근래에 이집트 사막의 동굴에서 발견된 고대 파피루스 문서 중에 사람들이 마리아 복음서°라고 부르는 문서가 있잖아요? 거기에 보면 막달라 마리아는 예수가 사랑한 여인이자 예수의 수제자였다는 내용이 기록되어 있다고 하지요. 바로 댄 브라운의 소설에 나오는 얘기와 일치해요. 아마 댄 브라운은 그 마리아 복음서를 읽고 그걸 소설로 옮겼는지도 모르지요. 사실 오늘날 통용되고 있는 성경만이 진실한 것이라고는 말하기 어려울 거예요. 중세 권력자나 학자들이 필요한 대로 추려서 썼을 테니까."

"미술의 세계에도 그처럼 숨겨진 뒷얘기들이 많이 있답니다. 혹시 『티치아노 미스터리』라는 소설은 읽어보셨나요? 영국의 소설가 이언 피어스°가 쓴 추리소설인데."

"아뇨. 전 미술의 문외한이라고 그랬잖아요. 더구나 티치아노에 대해서는 아는 것이 아무것도 없어요. 그러니 그런 작가나 소설의 존재는 모를 수밖에요. 전혀 처음 듣는 소설인데, 어떤 내용인가요?"

"이언 피어스는 옥스퍼드 출신인데, 미술사를 공부해서 박사학위를 받았고, 세계 여러 나라를 다니면서 저널리스트로 활약한 사람이에요. 미술사에 대한 지식을 바탕으로 미술에 얽힌 미스터리 연작소설을 발표해왔는데, 그중 티치아노를 주제로 해서 쓴 작품이 『티치아노 미스터리』이지요. 소설의 원래 영문 제목은 '티치아노 커미티', 직역을 하면 '티치아노 위원회'인데, 한국어 번역본은 제목이 '티치아노 미스터리'라고 되어 있어요. 바로 이런 이야기예요. 티치아노가 워낙 유명한 화가이다 보니까 미술시장에 가짜 그림이 많이 나돌아 다니게 됐어요. 미술품을 감정하는 감정가나 학자들이 돈을 받고 허위감정을 하곤 하는 거예요. 감정을 어떻게 내리느냐에 따라서 천문학적인 액수의 돈이 왔다 갔다 하니까요. 이탈리아 정부가 이러한 사태를 막기 위해서 나섭니다. 티치아노 작품이라고 주장하는 그림이 나타나면 그것이 과연 진품인지 여부를 판가름하는 '티치아노 위원회'를 구성합니다. 그러나 그 위원회 내부도 역시 온전하지가 못한 거예요. 위원회 멤버 자기들끼리의 경쟁과 시기, 돈의 유혹, 치정관계 이런 것들이 얽혀서 문제가 생기다가 급기야 연쇄 살인사건이 벌어져요. 이런 스토리가 전개되면서, 그 사이사이마다 티치아노란 인물과 그의 작품에 대해 소개가 되지요. 그리고 티치아노가 활동했던 베니스가 소설의 무대가 되고요. 이언 피어스는 그런 미술계의 어두운 세계를 파헤치면서, 우리에게 세상에 떠도는 얘기를 무턱대고 믿고 부화뇌동하지 말라는 암시를 주고 있는 거지요. 그 소설 한번 읽어보세요. 그럼 베니스에 가보고 싶어질 거예요."

"네. 꼭 읽어볼게요. 티치아노를 알게 됐으니 그 소설도 읽어볼 만하겠어요. 베니스에도 다시 한번 가보고 싶고요. 이왕이면 함께 가서 아까 그 영국 사람이 말했던 프라리 성당의 티치아노 「성모승천」을 한번 보고 싶네요. 두브로브니크 대성당의 「성모승천」과 비교를 해보게요."

두 사람은 도미니크 수도원을 나오기 전 출구 앞에 있는 뮤지엄 숍에 들른다. 그 수도원에 보관된 미술작품들의 사진이 박힌 포스트카드가 진열되어 있다. 여자가 카드를 뒤적거리다가 조금 전에 본 막달라 마리아 그림이 있는 카드를 발견한다. 여자가 고개를 갸웃한다.

"여기에 보니 아까 그 그림이 1550년에 그린 작품이라고 적혀 있네요. 그렇다면, 티치아노가 예순두 살 때 그린 것이라는 얘긴데요. 그가 그렇게 나이가 들어 이 도미니크 수도원까지 왔다는 말인가요? 험한 바다를 건너서? 그러고 보니 혹시 그 그림도 『티치아노 미스터리』에 나오는 그림들처럼 가짜 티치아노가 아닐까 하는 의심이 슬그머니 드는 걸요? 아까 그 그림엔 티치아노 본인 서명도 안 되어 있었잖아요? 어떤 외국 미술잡지 기사에서 보니까, 최근에 티치아노 작품이라고 주장하는 그림이 출현했는데 그것이 진짜 티치아노가 그린 것인지를 두고 논쟁이 심하다고 하던데요. 런던의 앱슬리 미술관*에 새로 전시가 된 「티치아노의 연인」*이라는 작품이 그렇다네요."

그리고 남자를 쳐다보며 말을 보탠다.

"이렇게 괜히 의심을 한다는 것은 이 도미니크 수도원에 대한 모독이 되겠죠? 세상이 그렇다고 하면 그냥 그런 줄로 알고 넘어가 주는 것이 맘 편하겠죠. 사실 지금 소더비*, 크리스티* 같은 옥션하우스에서 수천억 원에 팔리고 있는 옛 미술품들이, 정말 그만한 가치가 있느냐는 의문은 차치하고서라도, 진짜 그 작가의 작품이 맞느냐고 하는 것부터 의심이 가는 것이 많은데요 뭘. 옥션하우스보다는 도미니크 수도원 쪽에 더 신뢰를 줘야 하겠죠? 최소한 장사꾼은 아닐 테니까 말이죠."

남자가 어깨를 으쓱해 보이며 여자의 말을 받아 준다.

"『티치아노 미스터리』를 쓴 이언 피어스라는 작가가 여기 있었다면 아마 그 그림도 가짜일 수도 있다는 그쪽의 의심에 동감을 표시했을 겁니다. 우리가 알고 있는 사실 중에 과연 얼마만큼이나 진실이라고 할 수 있을까요? 역사나 기록이라는 것도 상당 부분 조작과 과장의 산물이기 쉽지요. 역사를 돌이켜 보면, 정의가 승리하는 것이 아니라 승리한 것이 정의가 되지 않았을까요?"

두 사람이 도미니크 수도원의 암굴 같은 문을 빠져나옴으로써 오후 한나절 짧았던 성 탐방은 종료된다.

「성 블레즈, 성 막달라 마리아, 토비아, 대천사 라파엘, 그리고 기증자」
티치아노, 두브로브니크 도미니크 수도원

「성모승천」
티치아노, 두브로브니크 대성당

「성모승천」
티치아노, 베니스 프라리 성당

아! 두브로브니크!

1991년 9월 16일.

유고슬라비아연방 국방장관 카디예비치 장군, 참모총장 아드지치 장군, 국방차관 브로베트 해군중장 등으로 구성된 유고슬라비아 인민군(Yugoslav People's Army, JNA)의 최고지휘부는 휘하 연방군에게 크로아티아에 대한 진격 명령을 내린다.

3개월 전인 6월, 유고슬라비아연방에 속해 있던 나라들 중 슬로베니아와 크로아티아가 차례로 유고연방에서 탈퇴하고 독립을 선언했을 때, 유고연방 중앙정부는 초기에 이에 미진하게 대처했었다. 연방정부는 슬로베니아에 연방군을 진주시키기는 했으나, 고작 10일간의 소극적인 전투 끝에 군대를 철수시킴으로써 슬로베니아의 독립을 방치한 꼴이 되었다. 그러나 슬로베니아에 이어서 크로아티아까지 독립을 확정 짓는다면 유고연방은 존속하기가 어렵게 된다는 위기의식이 들었다. 슬로베니아, 크로아티아의 뒤를 따르고자 기회를 엿보고 있는 보스니아까지 여파가 미칠 것이다. 46년 전 티토가 이룩했던 위대한 통일 유고슬라비아연방공화국은 붕괴되어 다시금 미약한 여섯 개의 약소국으로 돌아가고 말 것이다. 이것만은 막아야 한다는 것이 연방주의자들의 생각이다. 주변 강대국들의 지배를 받으며 약소민족으로 설움을 당해야만 했던 치욕의 역사를 벌써 잊었다는 말인가? 왜 대大유고슬라비아라는 더 큰 민족주의를 향한 이상이 배척받아야 하는가? 유고연방 소속 여섯 공화국 중에서 가장 강력한 군사력을 갖춘 세르비아와 몬테네그로는 연방주의 입장을 확고하게 고수하고 있다. 연방군의 주력을 이루고 있는 이 두 나라의 군사력을 동원하여 유고연방을 지켜야 한다. 연방군이 진격해 들어가면, 크로아티아 안에 살고 있는 세르비아인들이 호응을 할 것이다. 세르비아인이라면 크로아티아의 분리 독립을 결코 원하지 않을 테니까.

JNA는 몬테네그로와 크로아티아 사이의 국경선에서부터 공격을 시작하기로 한다. 우선 남쪽 아드리아 해안 달마티아 지역의 중심지인 두브로브니크를 크로아티아 중앙부로부터 차단하여 점령할 것이다. 그리고 거기에서 다시 북서쪽으로 진군하여 크로아티아 전체를 불순한 분리주의자로부터 해방시킬 것이다. 아름답고 평화로운 땅 두브로브니크가 첫 희생양이 될 운명이다. 그 임무를 위해 육·해·공군을 망라한 제2작전군(2nd Operational Group)이 편성된다. 제2작전군의 선봉부대로 제2티토그라드군단(2nd Titograd Corps)과 제9보카코토르스카 해양지역군(9th Boka Kotorska Military-Maritime Sector, VPS)이 선정된다. 이 두 부대는 몬테네그로에 주둔한 부대이다. 몬테네그로는 아드리아의 해안을 끼고 있고 크로아티아와 접경을 하고 있어서 수륙양면으로 군대를 크로아티아로 진입시키기에 적절하다. 제2작전군 내에서 정예부대로 꼽히는 티토그라드군단 소속의 제1여단과 VPS 소속의 제472기동여단이 최일선 공격을 담당한다. 두 정예부대가 각자의 루트로 두브로브니크를 향해 진군하는 한편, 연방공군이 띄운 미그기가 두브로브니크 인근 지역에 공습을 가하고, 연방해군 함대가 두브로브니크 해역에 봉쇄선을 설정하여 보급을 끊고 함포사격을 가할 것이다. 제2작전군 총사령관은 스트루가 장군. 그는 대표적인 강경파 인물로서, 크로아티아가 몬테네그로를 먼저 공격해올 것이라는 헛소문을 퍼뜨림으로써 연방군의 선제공격이 결정되도록 유도해내기도 한 전력이 있다.

9월 17일.

JNA 선봉부대인 472기동여단의 지휘관 마리노비치 육군소장은 의혹과 동시에 고민에 빠진다. 직속상관인 보카코토르스카 해양지역군(VPS) 사령관 두로비치 해군대장이 갑자기 사망하고, 그 후임으로 요키치 해군중장이 임명되었다는 소식을 접했기 때문이다. 신임 요키치 제독은 스트루가 장군과 마찬가지로 강경파 인물. 이건 뭔가 이상하다. 공격개시 불과 몇 시간 전에 불명확한 사유로 해양지역군 사령관이 사망했다는 것은 납득이 가지 않는다. 마리노비치는 모종의 음모가 개재되었음을 직감한다. 마리노비치 소장은 VPS 휘하부대인 472기동여단의 지휘관으로서 두로비치 제독의 부하로 있었기에 그를 잘 안다. 두로비치 제독은 크로아티아 진공에 반대하는 입장이었다. 두로비치 제독은 JNA 최고지휘부의 진공명령을 받고서 그가 평소 아끼던 마리노비치에게 자기 심중을 털어놓은 적이 있었다.

"여보게, 베오그라드*의 국방부는 유고연방군을 몰아 크로아티아로 진입할 것을 명하지만, 난 결코 크로아티아를 공격할 수가 없다네. 물론 크로아티아가 유고연방으로부터 독립을 선언한 것에 대해서는 연방군의 일원인 나로서도 흔쾌히 동조하기 어렵지. 그러나 그렇다고 해서 그렇게 무력으로 해결하려 해서야 되겠는가? 그렇게 한다면 그것은 내란으로 갈 수밖에 없네. 난 이미 크로아티아 진공에 반대한다는 의견을 상부에 강력히 전달했네. 내 부대는 움직이지 않을 것이네."

그로부터 하루가 지나기도 전에 두로비치 제독은 죽었다. 원인도 없이 아무도 모르게 그냥 사라졌다. 누군가 그를 총으로 쏴 죽였다는 소문이 파다하다. 살벌한 전쟁판이니 충분히 그럴 가능성이 있다.

"요키치 그자가 그랬을 거야. 베오그라드의 진공명령을 실행하라고 요구하다가 이를 거부하는 두로비치를 쏘고 자기가 상관의 자리를 차지했음에 틀림없어. 그자라면 충분히 그럴 수 있어."

마리노비치는 그렇게 생각한다. 마리노비치 소장은 유고연방군 내에서 크로아티아 출신으로서 장성에 진급한 몇 안 되는 사람이다. 그도 역시 두로비치 제독과 마찬가지로 크로아티아 진공에 반대하는 입장이다. 그것은 크로아티아 출신으로는 자연스러운 반응일지 모르나, JNA 선봉부대인 472기동여단의 지휘관으로서는 용납될 수 없는 태도이다. 마리노비치 자신도 목숨의 위협을 느낀다. 목숨을 바칠 바에야 조국 크로아티아를 위해 바치련다. 마리노비치는 그날로 JNA 군영을 탈출하여 크로아티아 국민방위군(ZNG)에 합류한다. 그리고 그로부터 한 달 후, 마리노비치는 두브로브니크 방위군의 사령관이 되어 연방군과 벌이는 치열한 전투를 진두지휘하기에 이른다. 그로 인해 그는 일약 두브로브니크의 영웅이 된다.

JNA는 몬테네그로로부터 서서히 서쪽으로 진격하여 크로아티아 국경을 통과한다. 공격목표인 두브로브니크를 향해 압박해 들어간다. JNA 제2작전군이 전선에 파견한 지상군 병력은 정규 연방군 7000명이고, 연방공군의 전투기와 연방해군의 군함이 그들을 지원한다. 반대로 두브로브니크 지역에서 급조된 크로아티아 측의 방위군은 1000명을 넘지 못한다. 크로아티아는 연방군의 공격에 대비할 준비가 채 되어 있지 않은데다가, 특히 두브로브니크는 크로아티아 중앙부로부터 멀리 떨어진 남동쪽 외딴 지역이어서 크로아티아 정부가 따로 지원군을 파병하기도 어렵다. 두브로브니크 방위군은 정규군이래야 보병용 소총류로 무장한 400명 정도에 불과하고, 나머지는 경찰과 민병대뿐이다. 전투기나 군함은 고사하고, 야포도 2차 세계대전 때에 쓰던 낡은 것 두 문밖에 없다. 방위군은 두브로브니크시와 그 인접 지역에 웅크리고 포진하여 연방군의 진격에 대비한다. 연방군의 진공을 피해 부근의 피난민 15,000명이 두브로브니크로 몰려온다.

JNA의 두브로브니크에 대한 본격적인 공격은 10월 1일부터 개시된다. 연방군은 두브로브니크 코앞까지 다다른다. 일단의 부대가 두브로브니크를 우회하여 두브로브니크 서쪽 지역을 차단한다. 바다에서도 연방해군 군함이 해상봉쇄를 하여 어떤 배라도 들어오지도 못하고 나가지도 못한다. 두브로브니크의 방어선은 성벽으로 둘러싸인 구시가지(Old Town)에서 고작 3~4킬로미터 외곽으로 형성되어 있다. 두브로브니크는 사방으로 완전히 포위가 된 상태에서 홀로 생존해야 한다. JNA 공군의 주변지역에 대한 폭격으로 전기, 수도 공급시설이 파괴된다. 그래도 모두들 굴복하지 않고 투쟁할 태세이다. 난공불락 천 년 성벽의 강건함을 믿는 것일까? 돌 성벽이 20세기 포화 세례에 버틸 수 있을까? 천 년간 지진 같은 천연 재해를 제외하고 인간의 손길에 의해서는 한 번도 훼손된 적이 없는 유네스코 세계문화유산이 내란의 광풍 앞에 촛불처럼 파릇파릇 떨고 있는 형국이다. 두브로브니크 북쪽의 가장 높은 산 스르지에 '임페리얼Imperial' 요새가 있다. 184년 전 나폴레옹이 이곳을 점령한 후에 쌓은 요새가 지금까지 그대로 두브로브니크를 굽어보며 지키는 보루로 남아 있다. 두브로브니크가 훤하게 내려다보이는 이 요새는 반드시 지켜내야만 하는 요충지이다.

10월 1일과 2일 연이어 JNA 포병이 스르지의 임페리얼 요새에 포격을 가한다.

3일, 포병은 두브로브니크성의 외곽지대에 포격을 한다. 이에 가세해서 연방공군 미그21 전투기가 날아와 폭격을 한다. 오랫동안 관광객들의 요람으로 사랑을 받아온 유서 깊은 벨베데레 호텔과 아르헨티나 호텔이 파괴된다.

6일, 스르지의 임페리얼 요새도 전투기의 폭격을 받는다.

15일, 크로아티아 정부가 세르비아와 몬테네그로에게 평화회담을 열 것을 제안하나, 유고연방의 실질적 지배자인 세르비아 대통령 밀로셰비치*는 이를 거부한다. 유고연방은 두브로브니크를 고사시켜 항복을 받아 내려 하는 것이다.

10월 19일, 한 달 전에 JNA를 탈출하여 크로아티아 국민방위군(ZNG)에 합류했던 마리노비치가 두브로브니크 방위군 사령관으로 임명된다. 마리노비치는 연방군 장군 출신답게 방위군을 효율적으로 재편한 다음, 멀리 떨어져 있는 크로아티아 중앙군(HV)과 연계하여 장기적으로 항쟁을 할 준비를 갖춘다. 마리노비치는 성안 구시가지의 중심에 있는 건물 안에 방위군 본부를 설치한다. 이에 반대하는 사람들이 나선다. 누구보다도 두브로브니크 시장 스탐볼리치의 항의가 거세다.

"여기에 본부를 설치하면 적 포격의 타깃이 되어 역사적 유적이 다 파괴될 것 아닌가? 얼마 전 성 밖의 벨베데레 호텔에 본부를 설치했다가 집중포격을 받아 그 유서 깊은 호텔이 파괴되었던 전철을 밟으려 하는가?"

이런 항의에 대해 마리노비치는 단호하게 대답한다.

"물론 그렇겠지. 소중한 옛 건물이 파괴되겠지. 그러나 이렇게 해야 우리는 승리를 얻을 수 있단 말이오. 건물보다는 승리가 더 소중한 것 아닌가?"

"어떻게 이것이 승리할 길이 된다는 말인가?"

"우린 지금 군사적으로는 절대 불리한 위치에 있소. 크로아티아는 결코 군사적으로는 세르비아와 몬테네그로를 이길 수가 없어. 더구나 우리 두브로브니크 방위군은 연방군이 결심을 하고 전면공격을 하면 단 하루도 버티지 못할 거요. 연방군은 지금 포위를 한 채 우리가 항복하기를 기다리고 있어. 이런 때에 우린 끝까지 버티면서 세계의 여론에 호소해야 하오. 저들은 차마 성안으로 포격을 하지 못하고 있소. 세계의 여론이 무섭기 때문이오. 보시오. 세계의 언론이 속속 이곳으로 모여들고 있지 않소? UN*과 EU*도 감시단을 파견했소. 우린 그들에게 낱낱이 보여줘야 해. 유고연방군이 무슨 짓을 하고 있는지. 저들이 올드 타운에 포격을 하도록 유도해야 해. 포격을 받아 천 년 유적이 산산가루가 되는 날 세계 여론도 폭발할 것이오. 그것이 우리가 승리할 수 있는 유일한 길이란 걸 모르시겠소? 저들은 둘 중 하나를 선택할 수밖에 없을 거요. 올드 타운을 다 부수고 들어와 점령하든지, 아니면 세계 여론에 쫓겨 뒤로 물러서든지."

마리노비치는 그곳의 군 최고지휘관으로서 단호한 태도를 보인다. 방위군은 비장한 각오로 올드 타운 한복판을 지키기로 한다.

22일, 유고연방 해군이 성 외곽 지역에 함포사격을 한다.

23일, 연방군 포병이 드디어 성안의 구시가지에 포격을 한다. 구시가지 포격에 대해 미국 정부가 유고연방에게 공식적인 항의를 표현한다.

25일, JNA가 최후통첩으로 항복을 요구하나, 두브로브니크는 거부한다.

27일, 스르지의 임페리얼 요새를 제외하고 두브로브니크를 내려다보는 주변의 모든 고지대가 연방군에 의해 점령당한다.

11월 3일, JNA 472기동여단 3대대가 구시가지에 총격을 가한다. 인근 지역에서 접전이 계속된다.

7일, JNA가 다시 항복을 요구하는 최후통첩을 한다.

9일, 연방군 포병과 해군은 성 외곽 지역뿐만 아니라 성안 구시가지에 포격을 가한다. 성안에 머무르던 유럽연합(EU) 감시단이 공격을 받자 현장에서 철수한다. 연방해군이 유도미사일로 구시가지 성벽 아래의 항구에 정박한 배들을 공격하여 다수가 파괴된다. 스르지의 임페리얼 요새는 계속 공격을 받는다.

11월 27일, 유네스코 감시단이 성안에 들어와서 사태가 진정될 때까지 머무르며 세계문화유산의 파괴 현장을 관찰하고 세계를 향해 호소하는 활동을 펴기로 한다. 세계 각국의 인권 단체들이 보낸 민간 선박 선단이 연방해군의 저지를 뚫고 두브로브니크로 접근한다. 그 선단을 통해 두브로브니크는 인도적 지원을 받고 상당수의 피난민들이 봉쇄선 밖으로 빠져나간다.

12월 2일, 3일, 올드 타운이 계속해서 보병화기 공격을 받는다.

12월 5일 저녁, JNA 제2작전군 총사령관 스트루가 장군은 두브로브니크성 안에 대한 일제 포격 명령을 내린다. 두브로브니크 공격의 주력군인 제9해양지역군 사령관 요키치 제독이 그 명령을 받아 작전을 시행한다. 명령을 받은 참모장 제크 대령이 반문한다.

"성안에 직접 포격을 하라는 말입니까? 민간인들이 많이 남아 있고 유네스코 감시단 사람들도 와 있는데요? 오래된 유적들도 다 부서질 거구요. 그래도 괜찮겠습니까?"

"이것은 전쟁이다. 값싼 동정은 금물이야. 우린 기다릴 만큼 기다렸어. 이미 두 번이나 항복을 요구하는 최후통첩을 전하지 않았는가? 놈들은 쏠 테면 쏴보란 식으로 버티고 있지. 크로아티아의 중앙에서 지원군이 오면 더 어려워진다. 이제 결판을 내야 해."

요키치 제독이 결연한 태도로 명령을 재확인한다.

"그래도 유고슬라비아의 자랑인 두브로브니크성을 부순다는 것은 역사에 죄를 짓는 일이 아닐까요? 저는 감히 이의를 제기하고자 합니다."

제크 대령은 수긍하지 않고 맞선다. 그런 제크 대령을 요키치 제독이 질타한다.

"명령은 내려졌다. 이것은 세르비아 대통령 밀로셰비치를 위시해서 유고연방군 최고 지휘부가 결정한 일이니 이론이 있을 수가 없다. 명령을 시행하지 않다가 비참한 대가를 치른 두로비치 제독 신세가 되고 말텐가?"

또한 요키치 제독은 스르지 언덕의 임페리얼 요새를 점령하는 특별임무를 수행할 지휘관을 지목한다. 임페리얼 요새의 방위군은 연방군의 공격에 맞서 아직도 끈질기게 저항을 계속하고 있다. 그 옛날 나폴레옹이 건설한 요새는 그만큼 두껍고 튼튼하다.

"472기동여단 3대대장 코바체비치 대령을 호출하라. 이미 이 전쟁에서 많은 공을 세우고 있는 그에게 임페리얼 요새를 완전히 함락시키는 임무를 맡기겠다."

호출된 코바체비치 대령은 요키치 제독으로부터 새 임무를 부여받는다.

―그로부터 10년 후 헤이그에서 열린 유고전범재판에서, 두브로브니크성 안에 대한 무차별 포격은 전쟁 범죄로 낙인이 찍히고, 책임 있는 자들이 처벌을 받게 된다. 스트루가, 요키치, 코바체비치는 모두 두브로브니크 공격의 책임자로 지목되어 유죄판결을 받는다. 그러나 참모장 제크에 대한 기소는 철회된다.

운명의 12월 6일이 온다. 아직 어둠이 가시지 않은 새벽 5시 48분 포격이 시작된다. 두브로브니크를 둘러싼 JNA 연방군이 보유한 각종의 포가 저마다 맹렬한 포성을 울린다. 82밀리 박격포, 120밀리 박격포, 82밀리 미사일, 유선유도 미사일 포탄이 성벽을 넘어 천년 고도 안으로 쏟아져 들어온다. 그야말로 무차별 포격이다. 두브로브니크성을 포위한 채 무혈입성을 바라며 참아왔던 유고연방군의 분노가 폭발하는 순간이다. 포격은 올드 타운 중앙대로인 스트라둔 부근에 집중된다. 관공서, 성당, 주거지, 상점, 박물관을 가리지 않고 때린다. 군인과 민간인 구별도 없다. 설마 세계문화유산으로 지정된 올드 타운을 파괴하랴 여기고 성안으로 들어와 있던 시민들은 갑자기 비 오듯 쏟아지는 포탄을 맞고 혼비백산 우왕좌왕 방황한다. 중앙대로와 광장에 커다란 포탄 구멍이 파이고, 성당의 돔과 종탑이 포탄을 맞아 무너져 내린다. 자욱하게 피어오르는 포연 속에서 아무것도 보이지 않고 연신 여기저기서 울려 퍼지는 폭발음만 무성하다. 쌓아 올리는 데 천 년이 걸렸지만, 무너뜨리는 데는 단 몇 시간이면 충분하다. 성벽 아래 항구에 정박해 있던 방어군의 상징인 함정 블라호가 유선유도 미사일을 맞고 침몰한다. 블라호Vlaho˚는 두브로브니크 도시의 수호성인의 이름이다. 포격은 일단 11시 30분경에 그친다. 그 5시간 30분 동안에 포탄 600여 발, 미사일 70여 발이 성안으로 떨어진 것으로 후에 밝혀진다. 두브로브니크성 안으로 포격이 개시되는 것과 거의 동시에 JNA 472기동여단 3대대는 스르지 산정의 임페리얼 요새에 대한 공격을 개시한다. 연방군 포병과 탱크의 지원이 따른다. 방위군은 요새 안으로 들어가서 필사적으로 항전한다. 성안에서 요새로부터 오는 전황보고를 받은 두브로브니크 방위군 사령관 마리노비치는,

몇 대 안 되는 구식 대포를 가진 방위군 포병에게 임페리얼 요새 쪽을 향해 적군과 아군을 가리지 않고 포격을 가할 것을 명령한다. 그리고 특수경찰 부대를 요새로 파견한다. 치열한 교전 끝에 오후 2시경 JNA는 공격을 일단 중지한다.

　이러한 광경들은 성 안팎에 와서 사태의 진전을 지켜보고 있던 세계의 언론에 낱낱이 포착된다. 유고연방군의 저지를 뚫고 기자들이 전쟁터로 진입해 있고, 몇몇 기자들은 목숨을 걸고 성안에까지 들어와서 취재를 하고 있다. 바야흐로 세계는 위성방송의 시대이다. TV화면을 통해 두브로브니크성이 깨져 나가는 모습이 실시간으로 전 세계에 퍼져 나간다. 곧 유고연방군은 그 TV화면의 위력을 뼈저리게 느끼게 될 것이다. 포연에 휩싸인 두브로브니크의 모습을 본 바깥 세계 사람들은 안타까움과 분노에 치를 떤다. 크로아티아를 동정하고 유고연방군을 비난하는 여론은 급속도로 확산된다. 유네스코 자라고자 사무총장, UN 특사 밴스가 발표한 항의성명이 연방군에게는 치명상이 된다. 그날 저녁 JNA는 두브로브니크성을 포격한 것에 대해 유감표시를 하고 사실 조사를 할 것을 다짐하는 성명을 발표한다. 연방군은 여론전에서 패배한 것이다.

　12월 7일, 두브로브니크 방어군과 JNA 사이에 휴전을 합의한다.

　이후 두브로브니크 지역을 포위했던 JNA는 대체로 활동을 멈춘다. 전선은 큰 전투 없이 소강상태를 유지한다.

12월 17일, 유럽경제공동체(EEC)[*]는 1992년 1월 15일에 크로아티아의 독립을 인정하기로 동의한다. 1992년 1월 14일 104명의 노벨상 수상자들을 포함한 전 세계의 유명 인사들이 뉴욕 타임스에 전면광고를 낸다. 전 세계의 정부들에게 유고슬라비아 연방군에 의한 무차별 파괴행위를 중지시키는 데 참여하도록 호소하는 내용의 광고이다. 이것은 유고연방군의 주력을 이루는 세르비아가 국제사회에서 외교적 경제적으로 소외당하는 데 큰 영향을 미친다.

1월 15일 크로아티아, 유고연방군(JNA), UN, 3자 간에 사라예보협정[*]이 체결된다. 모든 전투행위를 중지하고, UN보호군이 크로아티아에 파병되어 협정의 준수를 감독하기로 한다. 이후 분쟁은 대체로 정지 상태에 들어가나, 두브로브니크 외곽 지역에서 소규모 전투는 간간이 벌어진다. 그때 마침 크로아티아에 인접한 보스니아가 독립을 선언할 채비를 하자, 유고슬라비아 연방군은 크로아티아로부터 물러나서 보스니아로 진군할 준비를 갖춘다. 전쟁의 무대가 보스니아로 옮겨지는 것이다. 이제 곧 보스니아에서 더 크고 더 참혹한 전쟁이 벌어지게 되지만, 우선 크로아티아는 서서히 전쟁의 그늘에서 벗어나는 셈이다. 크로아티아는 국제사회의 도움을 받아 점차 힘을 얻기 시작한다. 크로아티아 정규군이 중앙에서 파견되어, 아직도 두브로브니크 서쪽 지역에 주둔하고 있는 연방군을 몰아내기 위해 반격을 개시한다. 1992년 4월부터 5월까지 소규모 전투가 계속된다.

7월경 연방군이 크로아티아를 완전히 떠나고 크로아티아는 침공당했던 모든 지역을 되찾는다.

그 전쟁으로 크로아티아는 군인 417명, 민간인 88명이 죽었다. 연방군은 165명이 죽었다. 두브로브니크 지역에서 16,000명의 피난민이 바다를 통해 연방군 포위망 바깥으로 피난을 갔다. 432명의 민간인들이 JNA의 포로수용소에 갇혀서 학대를 받았다. 두브로브니크성 안의 올드 타운에서는 56퍼센트의 건물이 피해를 입었다. 그중에서도 역사적 가치가 있는 바로크풍의 궁전 7개가 불탄 것이 최대의 손실이었다. JNA 군인들은 점령지의 상점, 집, 박물관을 약탈했다. 박물관에서 약탈된 역사적 유물들이 암시장에서 판매되었다.

물론 두브로브니크 포위전에서 발생한 피해의 분량은, 그다음에 옆 나라인 보스니아에서 벌어진 전쟁의 피해에 비하면 사뭇 작은 것에 불과하다. 그러나 그곳이 다른 곳이 아닌 두브로브니크였기 때문에 세계에 울려 퍼진 충격은 실로 대단했던 것이다. 누구나 가보고 싶어 하는 천년 고도가 포위망으로 꽁꽁 묶인 채 대포와 미사일로 무차별 공격당하는 모습을 생생히 목격한 사람들의 분노가 솟구쳤다. JNA의 제2작전군 총사령관으로서 두브로브니크 공격을 주도했던 스트루가 장군은 후일 국제유고슬라비아전범재판소(ICTY)˙에서 재판을 받게 된다. 그 재판에서 증인으로 나온 사마르디치 전 몬테네그로 외무장관은 다음과 같은 증언을 남긴다.

"과거에 모든 군대는 두브로브니크 도시에서 전쟁을 일으키거나 그곳을 목표로 포격하는 것을 거부하려고 최선을 다했다. 누구라도 두브로브니크를 공격하고 파괴하는 것은 불가능했다. 1800년대에 두브로브니크는 나폴레옹에게 점령되었다. 그러나 싸우지 않고 그리 되었다. 러시아 함대의 세니야빈 제독이 두브로브니크를 공격하기 위해 왔으나, 그들은 대포의 포신을 낮추고 공격을 포기했다. 두브로브니크를 향해 발사된 포탄이나 탄환은 하나도 없었다. 이것이 두브로브니크의 역사이고, 이것이 인간문명의 수준이고, 두브로브니크에 주어진 존경이었다. 우리가 한 짓은 1991년에 행해진 가장 큰 수치이다."

21세기에 들어 유고전범재판소는 두브로브니크 전쟁에 대한 책임을 묻는다. 작전에 참여했던 많은 JNA 군인들이 유죄판결을 받는다. 제2작전군 총사령관 스트루가 장군은 7년 6개월의 형을 선고받고, 제9보카코토르스카 해양지역군 사령관 요키치 제독은 7년의 형을 선고받는다. 맨 윗자리에 있던 세르비아 대통령 밀로셰비치는 구금되어 재판을 받던 도중에 감옥에서 사망한다.

오늘날 두브로브니크 포위전은 JNA의 일방적 침략과 두브로브니크 올드 타운에 대한 포격으로 세인의 뇌리에 각인되어 있다. 침략과 파괴에 대한 비난이 유고연방군의 주력인 세르비아에 집중된다. 그러나 상당수의 세르비아인들은 그러한 일방적 비판에 반발한다. 크로아티아는 세르비아에게 자신의 정의로움을 주장할 자격이 없다는 것이다. 세르비아인들의 논리는 다음과 같다. 제2차 세계대전에서 독일 나치군이 유고슬라비아를 침공했을 때에, 세르비아인들은 나치에 대항하여 치열하게 싸웠다. 그러나 크로아티아인들의 조직인 우스타샤˚는 나치의 편을 들어 세르비아인들을 박해했다. 그때 크로아티아의 포로수용소에서 수십만의 세르비아인들이 잔인하게 살해되었다. 그러한 크로아티아인들이 세르비아인들 앞에서 당당히 머리를 들 수가 있느냐는 것이다. 그리고 그때 세르비아인의 수난에 눈감고 모른 척하던 국제사회가 이제 와서 함부로 세르비아인들을 재단할 도덕적 근거는 없다는 것이다. 세르비아인은 유고슬라비아의 주류 민족이다. 크로아티아에도 보스니아에도 다수의 세르비아인들이 살고 있다. 세르비아인은 조국 유고슬라비아가 강력한 통일국가로 남아 있기를 원한다. 우리는 조국의 분열을 막기 위해 나섰던 것뿐이다. 따라서 자위의 전쟁인 것이다. 두브로브니크성의 파괴에 대해서도 할 말이 많다. 일방적으로 독립을 선언한 반란군의 요새가 그 성안에 있었다. 역사유적을 엄폐물로 삼아 그 뒤에 숨어서 연방군의 공격을 유도해낸 크로아티아인들의 책임은 없다는 말인가? 서부 유럽 국가들이 우리 세르비아에게만 모든 책임을 씌우면서 자기들이 바라는 결과가 도출되도록 힘으로 강요하는 것은 강대국의 횡포가 아닌가?

이렇듯 불만과 억울함이 많았지만 세르비아는 결국 서방의 강대국들이 주도하는 국제질서에 따르지 않을 수 없었다. 그 후의 보스니아 전쟁 때에는 서방국들은 세르비아군을 압박하기 위한 수단으로 세르비아의 수도 베오그라드에 전투기를 보내 무차별 공습을 가하기도 했다. 베오그라드의 수백 년된 건물이 무너지고 많은 시민들이 희생되었다. 세르비아는 유고슬라비아에서는 가장 강한 나라였지만 서방 강대국들을 당할 수는 없었다. 따라서 유고슬라비아 연방이 여섯 개의 나라로 분리 독립되도록 놔두어야 했고, 수많은 군인들과 정치인들이 전쟁을 일으킨 책임자로 낙인 찍혀 유고전범재판소의 재판을 감수해야만 했다. 그러나 그들 나름의 명분과 자존심은 여전히 살아 있는 것이다. 그것은 결코 소멸하지 않고 남아서 언젠가 다시금 역사의 수면 위로 떠오를지도 모른다.

디너

벨뷰 호텔 메인 레스토랑 '베이퍼Vapor'.

안팎의 장식이며 집기가 바로크풍으로 채워졌다. 이른 저녁이어서 손님이 없다. 두 사람이 첫 손님. 검은 턱시도에 흰보타이를 맨 웨이터가 두 사람을 창가 테이블로 안내한다. 넓게 트인 창밖으로 바다가 통째로 내다보인다. 때마침 먼 바다 수평선 속으로 거의 다 떨어져가는 붉은 낙조의 잔영이 한창이다. 두 사람이 의자에 앉기 전 각자 재킷을 벗자, 아침에 테라스에서 처음 마주칠 때와 같은 옷차림이 드러난다. 여자는 흰 원피스, 남자는 푸른 티셔츠. 자리에 앉자마자 남자는 웨이터에게 메뉴판에 적힌 'Baked Octopus'를 손가락으로 짚어서 주문한다. 웨이터는 라틴의 악센트가 강하게 들어간 영어로 손님이 탁월한 메뉴 선택을 했다는 찬사를 늘어놓는다. 옥터퍼스는 자기네 호텔의 특종 메뉴이며 요즘의 철이 아니면 맛보기 힘든 요리라는 것이다. 남자는 웨이터가 건네준 와인리스트를 받아 살피더니 이내 하나를 골라내어 주문한다. 웨이터가 이번에도 고개를 끄덕이며 만족한 표정을 짓는다. 만족스러운 오더를 받고 경쾌한 걸음으로 테이블을 떠났던 웨이터는 잠시 후 역시 경쾌한 걸음으로 와인과 와인글라스를 쟁반에 받쳐 들고 돌아온다.

남자가 웨이터로부터 와인 병을 받아 라벨을 확인한다.
"저는 어느 지방에 가거나 그곳에서 나는 고유한 와인을 찾습니다. 그것이 여행의 가장 큰 즐거움이지요. 두브로브니크에 오기 전에도 미리 이곳 와인을 살펴두었어요. 여기 달마티아 지방에서는 딩가츠˚ 지역에서 나는 와인이 유명합니다. 플라바츠 말리˚라는 고유의 포도 품종으로 담은 와인인데, 그 포도는 경사가 심한 언덕에서만 자란다고 해요. 달마티아 해안은 온통 가파른 언덕이잖아요? 포도밭도 워낙 경사가 심해서 포도 수확을 할 때 기계로는 못 하고 당나귀로만 실어 나른답니다. 당나귀가 와인 생산에 결정적 역할을 수행하는 거지요. 그래서 딩가츠 와인 병에는 당나귀 그림이 그려져 있어요. 여기 보세요. 당나귀가 있지요?"
남자가 여자에게 와인 병을 건네어 보여준다.
"정말 당나귀 두 마리가 서로 마주 보고 있네요. 꼭 여기 우리 두 사람이 마주 앉아 있는 것처럼."
여자는 재미있다는 표정이다. 웨이터가 익숙한 솜씨로 와인오프너를 놀려 코르크 마개를 딴다. 웨이터는 먼저 주문자인 남자 쪽에 서서 와인을 따른 다음 반응을 기다린다. 남자가 와인글라스를 들어 가볍게 맛을 보고서 고개를 끄덕여 보인다. 반응을 확인한 웨이터가 여자 쪽으로 가서 와인을 따른다.

"여기 사람들은 이 딩가츠 와인에 대해 자부심이 대단한가 봅니다. 저도 여기에 온 첫날 마셔봤는데 향이나 맛이 괜찮더군요. 프랑스 와인의 세련되고 성숙한 맛과는 다른, 신선하고 강렬한 야생 과일의 맛이라고 할까요."

"와인을 좋아하시나 봐요?"

"유럽에 오래 있다 보니 자연히 많이 배우게 됐지요. 유럽에서는 와인이 생활화되어 있잖아요. 원래 와인은 메소포타미아* 지역에서 만들기 시작해서 서쪽으로 전해졌다고 하지요. 그리스, 로마를 거쳐 유럽 대륙으로 건너갔지요. 그 중간 지점에 위치한 발칸 지역은 와인으로는 유럽 본토보다 훨씬 선배라고 할 수 있지요. 크로아티아 사람들의 1인당 와인 소비량이 세계 1위라고 하더군요. 수출을 할 생각은 하지 않고 몽땅 국내에서 마셔버린다네요. 그런데, 평소에 와인은 좀 하시는지요?"

"네, 딴 건 몰라도 와인은 마실 줄 알아요. 아버지로부터 배웠으니까."

"아, 아버님이 퍽 진취적인 분이군요. 딸에게 와인을 가르칠 정도라면."

"아버지의 인생관은 제가 따라잡기 힘들 정도로 진보적이

었어요. 저보다 훨씬 다양하고 과감하게 인생을 살아온 분이
었죠."

"어떤 분인지 흥미가 가는데요. 아버님에 관한 얘기도 차차
들어봐야겠어요."

남자가 여자에게 와인글라스를 내밀어 토스트를 권한다.

"아 보뜨르 상떼*! 그리고, 그쪽 아버님의 진보적 인생을 위
해서!"

여자는 고개를 끄덕이며 토스트에 응한다. 둥글게 부풀은
크리스털 잔이 서로 부딪치는 소리가 청명하게 울리고 그 잔
향이 꽤 오래 은은하게 퍼진다. 붉은 딩가츠가 두 사람의 몸속
으로 흘러 들어간다. 코스의 전채로 랍스터가 나온다.

"랍스터가 통째로 전채로 나오다니. 메인은 얼마나 대단하
게 나오려고?"

남자는 기대에 찬 표정이다. 이윽고 메인 디쉬가 나온다. 뚜
껑이 있는 커다란 은색 사발 두 개를 웨이터 두 사람이 하나씩
나누어 들고 온다. 테이블에 올려놓고 뜸을 들이더니 동시에
뚜껑을 열어젖힌다. 김이 솟아오르고 향이 퍼져 나온다. 두 사
람이 동시에 탄성을 지른다. 사발 속에는 사람 손바닥보다 넓
은 옥터퍼스가 버티고 있고, 그 주변으로 감자, 홍당무, 마늘
같은 야채가 듬뿍 담겼다. 사발째로 석탄 화덕에 넣어 구워낸
것이라는 웨이터의 설명이다. 두 사람은 와인을 곁들이며 음
식을 먹기 시작한다.

"음, 이 호텔의 대표 요리로 내세울 만하네요. 달마티아 요리의 기본 양념이 우리 입맛에 잘 맞는 것 같아요. 그렇지 않습니까?"

남자가 동의를 구한다.

"네, 그런 것 같네요. 맛이 아주 좋아요."

여자가 동의한다.

식사가 거의 끝나서 과일 디저트가 나올 즈음 와인 병의 수위는 바닥에 바짝 접근한다. 남자가 딩가츠를 한 병 더 주문한다.

"그런데 이쯤에서 우리 서로의 이름을 말해 주는 것이 어떨까요? 오늘 하루를 내내 함께 했으니 과히 이른 것 같진 않은데요?"

남자의 제안에 여자는 이의를 제기하지 않는다. 남자가 먼저 말한다.

"전 신준선입니다."

"전 권유지라고 해요. 제가 이름을 너무 늦게 알려드렸지요?"

"그건 서로 마찬가지죠. 이름을 주고받을 겨를도 없었잖아요. 오늘 아침에 처음 만난 사이라는 게 믿어지지 않을 정도예요. 이렇게 빨리 가까워지기는 쉽지 않은 일인데 말이죠. 사실 그동안 이름도 모르는 분에게 무슨 얘기를 드려야 하나 하고 좀 거북스럽기도 했는데, 이제 통성명을 하고 나니 한결 나아지는군요. 툭 터놓고 얘기 나눌 수가 있을 것 같아요."

"우선 제 궁금증이나 좀 풀어주시겠어요? 그쪽 하시는 일이 무엇인지? 아까 제가 짚어본 대로 역사 교수님인지 아닌지?"

"우리 호칭을 분명히 정하기로 합시다. 아직도 그쪽이라고 부르는 것은 너무 정이 안 붙는 호칭인 것 같아요. 서로 정확하게 이름을 불러주는 것이 어때요?"

"좋아요. 그럼, 준선 씨 직업이 뭐지요?"

"단도직입적으로 물으시네요. 글쎄, 이것을 직업이라고 말하기는 좀 그렇군요. 원래 직업이 있었는데, 지금은 그 직업을 떠나서 다른 어떤 직책을 수행하고 있지요."

"너무 뜸을 들이시네요."

"아, 그렇게 보인다면 그건 결코 본의가 아닙니다. 사실 제가 하는 일이 설명하기가 좀 복잡한 탓이에요. 말씀드리죠. 전법과대학을 나온 법률가 출신입니다. 한국에서 판사도 하고 변호사도 했어요. 영국에 유학도 다녀왔고 그럭저럭 잘 지낸 편이지요. 그러다가 무슨 바람이 들었는지 갑자기 한국을 떠나 외국에서 살게 됐습니다. 네덜란드 헤이그에 있는 유고슬라비아 전범재판소에서 일하게 된 겁니다. 그게 벌써 10년에서 딱 2년이 부족한 8년이나 되었네요. 바로 엊그제 같은데."

"유고슬라비아 전범재판소라고 하셨지요? 그게 무엇 하는 곳인가요?"

"유고슬라비아 내전 중에 발생한 전쟁 범죄 행위를 처벌하는 재판소랍니다. 전쟁에서는 상대방을 죽이는 행위가 허용이 되니까 그것을 범죄라고 할 수는 없지요. 죽고 죽이는 것이 필연적이죠. 그러나 그런 전쟁에서도 절대 넘지 말아야할 선이 있습니다. 집단학살이나 고문, 강간, 약탈, 학대 같은 반인류 범죄가 그것입니다. 특히 군인이 아닌 민간인에게 그런 짓을 하는 것은 명백한 범죄 행위가 됩니다. 상대가 군인이라 해도 전투와 관계없이 가혹 행위를 하는 것은 거기에 포함이 되고요. 세계대전 때에 나치에 의해 자행됐던 유태인 수용소의 학살이 대표적인 예이지요. 전쟁 범죄를 처벌하는 국제법이 제정되어 통용되고는 있지만, 정작 이것이 잘 지켜지지 않는 것이 현실이에요. 1991년부터 1998년경까지 유고슬라비아라는 나라에서는 아주 복잡한 분쟁으로 집단 간에 무력충돌이 많이 벌어졌습니다. 주로 민족과 종교 때문에 벌어지는 충돌이었지요. 흔히 이것을 유고슬라비아 내전이라고 부르지요. 유고슬라비아는 1945년 세계대전이 끝나면서 여섯 개의 나라가 합쳐져서 하나의 연방국으로 탄생한 나라였다고 제가 아까 오전에 설명해드린 적이 있었잖습니까?"

"네, 설명해주셨지요. 강력한 카리스마를 가진 티토라는 사람이 주도해서 이룩한 하나의 역사적 실험이었다고 하셨잖아요."

"기억해주셔서 감사합니다. 유지 씨는 좋은 학생이네요. 하하."

"칭찬 듣기 위해서라도 더 열심히 들어야 하겠네요. 하하."

남자는 본격적으로 얘기를 시작한다.

"그 티토가 1980년 사망하자 여섯 개의 나라를 계속 묶어 둘 힘이 약해지고 각자 독립을 하려는 움직임이 일어났습니다. 그것이 연방국을 분열시키는 행위라고 보고 각 나라의 독립을 막으려는 세력이 있었는데, 여섯 나라 중에서 가장 크고 군사력이 강했던 세르비아가 그 중심 세력이었어요. 당시 유고슬라비아연방국의 군대인 연방군의 중요한 직책은 세르비아 출신이 장악하고 있었지요. 세르비아에 동조하는 나라로는 몬테네그로가 있었고, 나머지 네 나라, 즉 슬로베니아, 크로아티아, 보스니아, 마케도니아는 모두 각자 독립하기를 원했어요. 1991년 슬로베니아와 크로아티아가 독립을 선언하자, 세르비아를 주축으로 하는 유고슬라비아 연방군이 독립을 저지하기 위해 두 나라를 침공함으로써 전쟁이 벌어졌죠. 또 그다음 해인 1992년 보스니아가 독립을 선언하자 역시 유고슬라비아 연방군이 보스니아를 침공했어요. 끝내 각 나라는 독립의 뜻을 이루고 말았지만, 그 과정에서 전쟁이 벌어졌고 숱한 비극이 연출된 것입니다. 그 다음 1998년에는 세르비아 남부지역의 자치주인 코소보*가 독립을 요구하면서 세르비아 정부군과 코소보 독립군 사이에 격렬한 무력충돌이 있었고요. 이래저래 이 지역에서는 전쟁이 끊이지 않았지요. 전쟁에서 군인들이 전투 중에 희생당하는 것은 어쩔 수 없다고 하더라도, 전투와 상관없는 민간인들이 당하는 피해는 정말 억울한 것이죠. 그중에서도 도저히 묵과할 수 없는 반인륜적인 범죄 행위에 대해서만은 철저히 진상을 밝혀서 책임을 물어야 한다는 인류 차원의 자각에서 비롯된 것이 바로 전쟁 범죄 재판입니다. 이미 20세기 중반 2차 세계대전이 끝난 후에 미국, 영국 등의 승전국들이 패전국인 독일과 일본의 전범을 처벌한 전범 재판의 선례가 있었어요. 물론 그때의 전범 재판에서도 반인륜 범죄에 대한 처벌이 이루어졌지만, 그 재판은 침략 전쟁을 일으킨 파시스트에 대한 응징이라는 정치적 의미가 더 강한 것이었다고 할 수 있을 거예요. 유고전범재판은 그런 정치적 성격보다는 인간의 존엄을 수호한다는 휴머니즘적인 측면이 한결 강하다고 할 수 있겠지요. 20세기를 다 지나가서 21세기로 넘어가려는 시점에 다시금 그런 비인간적인 범죄행위가 대규모로 발생했다는 데 대해서 인류는 경악을 했어요. 그래서 1993년 UN 의결에 의해 국제유고슬라비아 전범재판소가 설치되기에 이른 겁니다."

"유고슬라비아 내전 때에 그렇게 반인륜 범죄행위가 많이 발생했나요?"

"네, 그랬습니다. 전쟁에서 통상적으로 발생하는 수준의 행동을 넘어서는 잔혹한 행위가 많이 저질러졌어요. 특히 민간인을 상대로 한 행위가 많았지요. 민간인을 집단으로 학살하고 구덩이에 파묻어 버린다든지, 포로수용소에 가둬놓고 고문과 강간을 한다든지, 민간인이 사는 도시와 거리를 포위 봉쇄하고 무차별 포격을 가한다든지 하는 것들입니다. 그런 행위가 시기적으로는 20세기 말에, 장소로는 유럽 한복판에서 버젓이 벌어졌다는 데에서 인류의 충격이 더 컸던 것이죠. 그 비극의 원천을 살펴보면, 항상 민족과 종교의 대립 갈등이 깔려있기 마련이에요. 도대체 민족이란 게 무엇이고 종교라는 게 무엇인지, 그게 그렇게 서로를 미워하고 죽일 만큼 중요한 문제인지 이해할 수 없는 일이죠. 역사적으로 인류가 벌인 숱한 전쟁의 가장 큰 원인은 바로 그 민족과 종교 때문이 아니었던가요? 그것은 종종 그 집단을 이끄는 지배계급이 통치 수단으로써 이용하는 허울 좋은 이념의 껍데기가 아니었던가요? 경제적 이해관계를 가지고 서로 다투는 것은 그나마 이해할 수가 있어요. 그런 것은 서로 타협하고 조정을 할 수도 있겠지요. 그러나 민족과 종교라는 허황된 명분이 세워지고, 그 위에 이념이라는 또 하나의 공허한 명분까지 겹쳐지면, 그땐 정말 어찌해볼 도리가 없는 처참한 투쟁으로 귀결되고 마는 것 같아요. 도무지 타협이나 조정의 틈이 안 보이는 거죠. 지금도 세계 곳곳에서는 여전히 그런 무지한 분쟁이 멈추지 않고 있잖아요. 인류의 집단지성이 나서서 해결해야 할 모순이죠. 이 일에 UN이 소매를 걷고 나섰다는 데에 유고전범재판의 큰 의미가 있는 겁니다."

"듣고 보니 정말 중요한 일을 하는 기관이로군요. 준선 씨가 유고슬라비아 전범재판소에서 맡은 일은 무엇인지 궁금하네요. 직접 재판을 하시나요?"

"네. 재판소의 재판관으로 사건을 심리하고 판결을 내립니다. 국내 재판에서 판사가 하는 일과 같은 것이지요."

여자가 몸을 뒤로 젖히며 고개를 끄덕여 보인다.

"역시 대단한 일을 하고 계시는군요. 어쩐지 범상한 분은 아니란 생각은 들었지만."

남자는 쑥스러운 표정으로 뒷머리를 긁는다.

"허, 참! 그렇게 말씀하시면 제가 영 거북합니다. 그저 제가 가진 지식을 사용하는 것뿐이지 뭐 특별한 것은 없습니다."

"한국 사람이 그런 중요한 일을 한다는 것이 자랑스러워요."

"국제사회에서 대한민국의 국위가 그만큼 상승해 있다는 증거이지요. 재판관 선출 과정에서도 한국 정부의 후원이 큰 역할을 했고요."

"그런 국제 재판을 하려면 국내 재판과는 차원이 달라서 여러 가지 어려운 점이 많을 것 같아요. 그걸 어떻게 다 감당하시는지요?"

"그렇지요. 재판에 회부되는 사건 하나하나가 내용이 무척 복잡하고 절차도 까다롭습니다. 그러다 보니 숱한 난관에 봉착했지요. 우선 언어부터가 문제였어요. 제가 판사 시절에 영국 옥스퍼드에 유학을 다녀온 덕분에 영어에 좀 친숙한 편이고, 그 점이 유고전범재판소의 재판관으로 선출되는 데도 도움이 되었지요. 그러나 전범재판 실무에서 마주친 언어 문제는 참 심각했지요. 공식 언어가 영어로 되어 있긴 하지만, 법정에 나오는 피고인이나 증인들이 거의 다 세르비아인이나 크로아티아인, 혹은 보스니아인 아닙니까. 그들이 법정에서 하는 진술을 통역사가 영어로 동시통역을 하는데, 따발총처럼 두서없이 쏟아 내는 이 말을 제대로 알아듣는다는 것이 제겐 정말 큰 스트레스였죠. 나중에 가서야 좀 익숙해지긴 했지만."

"그 일을 8년간이나 해왔다고 하셨지요? 어떤 내용의 사건을 맡았나요? 그리고 어떤 판결을 내렸나요? 사형 판결도 하셨나요?"

여자는 호기심이 어린 초롱초롱한 눈길을 보낸다.

"이 전범재판에 관해 UN이 의결한 법령에는 사형 판결을 내릴 수 없도록 규정되어 있습니다. 아무리 추악한 범행을 저질렀어도 종신형이 최고형이지요. 유고전범재판소에는 75개국에서 파견된 1000여 명의 직원이 근무하고 있어요. UN총회에서 선거를 통해 선출된 상임재판관이 14명 있고요. 3인의 재판관으로 구성된 재판부가 4개 있어요. 각 재판부는 전범재판소에 소속된 검사가 기소한 사건을 심리하게 되는데, 지금까지 모두 160여 명이 전범으로 기소가 되었고 그중 150여 명에 대해 재판이 마무리되었어요. 제가 소속된 재판부가 지난 8년간 심리한 피고인이 40여 명 됩니다. 그중 기억에 남는 사건으로는 역시 카라지치*에 대한 재판을 들 수 있어요."

"카라지치? 그 사람이 누군가요? 무슨 일로 재판을 받았는데요?"

"라도반 카라지치. 유고내란 때 그 유명한 인종청소를 지휘해서 발칸의 학살자라는 별명을 얻은 사람이지요. 보스니아 안에 사는 세르비아인들을 대표하는 정치가인데, 보스니아 사람들에 대한 대량학살의 책임자로 지목되어 전범재판소에 기소가 됐어요. 온 세계의 주목을 받는 가운데 제가 재판장을 맡아서 재판을 주도한 사건이라서 기억에 뚜렷이 남을 사건이지요. 그 재판을 마치고 나서 이제 그만 전범재판소 재판관 일을 그만두어야겠다는 생각이 들었어요. 역사의 비극에 빠져 산다는 게 결코 제 자신에게 좋은 일이 아니라는 것을 자각하게 된 거지요."

"무척 힘든 재판이었나 봐요?"

"네. 힘들었어요. 우선 육체적으로 힘들더군요. 그 사건을 심리하는 데 어마어마한 에너지가 소비되었거든요. 저 자신은 물론이고 전범재판소 당국도 그랬어요. 그 사건 하나만 해도 법정에 소환된 증인이 600명이나 되고, 제출된 증거 문서가 20만 페이지나 됐어요. 재판 기간이 4년 6개월 걸렸는데, 2600페이지에 달하는 판결문을 작성하는 데만 1년 반이 소요됐죠. 전범재판소가 그 재판을 위해 지출한 소송비용이 우리 돈으로 1조 원이 넘는 10억 달러에 이르렀어요. 재판 과정은 전부 TV로 전 세계에 중계방송이 되었고요. 그런데 사실은 그런 물리적인 문제보다도 제가 개인적으로 받는 정신적 압박이 더 견디기 힘들었답니다. 세계의 여론은 피고인 카라지치를 아주 무겁게 처벌해야 한다는 쪽이었던 반면, 세르비아 사람들은 카라지치에게 동정적이었고 그를 영웅시하는 풍조까지 있었어요. 세르비아인들의 입장에서 보면, 그는 유고슬라비아연방국의 통일과 세르비아 민족의 권익을 위해 나섰던 것인데, 전쟁에 패배하자 강대국들에 의해 정치적 보복을 당하는 것이라는 거죠. 카라지치는 법정에서 시종일관 아주 당당한 태도였어요. 결코 재판관 앞에서 위축되는 기색이 없었지요. 국제적으로 유명한 변호사들이 대거 출동해서 그를 변호했고요. 그렇지만 저는 그런 민족주의적인 성격의 동정론 내지 정당화에 대해서는 확실히 대항할 논리를 세울 수 있었어요. 민족 상호간의 갈등과 이해관계에 따라 자연발생적으로 벌어지는 전쟁이라 하더라도, 그 과정에서 민간인에게 무차별 포격을 가하고 집단 처형을 할 권리는 그 누구에게도 주어지지 않았다는 믿음이죠. 인류사에 다시는 되풀이되어서는 안될 야만행위는 단호히 처벌해야 마땅하지요. 그런데 법조인으로서 이론적으로 풀어야 할 숙제가 있어 참 고민스럽더군요. 법률적 용어로 표현하자면, 지휘자책임론과 소급효의 문제였어요. 지휘자책임론이란, 휘하의 군부대가 저지른 범죄행위라면 실행범이 밝혀지지 않더라도 그 지휘자를 처벌할 수 있다는 이론이죠. 1993년 UN이 유고전범재판소를 설치하는 의결을 할 때에 34개 항의 법령을 제정했는데, 그 법령에 지휘자 책임이 규정되어 있어요. 카라지치의 변호인은 그 법령의 원천무효를 주장했습니다. 그 법령은 논리적으로도 무리할 뿐만 아니라, 소급입법이어서 죄형법정주의*에도 위반한다는 것입니다. 변호인의 그런 지적에는 사실 일리가 있기도 합니다. 저는 이 부분에서 많은 고심을 했고 공부도 많이 해야 했어요. 소위 법 이론과 법 감정 사이의 괴리현상이랄 수 있지요. 저는 여기서 국제관습법 이론을 동원했습니다. '반인류 범죄에 대한 국제형사재판에서는, 사후입법에 근거해서 재판이 이루어지더라도, 피의사실이 너무나 명백한 죄라는 인류 차원의 판단이 가능하다면, 그 재판은 죄형법정주의 위반이 아니라는 것이 국제적인 관습법이다'라는 이론입니다. 저는 이 국제관습법 이론을 판결문에서 설시하는 데만 100페이지를 할애했습니다. 국제재판의 판결문은 영원히 보존되면서 훗날까지 세인들의 평가를 받게 되니 충분한 근거를 제시해야만 합니다. 저의 이러한 이론전개와 판단에 대해서 같은 재판부 소속의 영국인, 자메이카인 재판관도 동의를 해주었습니다. 그런 과정을 거쳐 탄생한 최종판결 결과는 피고인 카라지치에게 과해진 징역 40년이었습니다. 결코 가벼운 형량은 아니었지요. 물론 검사가 구형을 한 종신형보다는 한 단계 가벼운 형이었지만. 이런! 말을 꺼내다 보니 어째 삭막한 법률 강의가 되고 말았네요. 재미없고 지루했지요?"

남자가 미안한 투로 말하자 골똘히 듣고 있던 여자는 손을 내저으며 부인한다.

"아니요. 전혀 지루하지 않았어요. 준선 씨 얘기에 폭 빠져 들었던 걸요. 저도 대학 학부를 선택할 때 법과대학에 갈 걸 그랬다는 생각이 들 정도로. 법학이란 게 이렇게 재미있는 건지 몰랐어요."

"덜 지루했다면 다행입니다."

"그럼 앞으로는 그 일을 하지 않으실 건가요?"

"네. 이미 헤이그 본부에 사직서를 제출했는걸요. 사직서를 제출하고 나서 심기일전하기 위해 여기에 온 겁니다. 제가 다루었던 사건 현장에 와서 역사의 내음을 한번 맡아보고 싶었어요. 무작정 헤이그에서 베니스행 비행기를 탔지요. 베니스에서 차를 렌트해서 발칸반도의 해안선을 따라 달려 여기 두브로브니크까지 온 거예요. 800킬로가 넘는 먼 길이어서 하루 만에 오지는 못하고 중간에 스플리트˚라는 곳에서 하룻밤 머물렀지요. 스플리트라는 도시도 두브로브니크만큼이나 아름답고 역사가 깊은 곳이더군요. 유지 씨 같은 예술가라면 꼭 한번 가볼 만한 곳이에요. 그런데 이런 우울한 사건 이야기를 오래 하다 보니 분위기가 이상해진 것 같아요. 나중에 또 나머지 얘기를 해드릴 테니, 우리 그 얘기는 그만하고 이제 다른 얘기를 나눠보는 게 어떨까요?"

"저는 처음 듣는 얘기라서 흥미가 있었는데요. 그럼 무슨 얘기를 하지요 우리?"

"이번엔 유지 씨 얘기를 좀 듣고 싶어요. 무슨 일을 하는 분이며 어떻게 여기 두브로브니크에 오게 되었는지, 그리고 어떤 생각을 하며 사는 분인지."

"일방적 고백이 억울하셨던가 봐요? 좋아요. 저도 제 몫을 해야죠. 무슨 얘기를 들려드리면 될까요? 준선 씨 얘기에 비하면 제 얘기가 들을 만한 가치가 있을지 의문이지만."

"유지 씨는 아까 오전에 저에게 말씀하시기를 이곳에 관광을 위해 온 게 아니라고 하셨는데, 그럼 무슨 목적으로 온 건지부터 얘기해주시죠."

"아, 네. 그 얘기를 먼저 해드려야겠네요. 저는 아버지를 찾으러 여기 왔어요."

여자는 애써 담담하게 말한다.

남자는 의자에서 거의 일어섰다 앉을 정도로 놀란 표정이 된다.

"네? 아버지를 찾으러 왔다고요?"

"네. 아버지를 찾으러 왔답니다."

아버지

길이 막혔다. 그들은 더 이상 전진할 수 없었다. 부다페스트°
를 떠나 세 시간을 달려 국경도시 나지카니자까지 왔지만, 더
이상 차를 앞으로 몰아가는 것은 무리한 일이었다. 목적지로
삼았던 자그레브°는 거기서 두어 시간 남짓 거리였지만, 유고
슬라비아 국경이 막혀 있다는 소식이다. 그 땅은 전쟁 중이라
는 것이다. 유고슬라비아라는 하나의 나라에 각자 다른 민족이
여럿 존재한다. 하나의 국민이 여러 민족으로 나뉘어 전쟁을
벌인다. 그전까지 국민을 하나로 묶어두고 있던 지도자가 죽었
다. 그러자 더 이상 나라를 하나로 지탱할 힘이 없다. 민족이란
이름으로 서로 간에 전쟁을 시작했다. 그들이 여행을 떠나기
이삼 년 전에 그 나라 안에서 전쟁이 일어났다는 말을 듣긴 했
어도, 어느 정도 시간이 흘렀으니 이제 잠잠해질 만한 때가 되
었다 싶었다. 그래서 믿고서 이곳 국경까지 왔다. 그러나 민족
간의 골은 예상보다 깊었나 보다. 전쟁은 아직도 끝나지 않고

계속되었던 것이다.

　이 동양인 가족은 영국 런던에서 몇 년째 머물고 있었다. 부부와 열두 살배기 딸로 이루어진 세 명의 단란한 가족은 틈날 때마다 차를 몰고 여행길에 나섰다. 페리를 타고 도버해협*을 건너가서 유럽 각지를 돌아보곤 했다. 아무리 먼 곳이라도 직접 차를 운전하여 가본다는 것이 그들 가족의 여행 원칙이었다. 그들은 지도책 한 권에 의지하여 아무곳이나 발길이 가닿는 대로 다녔다. 도처에서 가족만의 추억이 오롯이 쌓여가고 있었다. 이번엔 멀리 동부 유럽을 겨냥해서 떠났었다. 아마 그들이 떠났던 여러 번의 여행 중에서 그것이 가장 길고 먼 여행이었을 것이다. 그 무렵 마침 유럽에서 공산주의가 가라앉고 철의 장막이 걷히자, 그때까지 막혀 있던 땅에 이제는 누구든 자유로이 출입을 할 수가 있게 되었다. 그곳에 가보자고 다시 한번 도버해협을 건너 동쪽을 향해 먼 길을 떠난 것이었다. 동독, 체코슬로바키아, 헝가리를 차례로 거쳐 막 유고슬라비아로 접근하던 중이었다. 유고슬라비아는 사회주의 국가이면서도 철의 장막에는 속하지 않았다. 일찍이 나라를 개방하여 외국인에게 비자를 어렵지 않게 발급해주었다. 그러나 철의 장막을 친 공산주의 국가들에 둘러싸여 있어서 육로로는 들어가기가 쉽지 않았다. 이제 그 동유럽 공산주의 국가들이 개방되었으니, 그곳을 방문하는 길에 연장선상에서 유고슬라비아에도 들어가보는 것이 자연스럽지 않겠냐는 것이 그들 가족의 생각이었다. 그런데 뜻밖에 목전에서 길이 막힌 것이다. 전쟁을 하는 나라에 가족을 동반한 채 들어가는 모험을 감행할 수는 없다. 그들은 부득이 차머리를 돌려야 했다. 지도에서 샛길을 찾아 서쪽의 오스트리아 국경으로 향했다. 오스트리아의 그라츠를 통과하여 이번 여행길에서 가장 먼 목적지로 정해놓았던 베니스로 가는 행로를 잡으리라.

유고슬라비아.
그 나라의 산하는 유별나게 아름답다고 했다. 특히 저 먼 곳 아드리아라는 예쁜 이름을 가진 바닷가에 서 있다는, 이름도 특이한 그 옛날의 성은 세계에서 가장 아름다운 성이라는 것이다.
"아빠, 아빠가 말씀하신 그 성은 우리가 전에 스페인에서 가봤던 백설공주 성보다 더 아름다워요?"
"그럼. 그보다 훨씬 더 크고 화려하대요. 그 성은 아주 옛날부터 사람들이 많이 모여 살면서 큰 문명을 건설한 유명한 나라였단다."
"아빠, 그러면 우리 그 성에 가보지 못하는 거예요?"
"지금 그 나라에 큰 전쟁이 나서 아주 위험하단다. 우리 다음에 전쟁이 끝나면 다시 오자꾸나."
"아빠, 그 성에 꼭 가보고 싶어요. 다음에 데려다준다고 약속하시는 거지요?"

"그럼. 나중에 우리 다 함께 꼭 가볼 거야."

운전을 하면서 운전석의 아버지는 핸들을 잡지 않은 오른 손을 뒷좌석의 소녀 쪽으로 내밀었다. 소녀와 아버지는 새끼 손가락을 걸고 약속을 했다. 소녀는 전쟁이 무엇인지 아직 몰랐다. 그저 사람의 발길을 끊게 만드는 그 무엇이라는 직감이 들었을 뿐이다. 소녀는 알프스 남쪽 기슭을 따라 난 길을 달려 가는 차 안에 앉아 창밖 풍경을 바라보며, 저 멀리 남쪽 어딘 가에 있다는 아드리아라는 바다를 머릿속에 그렸고, 그 바닷 가에 서 있다는 크고 화려한 성을 상상했다. 백설공주 성보다 더 아름답다는 그 성에 언젠가는 가봐야지. 아빠랑 엄마랑 손 에 손을 잡고 그 바닷가 그 성에 가봐야지. 그것은 바로 이십 년도 훨씬 더 된 세월 저편에서 어린 소녀의 뇌리에 박혀 있던 꿈이었다.

가족은 유고슬라비아를 건너뛰어 베니스로 갔다. 그때 본 베니스. 사방이 물로 둘러싸인 도시. 모두가 배를 타고 다니는 도시. 그것이 소녀가 본 첫 아드리아 바다였다. 눈앞의 그 바 다가 며칠 전 가려다가 길이 막혀서 못 가본다고 여겼던 바로 그 바다요, 그 바다를 건너 멀리멀리 가면 백설공주 성보다 더 아름다운 그 성에 닿을 수도 있다는 사실을 소녀는 미처 몰랐 었다. 세월만이 그 해답을 줄 수가 있고, 운명만이 그 행운을 끌어올 수가 있는 것이다. 그 아름답고 신비스러운 도시 베니스에서, 소녀는 아빠와 엄마의 사이에 끼어서, 간간이 양손을 올려 그들의 손을 맞잡으면서, 도처에 수없이 깔려 있는 광장을 가로지르고 다리를 건넜다. 수많은 성당에 들어가 셀 수 없이 많은 그림과 조각을 봤다. 그 그림이 티치아노의 것인지 틴토레토의 것인지 알 수가 없었고 알 필요도 없었다. 단지 아빠가 성당과 그림과 조각에 대해 뭐라고 열심히 설명을 해주었던 그 광경만을 아슴푸레 추억 속에 간직할 뿐이다.

─아빠는 그 방면에 아는 것이 많았지요. 아빠는 나에게 그 지식을 하나라도 더 전수해 주시려고 애쓰는 것 같았어요. 아마 그런 것이 그 후 내 삶에 많은 영향을 주었을 거예요.

"베니스는 일생에 세 번 정도는 와볼 만한 곳이란다. 여기에도 다음에 함께 다시 와보기로 하자꾸나."
"내가 좀 더 크면?"
"그래, 네가 큰 다음에 말이다. 그러나 난 네가 너무 빨리 크지는 않았으면 좋겠다."
"아빠, 난 내가 빨리 좀 크면 좋겠는데요? 그래야 베니스에 다시 와보고 또 그 남쪽 나라 성에도 가볼 수 있으니까."
소녀는 그 후 베니스에 다시 가본 적이 없다. 유고슬라비아 바닷가 성에 나중에 함께 가자던 약속도 쉽사리 지켜지지 않았다. 세월은 충분히 흘렀으나, 운명은 그것을 허락하지 않았다. 세상에 남겨졌던 약속 같은 것들은 차츰 잊히면서 시간의 장막 뒤로 숨기 마련이다. 소녀는 어언간 숙녀가 되었다. 그 사이 소녀는 생활에 필요한 조건에서 결핍된 것이 하나 없는 풍족한 삶을 지냈다. 나름대로 행복한 시간이라 느꼈다. 공부를 했고, 글을 썼고, 그림을 그렸다. 소녀의 그러한 관심과 재능은 모두 아빠로부터 물려받은 것이라고 주위에서 말들을 했다.

　—나는 부모님의 안온한 보호 아래에서 소녀 시절의 꿈을 간직한 채로 살았어요. 세월이 흘렀어도 난 그냥 소녀였고 아빠 엄마는 그냥 아빠 엄마였지요. 영국에 살던 시절 우리 세 식구가 아빠가 운전하는 차를 타고 유럽의 온 나라를 여행하던 그 기억이 머릿속에 무엇보다 오롯이 남아 있었죠.

　그러나 삶은 결코 소녀를 그 시간의 울타리 안에 그대로 놓아두지는 않았다. 사과를 야금야금 갉아먹어 들어가는 것처럼 소녀의 소유물을 침범해오기 시작했다. 내 것이라 단정할 수 없는데도 내 것이라고 여기고 간직하고 싶어 하는 것이 사람이다. 그것이 품 안에서 빠져 나갔을 때 그것을 빼앗겼다고 느낀다. 그것은 단지 변화였는데 그것을 상실이라 여긴다. 그것이 우주의 순리임에도 그것을 불행이라 받아들인다. 그러한 변화의 순리는 소녀에게도 찾아왔다. 엄마가 먼저 갈 길을 갔다. 너무 이른 때였다. 갑자기 단둘이 남게 되었다. 남겨진 소녀와 아빠는 서로에게 더 간절한 생각을 품게 되었다. 소녀에게 아빠는 유일한 전부였다. 세상에 아빠 이외의 남자는 존재하지 않았다.

"아빠, 아빠마저 날 두고 어디 가버리면 안 돼요?"

"그건 되레 내가 너한테 할 소리란다."

아빠는 엄마가 머물러 있을 먼 하늘을 바라보면서 말했다. 아빠는 부쩍 말수가 적은 사람이 되어갔다. 책을 읽고 사색에 빠졌고, 가끔씩 혼자서 산으로 여행을 갔다. 산만이 아빠에게 유일한 위안이었다. 그렇게 십 년을 더 살았다.

소녀는 어엿한 여인이 되었다. 여인 앞으로 또 한번의 변화가 찾아 들었다. 마치 예정이라도 되어 있었던 것처럼, 아빠가 갈 길을 가는 차례가 왔다. 아빠의 갈 길이라는 것은 엄마의 것과는 달랐다. 그저 하늘나라로 영혼이 올라가는 그런 길이 아니라, 육지로 난 인간 세상의 길을 육신이 직접 걸어가는 길이었다. 아빠는 그 길을 선택했다. 비록 돌연히 발생한 사태가 발단이 되긴 했어도, 그 사태를 맞이하는 방식은 순전히 아빠 자신의 선택에 의한 것이었다. 의사는 아빠에게 시한부 삶을 선언하며 남은 시간에 조용히 정양을 취하기를 권유했다. 혹자는 그 머무는 장소로 장성에 있다는 편백나무 숲을 거론하기도 했다.

　—아빠는 철학적인 사람이었어요. 종교나 관습 같은 미리 정해진 틀에 맞추어 살아가는 방식을 단호히 거부하는 쪽이었죠. 우주는 시작도 끝도 없이 원래 거기에 존재하는 것이고, 인간은 우연히 탄생하여 잠시 세상을 살다가 온갖 회한을 버리고 흔적도 없이 사라져가는 것이라는 이치를 이해하고 있었어요. 어떤 일이 닥쳐온다고 해도 결코 동요하거나 움츠릴 사람이 아니었죠. 그런 식의 도피는 굴욕이라고 생각했어요.

　아빠는 먼 나라로 길을 떠나는 쪽을 선택했다. 기간도 정함이 없었고 목적지도 정함이 없었다. 정해놓는다는 것은 미리 끝을 막아두는 것이다. 정하지 않는 것이 무한을 향해 열어두는 것이리라. 시간 세는 것을 잊은 채 새로운 공간 속으로 새로운 환경 속으로 연속해서 빠져들어 갈 것이다. 아빠는 담담하게 말했다.

　"얘야, 오히려 나는 희망에 차 있단다. 이 여행은 내가 사는 동안 내내 꿈꿔왔던 것이란다. 더 이상 미루어 둘 시간이 남아 있지 않아. 가만히 앉아서 다가오는 운명을 기다리는 것보다는 먼저 나서서 찾아보는 것이 옳지 않겠니? 이것은 기회일 수도 있어. 운명에 처절히 맞서볼 수 있는 기회. 그리고 그 결과를 태연히 맞아들이는 기회."

그녀는 아빠의 소망을 허락해 주기로 했다. 언제 돌아온다는 기약이 없는 대신에, 한 달에 두 번, 그믐날과 보름날에 편지를 써 보내주겠다는 약속을 받았다. 아직 지켜지지 않고 있는 이전의 여러 약속들과는 달리, 그 새 약속만은 때를 거르지 않고 꼬박꼬박 지켜져야 할 약속이었다.

"내가 다 나았다는 생각이 들면 돌아오마."

"네. 믿고서 기다릴게요."

그녀는 내심 믿지 못하면서도 겉으로 그렇게 대답을 했다.

다시 얼굴을 보게 될지는 알 수 없는 일이었다.

그러나 그런 방식을 선택하는 것이 과연 아빠다운 길이라고 생각했기에, 그리고 그런 점이 자신이 아빠를 존경하고 사랑하는 이유라고 여겼기에, 그녀는 기쁘게 아빠를 보내드렸다. 아빠와 소녀는 그렇게 헤어졌다.

아빠는 약속대로 엽서를 보내왔다. 앞면에는 머무르고 있는 그곳의 풍경이 사진으로 박혀 있고, 뒷면에는 외국 우체국의 소인이 찍힌 우표가 붙어 있다. 우체국의 소인마다 날짜가 찍혔는데, 그 날짜가 희미해서 잘 분간이 안 되는 것이 많았다. 우표 밑의 수신인 란에 낯익은 친필로 그녀의 이름이 크게 적히기만 했을 뿐, 나머지는 대부분 빈칸 그대로였다. 그 빈칸을 통해서 그녀는 아빠와 무언의 대화를 나눌 수 있었다. 지구상 어딘가에 굳건히 버티고 있을 아빠의 거친 호흡이 느껴졌다. 엽서를 받아볼 때마다 아빠의 행로를 짐작할 수 있었다. 유럽이나 미국이 아닌, 미처 가보지 못했던 곳에서 보낸 것들 이었다. 어디든 공로는 말고 일일이 육로를 따라 가는 것을 즐 기는 아빠의 평소 여행 원칙은 지켜지고 있었다. 블라디보스 토크°에서 시베리아 횡단열차를 타고 바이칼° 호수에 갔다. 몽 고 초원을 건너 티베트에 갔다. 톈산산맥°을 넘어 사마르칸트° 에 갔다. 페르시아°, 이스탄불°, 레바논°에 갔다. 암만°을 거쳐 페트라°에 갔다. 나일강변을 따라 룩소르°에 갔다. 사하라를 건너 카사블랑카°에 갔다. 그 다음 배를 타고 지중해를 통해 가 닿은 곳은, 바로 베니스였다.

아! 베니스! 아빠는 베니스에 간 것이다. 셋이서 함께 다시 오자고 약속했던 베니스에 아빠 혼자서 갔다. 베니스에서는 꽤 오래 머무르는 것 같았다. 베니스에서 보낸 엽서가 여러 장 쌓여갔다. 그는 딸과의 오래된 약속을 잊지 않고 있었나 보다. 아무 내용도 적히지 않았던 그동안의 다른 엽서들과는 달리, 그 베니스에서 보낸 엽서 중의 하나에는 이례적으로 "너하고 함께 와보기로 한 곳이었는데"라고 쓰여 있었다.

―난 마음속으로 대답했죠.
"네. 그랬었죠. 엄마하고 셋이서 함께 가기로 했었지요. 그 러나 우리가 없어도 아빠 혼자라도 맘껏 즐기세요. 지금 그러 고 계신 것 같아 저도 흐뭇하네요. 다 나아서 돌아오시면 함께 또 가면 되잖아요?"

난 나의 그 소원은 이루어지지 않을 거라는 예감이 들었어요. 아니, 그런 예감은 아빠가 여행을 떠날 때부터 이미 들었던 것일지도 몰라요.

의사는 아빠의 삶의 시한이 6개월도 채 되지 않을 거라고 예측했었으나, 그의 여행은 1년을 훨씬 넘어서고 있었다. 그녀는 예상보다 아빠의 여행이 길어지고 있는 것을 좋게 보아야 할지 나쁘게 보아야 할지 가늠할 수 없었다. 어쩌면 그것이 빨리 돌아오는 것보다 나을 수도 있다. 그렇게 믿고 싶었다. 그렇다면 돌아온 아빠의 얼굴을 대하는 것보다 엽서만 계속 받는 쪽을 반겨야 하는 것일까?

베니스 엽서가 여섯 장이 된 후, 그로부터 다시 한 달여가 지나 도착한 다음번 엽서는, 바로 아드리아 바닷가에 있다는 유고슬라비아의 성에서 보낸 것이었다. 그렇다. 그 오래 전에 전쟁 때문에 갈 길이 막혀 가보지 못했던 성, 백설공주 성보다 더 크고 아름답다고 하던 성, 아빠하고 손가락 걸고 약속했던 성이 틀림없었다. 기어코 아빠는 그곳까지 간 것이다. 푸른 바다를 배경으로 우람한 성채의 모습이 사진으로 박혀 있는 엽서였다. 그 뒷면에는, 베니스 엽서에 이어서 다시 한번 더 이례적으로 "나 혼자 이곳에 와서 미안하구나"라고 쓰여 있었다.

—난 당장이라도 그곳으로 달려가고 싶었어요. 아빠가 내가 갈 때까지 기다려주겠다고만 했다면 난 만사 제쳐놓고 그곳에 가고 말았을 거예요. 그런 말을 해주지 않는 아빠가 밉기도 했죠.

그 후 또 한 달이 지났다. 특이한 풍경을 담은 사진이 있는 엽서가 도착했다. 이색적이고 신비감이 들기도 하는 풍경이다. 교회 종탑이 서 있는 오래된 마을이 보인다. 그 뒷편으로 호수인지 바다인지 분간할 수 없는 물 위에 웬 섬이 두 개가 나란히 떠 있다. 더 먼 배경으로는 꽤 높은 산맥이 둘러싸고 있다. 섬 주위의 물은 파도가 전혀 없이 잔잔해서 그 두 개의 섬은 마치 거울 위에 올린 장난감처럼 보인다. 쌍둥이 섬 같기도 하지만 자세히 보면 서로 다르다. 한쪽 섬에는 숲이 무성하고 그 사이에 주황색 지붕을 인 집들이 숨었다. 그보다 좀 더 기다랗게 생긴 다른 쪽 섬에는 나무가 하나도 없이 둥그런 돔 지붕을 얹은 성당이나 교회인 듯이 보이는 건물이 우뚝 섰다. 두 섬 간의 거리는 헤엄을 쳐서 건널 수 있는 정도로 보인다. 이렇게 진기하게 생긴 섬이 있는 이곳이 어디일까? 이곳까지 왜 갔을까? 다음 목적지는 어디로 가는 길일까? 엽서는 앞면에 두 개의 섬을 담은 사진만이 있을 뿐, 뒷면은 텅 비어 있다. 장소나 이름을 알 수 있는 글자가 아무것도 없다. 다음 엽서를 기다릴 수밖에 없었다. 그러나 그것이 아빠가 보내는 마지막 엽서인 줄 알게 된 것은 그로부터 훨씬 더 시간이 흐른 뒤였다. 엽서는 더 이상 오지 않았다. 두 달이 가고 석 달째가 되어도 엽서는 없었다. 보내지 않는 것일까, 아니면 보내지 못하는 것일까? 정해놓지 않았던 끝을 여기서 보여주려는 것일까? 무한한 것은 없고 모든 사물은 필연적으로 유한하다는 이치를 확인시켜 주려는 것일까? 마지막 엽서를 받은 지 넉 달을 넘기지 못하고 그녀는 두브로브니크행 비행기 티켓을 끊었다. 우선 아드리아 바닷가의 그 성으로 가볼 것이다.

크로아티아, 두브로브니크

보스니아 헤르체고비나, 모스타르

몬테네그로, 페라스트

테라스

　다음 날 아침 벨뷰 호텔 레스토랑 테라스에서 두 사람은 다시 만난다. 서로에게 익숙한 몸짓으로 망설임 없이 같은 테이블에 마주 보고 앉는다. 어제에 이어 그들이 함께 갖는 두 번째 아침식사 자리. 웨이터에게 주문을 하기에 앞서 남자가 묻는다.

　"어제 말씀하신 엽서를 가져오셨나요?"

　"네. 여기 석 장의 엽서가 있어요."

　여자가 테이블 위에 엽서 세 개를 올려놓는다.

　"방에 가서 짐 속을 찾아보니 엽서 한 장이 더 있었어요. 아빠가 베니스에서 보낸 엽서 이후에 제가 받은 엽서는 모두 석 장이 되더군요. 두브로브니크성 사진이 있는 엽서와, 두 개의 섬 사진이 있는 엽서, 이 두 장의 엽서를 받았다는 사실은 제가 어젯밤에 말씀드렸잖아요."

　"그랬지요. 그 두 장의 엽서를 오늘 아침 식사 자리에 가지고 나와서 제게 보여주기로 했지요. 특히 그 이상하게 생긴 섬 두 개가 보이는 엽서를 가지고 와서 그곳이 어디에 있는 무슨 섬인지 알아보자고 했었지요."

"네. 그런데 그 엽서 두 장 이외에 또 한 장의 엽서가 있더군요. 저에게 도착했던 시기를 따져보니, 그 두 장의 엽서 사이에 도착했던 엽서였어요. 강 위에 다리가 높이 걸려 있는 사진이 있는 엽서예요. 여기 엽서 석 장을 모두 가지고 왔지요."

남자는 여자가 테이블 위에 올려놓은 세 개의 엽서를 하나하나 들어서 유심히 살핀다. 그러던 중에 다리 사진이 있는 엽서를 보고 무릎을 탁 치며 말한다.

"아! 여기 이 다리는 모스타르°에 있는 다리예요. 여행 가이드북에 사진이 실린 것을 봤지요. 제가 애초에 이곳 두브로브니크의 다음 행선지로 가보았으면 하고 예정해두었던 곳인데, 유지 씨 아버님께서도 그곳엘 가셨던 모양이군요."

"네. 여기 엽서 사진 위에 영어로 모스타르라고 글자가 인쇄되어 있어요. 준선 씨는 이곳을 알고 계셨군요. 저도 아까 모스타르라는 곳을 여행 가이드북에서 찾아봤어요. 여기서 그리 멀지는 않은 곳인 것 같던데요."

"꼭 한 번 가볼 만한 곳이라는 말을 들었어요. 여기서 결코 먼 거리는 아니지요. 그렇지만 국경을 통과해야 해요. 모스타르는 보스니아 땅에 있는 도시이니까 보스니아 국경을 넘어

가야지요. 여기 두브로브니크에서 보스니아 국경은 멀지 않아요. 그런데 보스니아는 전쟁이 끝난 후에도 아직 내부적으로 안정이 되어 있지 않아서 여행을 하는 데 조심을 해야 한다던데요."

"엽서 사진에 보니 아치형으로 된 아주 큰 돌다리인 것 같은데, 신비로운 느낌이 드는 다리네요."

"네. 역사적 의미가 깊은 다리라고 합니다. 함께 가보실래요?"

"네. 아빠가 엽서를 보냈던 곳이니까 찾아가보고 싶네요. 그런데 여기 섬 사진이 있는 이 엽서는 어디에서 보낸 것일까요? 이 엽서는 우체국 소인에 찍힌 날짜를 보면 아빠가 맨 마지막으로 보낸 것인데, 도무지 여기가 어디라는 표시가 없어요."

여자는 두 개의 섬 사진이 있는 엽서를 들어서 남자에게 건넨다. 남자가 그 엽서를 다시금 찬찬히 살핀다.

"아무런 설명도 없이 오직 사진만 있군요. 수수께끼 엽서로군요. 이곳이 어디일까요? 이 두브로브니크 부근이 아닐까요? 잠깐 기다려보세요. 제가 이곳 사람들에게 물어볼게요."

남자는 엽서를 들고 레스토랑 안쪽 건물 속으로 들어간다. 그는 꽤 오래 지나도 돌아오지 않는다. 여자 혼자서 웨이터에게 음식을 시켜 먹고 있는 참에야 남자가 돌아와서 자리에 앉는다.

"아래층까지 가서 여러 사람들에게 물어봤어요. 겨우 한 사람, 이 호텔 지배인이 그나마 대답을 하더군요. 지명은 확실히 모르겠는데 몬테네그로 해안가 어디쯤인 것 같대요. 몬테네그로에 그렇게 생긴 비슷한 곳이 있다고 합니다. 자기가 차를 타고 가다가 본 것 같다나요."

"몬테네그로라고요?"

"네. 옛 유고슬라비아연방에 속했다가 독립을 한 여섯 나라 중에 한 나라지요. 거길 가려면 역시 국경을 넘어야 해요. 여기 두브로브니크에서 해안을 따라 동쪽으로 죽 가면 국경이 나온대요. 역시 거리는 그리 멀지는 않지만."

"그럼 모스타르는 어느 쪽에 있나요?"

"모스타르는 반대쪽, 여기서 서쪽으로 가야지요."

"어쨌든 아빠가 엽서를 부친 곳에 가보려면 그 두 곳을 다 가긴 해야겠는데, 어디를 먼저 가야 할까요?"

"일단 서쪽, 모스타르로 먼저 가보시죠. 마침 저도 그곳엘 가보려던 참이니까 함께 가시죠. 차로 모셔다 드릴게요."

"언제요?"

"지금 당장이요. 제가 밥을 먹자마자 곧 떠나기로 하죠. 오늘 중으로 다녀올 수 있을 거예요. 가는 중에 어젯밤에 다 하지 못했던 얘기나 마저 하며 갑시다. 그러면 지루하지 않을 거예요."

"준선 씨의 역사 강의 계속인가요? 어제 시간이 부족해서 다 못 들은 감이 있었는데 잘됐네요."

"하하. 제 얘기 싫증내지 않으시니 다행이네요. 저도 유지
씨 얘기 더 듣고 싶어요."

잠시 후 두 사람은 호텔 주차장에서 만난다. 둘 다 어제 스르
지 산정에 올랐던 청바지 차림이다. 두 사람을 태운 아우디가
힘차게 발동을 걸어 출발한다.

프랄랴크°

사실을 말씀드리자면, 제가 유고전범재판소의 재판관을 사임한 데에는 나름대로 하나의 결정적인 계기가 있었답니다. 단순히 카라지치 재판 때문이 아니었지요. 슬로보단 프랄랴크. 바로 그 사람이었어요. 저에게 깊은 충격을 주었고 결과적으로 제 삶의 행로에서 큰 영향력을 행사한 사람이 되었죠. 유고슬라비아 전쟁을 일으켰다고 지목받는 사람들 중에서 최상위 직위에 있었던 세르비아공화국 대통령 슬라보단 밀로셰비치와 이름이 같고 성은 다르지요. 그는 제가 유고전범재판소에서 재판장으로서 다룬 사건들 중의 한 피고인이었어요. 그리고 저에게는 그것이 마지막으로 담당한 재판이었지요. 저와 프랄랴크는 헤이그의 법정에서 재판장과 피고인으로서 마주쳤습니다. 프랄랴크는 보스니아에 사는 크로아티아계 사람인데, 원래 유명한 연극인이었어요. 배우이자 희곡작가이기도 했고, 영화감독까지 했던 사람. 크로아티아의 수도 자그레브에 있는 자그레브 대학에서 철학과 사회학을 공부했고, 사회에 나와 프리랜서 예술가로 활동했어요. 그런 그가, 보스니아 전쟁이 터져 보스니아 내의 여러 민족 간에 무력 분쟁이 벌어지자, 크로아티아계 시민을 대변하는 위치에 서게 되었고, 급기야 크로아티아계 민병대의 사령관으로 선출되기에 이르렀지요. 명망 있던 한 문화시민이 전쟁터의 한가운데에 서서 살육의 현장을 누비게 되고, 전쟁이 끝난 후에는 전범으로 낙인찍혀 법정에 서게 되었다는 현실. 그의 이 기구한 운명을 이해하려면 먼저 보스니아 전쟁의 발단과 경과에 대한 이해가 선행되어야 합니다.

제가 앞서 설명드렸다시피, 세르비아계가 주력을 이루는 유고연방군이 크로아티아를 공격하여 크로아티아 안에서 먼저 전쟁이 터졌지만, 유고연방군은 세계의 여론이 자신에게 불리하게 전개되자 크로아티아공화국의 독립을 인정하고 크로아티아에서 철수를 했지요. 그 세르비아계 유고연방군이 이번에는 그 옆 나라 보스니아로 몰려가게 됐어요. 마침 그때쯤 보스니아도 유고연방으로부터 독립을 선언했거든요. 크로아티아에 이어서 보스니아까지 독립을 해버리면 유고연방국은 그야말로 걷잡을 수 없이 허물어져 버리는 거지요. 유고연방 지지자들은 그것을 방치할 수가 없었어요. 그것을 저지하기 위해서 유고연방군은 보스니아로 간 것이죠. 보스니아는 민족구성이 정말 복잡합니다. 400만 명의 인구 중에서, 이슬람계가 50퍼센트, 동방정교*를 믿는 세르비아계가 35퍼센트, 가톨릭을 믿는 크로아티아계가 15퍼센트를 차지하고 있어요.

그 35퍼센트를 차지하고 있는 세르비아계 사람들은 보스니아의 독립을 원하지 않았어요. 반면에 이슬람계와 크로아티아계는 서로 연합해서 보스니아의 독립을 지지했고요. 보스니아에 사는 세르비아계 사람들은 유고연방군과 합세하여 보스니아의 독립을 저지하려고 나서게 됐지요. 그들은, 보스니아가 독립을 한다면 자기들은 이에 승복하지 않고 보스니아 안에 따로 독립국을 만들어 대항하겠다고 선언했어요. 보스니아공화국 정부가 아랑곳하지 않고 기어코 독립을 선언하자, 세르비아계는 스스로 스릅스카공화국*이라는 별개의 정부를 수립했어요. 세르비아계 사람들이 보스니아 영토 안에 독자적으로 세운 공화국이죠. 결국 보스니아 국민의 세 갈래 민족 중에서, 이슬람계와 크로아티아계가 연합해서 유고연방으로부터의 독립을 지지하고, 세르비아계는 유고연방군과 연합해서 보스니아의 독립을 저지하려 했어요. 이래서 보스니아 내부에서 독립파와 저지파 사이에 전쟁이 벌어지게 된 겁니다.

1992년부터 시작하여 1996년까지 계속된 보스니아 전쟁은 그에 앞서 벌어졌던 크로아티아 전쟁과는 비교할 수 없을 정도로 치열했고 참혹했어요. 크로아티아 전쟁은 1년 남짓 진행되다가 유고연방군이 세계 여론에 굴복하여 철수하는 바람에 더 이상 큰 피해 없이 마무리될 수 있었지요. 비록 천 년 된 고도 두브로브니크가 파괴되는 비극을 맞긴 했지만, 보스니아 전쟁에서 연출된 소위 인종청소와 같은 희대의 참혹상은 보이지 않았거든요. 그러나 보스니아 전쟁은 사뭇 달랐어요. 민간인과 시가지에 대한 무차별 포격, 집단 학살, 암매장, 감금, 학대, 가혹 행위 같은 범죄 행위가 광범하게 발생하고 만 거지요. 특히 서로 다른 역사와 종교를 가진 이민족에 대한 적대 행위가 노골적으로 자행되었어요. 오늘날 우리가 유고내전의 참상에 대해 얘기할 때는 대부분 이 보스니아 전쟁에서 벌어진 사태를 지적하는 겁니다. 그리고 제가 유고전범재판소에서 다루었던 전쟁 범죄 사건들도 보스니아 전쟁에 관련된 것이 압도적으로 많았지요.

보스니아로 진군해 간 유고연방군은 스릅스카공화국의 군대로 신분을 바꿉니다. 유고연방군과 세르비아에게 쏟아지는 세계 여론의 비난과 UN으로부터의 응징을 피하기 위해서 유고연방군이 직접 개입하는 모양을 피한 것이지요. 그러나 군대의 명칭만 바뀌었을 뿐이지 유고연방군의 사람이나 물자는 고스란히 스릅스카공화국 군으로 흡수되었어요. 그러니까 스릅스카군은 실질적으로 유고연방군과 똑같은 군대라고 보면 됩니다. 스릅스카군은 세르비아계 민간인들이 자체적으로 조직한 민병대와 연합하여 작전을 벌입니다. 이슬람계와 크로아티아계가 연합해서 이에 맞서게 되는데, 보스니아 공화국 정규군이 있고, 이와 별도로 민간인들로 구성된 민병대가 있었어요. 그러나 연방파와 독립파 양측의 군사력은 현격한 차이가 있었지요. 세르비아계는 훈련된 병사와 발달된 무기가 갖추어진 반면, 이슬람계와 크로아티아계는 전혀 전쟁 준비가 되어 있지 않았어요. 보스니아 독립파 군대는 막대한 피해를 입으며 고전을 면치 못합니다. 특히 무방비 상태로 노출이 된 민간인들의 피해가 컸지요.

스릅스카군과 세르비아계 민병대는 보스니아의 수도 사라예보*를 포위하고 공격을 합니다. 사라예보는 무려 4년 동안 외부와 단절되어 봉쇄되었는데, 한 도시가 적에게 포위된 기간으로서는 세계전쟁사에서 가장 긴 기록이라고 합니다. 이때에 엄청난 살육과 파괴가 자행됩니다. 무차별 포격, 약탈, 학살, 학대, 강간 등 전쟁에서 벌어질 수 있는 온갖 악행들이 행해졌어요. 사라예보뿐만 아니라 인근의 다른 지역에서도 민간인에 대한 학살이 벌어졌는데, 스레브레니차라는 도시에서 스릅스카군이 무슬림 8000여 명을 집단학살한 사건이 대표적인 예입니다. 이러한 사실이 차츰 외부로 알려지자 이것을 막아야 한다는 세계의 여론이 비등했지요. 결국 UN과 나토군이 개입해서 세르비아와 스릅스카에 압력을 가하기에 이릅니다. UN 평화유지군이 파견되고 나토 구성국의 공군 전투기가 세르비아의 수도 베오그라드를 폭격하기도 했지요. 결국 강력한 압력을 견디지 못한 연방파는 UN이 마련한 협상 테이블에 앉을 수밖에 없었고, 그 결과 전쟁은 끝이 났어요. 전쟁은 끝났지만, 그 사이에 벌어진 전쟁 범죄에 대해서는 유고전범재판소에서 일일이 재판을 통해 책임자들에 대한 처벌이 이루어지게 됩니다. 그중에서도 보스니아 전쟁의 최고 책임자로 지목이 되어 재판을 받은 사람들은 모두 중형을 선고받았지요. 스릅스카공화국 대통령 카라지치는 징역 40년, 스릅스카공화국군의 참모총장 믈라디치˙와 군단장 갈리치˙는 둘 다 종신형을 받았고, 세르비아공화국 대통령 밀로셰비치는 재판을 받는 도중에 감옥에서 병사했어요. UN이 설치한 전범재판소가 사후에라도 정의를 실현하는 역할을 어느 정도는 한 셈이지요.

아, 저는 여기서 사라예보에 대한 얘기는 더 이상 자세히 하지 않고 주로 모스타르에 관련된 얘기만 하려 합니다. 유지 씨 아버지께서 엽서를 보내신 곳은 모스타르였고, 우린 그래서 사라예보가 아니라 모스타르를 향해 가고 있으니까요. 그리고 제가 지금 하려고 하는 얘기도 카라지치나 믈라디치에 관한 것이 아니라 프랄랴크란 사람에 관한 얘기니까요. 모스타르와 관련이 깊은 사람은 프랄랴크랍니다. 프랄랴크 역시 보스니아 전쟁에서 최고 책임자급으로 재판을 받은 사람들 중한 사람입니다. 그런데 프랄랴크의 경우는 앞에 열거한 사람들과는 좀 다릅니다. 우선 그는 세르비아계가 아니라 크로아티아계예요. 세르비아계인 스릅스카군이 보스니아공화국을 공격해오자, 그는 크로아티아계로 조직된 크로아티아 민병대의 지도자로 옹립이 되어 세르비아계에 맞서 싸우는 위치에 섰던 사람입니다. 보스니아에 사는 크로아티아계 사람들 사이에 나 있던 프랄랴크에 대한 평판이 그를 가만히 앉아서 구경이나 하게끔 놔두지를 않았던 거지요. 또한 그의 현실 참여 정신이 그에게 주어진 임무를 회피하지 못하게끔 했을 겁니다. 프랄랴크가 이끄는 크로아티아계 민병대는 이슬람계와 합세하여 보스니아공화국의 독립을 지키기 위해 스릅스카군과 싸웁니다. 스릅스카군에게 포위되었던 도시 모스타르를 지켜내는 데에는 프랄랴크의 공이 컸습니다. 그걸로 끝났다면 프랄랴크는 내내 보스니아의 영웅으로 남았을 겁니다. 그러나 그 후 보스니아 전쟁의 흐름은 이상한 곳으로 방향을 잡게 됩니다. 처음엔 서로 잘 협력하던 크로아티아계와 이슬람계 사이에 균열이 생깁니다. 크로아티아 민족주의가 꿈틀대기 시작한 것입니다. 보스니아 내에서 크로아티아계의 거주지를 확대함으로써 궁극적으로 크로아티아 민족의 활동무대를 넓히자는 소위 대大크로아티아주의라는 바람이 옆 나라인 크로아티아공화국으로부터 불어서 보스니아공화국으로 건너옵니다. 보스니아 내의 크로아티아계는 돌연 이슬람계에게 적대적인 태도를 취하기 시작합니다. 세르비아계로부터 일기 시작한 민족주의 광풍이 크로아티아계에도 전염되는 꼴이었지요. 이념이란 것의 전염성은 그 어떤 질병보다도 끈질긴가 봅니다. 크로아티아계는 더 이상 이슬람계의 동지가 아니었습니다. 오히려 이슬람계를 내쫓고 그 자리를 차지하려는 적으로서 무슬림 앞에 등장하게 됩니다. 이제 보스니아 전쟁은 세 민족 간의 3파전으로 확산되고 맙니다.

이렇게 해서 벌어지게 된 크로아티아계와 이슬람계 사이의 충돌의 현장이 바로 모스타르였어요. 모스타르는 사라예보의 남쪽에 있는 고도로서 역사적으로 오랫동안 번영을 누려온 풍요로운 곳입니다. 그곳은 옛날에는 로마의 영토로 가톨릭 신자들이 많이 살았는데, 15세기에 동쪽에서 온 오스만 터키*의 지배하에 들어가게 되었지요. 모스타르는 유럽 전체를 놓고 보더라도 가톨릭과 이슬람이 만나는 경계선에 해당하는 도시가 됩니다. 모스타르와 그 부근 지역은 보스니아 안에서 크로아티아계가 가장 많이 사는 지역이어서 무슬림과 크로아티아계가 거의 절반씩 사는 곳이 되었지요. 도시 한 가운데를 네레트바강*이 남북을 가로지르며 흐르고, 주로 강 동쪽에는 무슬림계, 서쪽에는 크로아티아계가 삽니다. 아주 옛날부터 강을 가로지르는 다리가 있었는데, 그것은 나무로 만든 현수

교였다고 해요. 그런데 지금으로부터 450년 전에 터키의 건축가가 그 나무 현수교 대신에 새로 다리를 건설했는데, 돌로 만든 아주 단단하고 대단히 아름다운 다리였답니다. 그 석교의 아름다움은 비할 데가 없어서 널리 명성을 떨쳤답니다. 모스타르라는 도시 이름도 다리를 뜻하는 슬라브°어 '모스트'에서 왔다고 해요. 다리의 이름은 스타리 모스트°. 영어로는 올드브리지, '오래된 다리'라는 뜻이에요. 그 다리는 그 도시의 상징이었지요. 네레트바 강을 사이에 두고 가톨릭과 이슬람이 서로 교류하며 공존하던 평화의 상징이기도 했고요.

수백 년간 가톨릭과 이슬람이 어깨를 맞대고 평화롭게 살던 그곳에 갑자기 전쟁의 불씨가 날아들었습니다. 크로아티아계 민병대는 모스타르와 그 부근 지역의 무슬림을 공격하여 밖으로 내쫓기 시작했어요. 무력한 무슬림은 크로아티아계 민병대에게 일방적으로 당할 수밖에 없었습니다. 그 과정에서 무슬림 수만 명이 모스타르에서 추방되었고, 학대를 받았고, 상당수가 학살을 당했어요. 네레트바강 위에 400년이 훨씬 넘게 서 있던 그 다리도 그때 크로아티아계 민병대의 포격을 받아 무너지고 말았지요. 1993년 11월 9일이었다고 합니다. 그날은 소중한 역사적 유적이 민족 간의 분쟁에 휘말려 무너진 날입니다. 그날 이후 모스타르 다리의 붕괴는 민족이라는 이름 아래 벌어지는 비극을 상징하는 역사적 사건으로 기록되었습니다. 전쟁이 끝나고 다리가 무너진 지 10여 년이 지난 후인 2004년, 바로 그 자리에 다리가 다시 세워졌어요. 옛날 모습을 그대로 살려서 지었다고 합니다. 유네스코의 지원을 받아 지어졌고, 유네스코 세계문화유산으로 등재가 됐습니다. 포격에 무참히 파괴되었다가 평화와 부흥의 상징으로 다시 살아난 스타리 모스트는 두브로브니크성과 비슷한 운명을 지녔다고 할 수 있지요. 그 유명한 곳을 저 역시 말만 들었지 아직 가보지 못하고 있었네요. 오늘날 많은 관광객들이 역사의 상처를 안고 있는 그 다리를 보러 가는 덕분에 모스타르는 유명한 관광지가 되었지요. 우리도 지금 그 도시, 그 다리로 가고 있지 않습니까. 물론 우린 그런 관광객들과는 전혀 다른 목적을 가지고 있는 입장이긴 하지만.

결국, 스릅스카군으로부터 모스타르를 지켜낸 것도 프랄랴크였고, 불과 1년 후에 모스타르를 파괴한 것도 프랄랴크였다는, 기막힌 역설이 성립되고 말았지요. 전쟁이 끝나자 프랄랴크는 그 책임을 추궁당하게 됩니다. 앞에서 설명드렸다시피, UN을 주도하는 미국, 영국, 프랑스, 독일 등 서방 강대국들은 UN의 힘으로 전쟁 범죄를 처벌하는 시스템을 구축하고 강력히 시행하기 시작했어요. 그것은 강대국들이 약소국에게 강요하는 일방적인 정의에 불과하다는 일부의 비판도 있었지만, 20세기 말미에 유럽 한복판에서 그런 무자비한 전쟁 범죄가 벌어졌다는 것은 문명인의 수치라는 공감대가 성립되었기 때문에 세계 여론의 지지를 얻을 수 있었지요. 재판의 대상은 나라와 민족을 따지지 않고 공평하게 적용이 되었어요. 누구든 전쟁을 빙자하여 가혹 행위를 저지른 사람은 처벌한다는 원칙이었죠. 주로 세르비아계 정치 지도자와 군사 지휘관에 집중되었지만, 크로아티아계나 보스니아계도 전쟁 범죄 행위가 입증만 되면 가차 없이 피고인석에 세우게 되었어요. 모스타르에서 크로아티아계 민병대의 지휘관이었던 프랄랴크도 모스타르 파괴와 무슬림 학살의 책임자로 지목되어 전범재판을 받기에 이르렀습니다. 그리고 보스니아 전쟁에서 세르비아계가 소위 민족청소의 주범으로 지탄을 받았던 것처럼, 크로아티아계도 역시 민족청소라는 반인류범죄의 오명을 쓰게 되었지요. 이것은 프랄랴크 개인으로서나 크로아티아 민족으로서나 크나큰 수치가 아닐 수 없었어요. 이렇게 하여 보스니아의 저명한 예술가였던 슬로보단 프랄랴크가 전쟁 범죄의 피고인으로서 제가 재판을 맡은 법정까지 오기에 이른 것입니다.

프랄랴크는 당당했어요. 법정에 오기까지도 그랬고, 법정에 선 후에도 내내 그랬지요. 다른 피고인들과는 확실히 다른 그 무엇이 있었어요. 앞서 말씀드린 카라지치, 믈라디치, 갈리치 같은 사람들은 모두 수배령을 받고 장시간 피신하여 도망

다니다가 수사기관에 의해 체포되어 헤이그 전범재판소로 압송되어온 반면, 프랄랴크는 소환장을 받자 회피하지 않고 스스로 헤이그로 찾아왔지요. 프랄랴크가 헤이그 법정으로 출정하기 위해 크로아티아 수도 자그레브의 공항에 나타났을 때는, 수많은 크로아티아인들이 공항에 나와서 그를 응원하며 전송을 해주었어요. 그가 크로아티아인들의 자존심이며 영웅이라는 증거였죠. 법정에서 전범재판 자체의 정당성을 부정하는 태도는 위의 세 사람과 일치했지만, 프랄랴크는 그들보다 한결 당당했습니다. 위 세 사람은 모두 법정에서 사실 자체를 부정하거나 자신은 모르는 일로 책임이 없다고 주장하며 부정 일변도였는데 비해서, 프랄랴크는 이와는 달리 지휘자로서 자신의 위상을 확인하고 자신이 지휘하는 부대에 일부 일탈행위가 있었음을 인정했어요. 단지 그것은 크로아티아계와 무슬림계라는 두 민족 간에 벌어진 필연적인 전쟁이었고, 자신은 그 와중에 자기 크로아티아 민족을 지키기 위한 임무를 수행했을 뿐이라는 것이었죠. 자신을 전범이라고 칭하는 것은 역사나 사회라는 차원을 논하기에 앞서 우선 자기 개인의 명예에 대한 모욕이라는 거죠. 법정에서 재판관들과 치열한 논쟁을 벌이고 언론을 향해 일장연설을 하는 것 등은 위 세 사람의 경우도 마찬가지였지만, 프랄랴크의 경우가 훨씬 더 논리적이고 설득력이 있는 편이었죠. 역사와 철학에 대한 깊이가 상당하다는 인상을 주더군요. 그는 변호인을 옆에 놔

두고도 자신이 직접 나서서 주장을 펼 때가 유난히 많았어요. 한번은 두툼한 논문을 한 권 들고 나와서 처음부터 끝까지 낭독하기도 했지요. 그날 재판은 그 논문 낭독으로 끝나고 말았어요. 그의 재판 과정이 TV방송으로 중계되면서 그는 크로아티아인들 사이에서 점점 더 영웅이 되어갔지요. 그의 재판은 13년이나 계속되었습니다. 그만큼 검사와 피고인 간에 사실 입증과 법 이론에 대한 다툼이 치열했답니다. 제가 유고전범재판소에 재판관으로 부임하기 전부터 이미 프랄랴크에 대한 재판은 진행되고 있었어요. 저는 전임 재판장이 임기를 마치고 나간 후에 그 재판부에 와서 사건을 인계받은 것입니다.

드디어 프랄랴크에 대한 선고를 하는 날이 왔습니다. 머리는 온통 백발이고, 길게 기른 턱수염과 콧수염도 백발인, 검은 양복에 검은 넥타이를 단정하게 차려입은 72세의 중후한 노신사가 제 앞에 섰습니다. 그 부리부리한 눈을 저를 향해 부릅뜨고 말이죠. 저는 그 재판의 중간 부분에 부임을 해왔지만 선고의 책임은 저에게 떨어진 겁니다. 사실 전 상당히 고민을 했었지요. 다른 피고인들과는 달리 프랄랴크에 대해서는 일말의 동정심을 품고 있었던 것이 솔직한 심정이에요. 보스니아 전쟁을 광범위하게 지휘하여 발칸의 학살자라 불리던 카라지치나, 스레브레니차 학살*을 직접 주도한 믈라디치와는 사뭇다른 면이 있는 피고인이었거든요. 그러나 전 냉정해지지 않을 수 없었습니다. 아무리 민족의 이름으로 수행한 전쟁이라 하더라도 그 민족이란 개념이 인간이라는 가치를 초월하는 명분은 되지 못한다는 판단과, 휘하의 병사들이 저지른 범죄에 대해서는 지휘관으로서 최종 책임을 져야만 한다는 소위 지휘자책임론을 회피할 수 없다는 판단을 내린 것입니다. 유고전범재판의 근간을 이루는 원칙을 재확인한 것이죠. 대신 형량에 있어서는 다른 지도자급 피고인들과 차별되는 점을 참작했습니다. 우리 재판부가 프랄랴크에게 내린 형벌은 징역 20년이었습니다. 제가 속한 재판부의 영국인, 자메이카인 배석 판사 두 사람은 모두 프랄랴크에게 더 무거운 형벌을 내리자고 주장했었지요. 세르비아계 카라지치에겐 징역 40년을 선고하면서 크로아티아계 프랄랴크에게는 징역 20년이라면, 형량이 불공평하다는 비판이 따르지 않겠느냐면서요. 최소한 카라지치와 같은 징역 40년을 선고하자는 의견을 강하게 제시하더군요. 그러나 그 사건의 재판장이었던 제가 더 강하게 주장했습니다. 프랄랴크는 다르다고 했지요. 뭐가 다를게 있냐고 묻기에, 대답이 궁해진 저는 "역사적 책임의 총량이 다르다"라고 다소 모호하게 대답했어요. 물론 여러 가지 정상참작을 할 점들을 나열하긴 했지만, 결국은 재판관의 재량이 작용하는 것 아니겠습니까. 판사에게는 자유심증주의˚라는 특권이 부여되는 법이니까요.

지금 와서 곰곰 생각해보면, 아마 프랄랴크 그가 예술가였다는 점이 저에게 큰 영향을 미친 것 아닌가 여깁니다. 재판 도중에 종종 그의 입을 통해 크로아티아의 독특한 문화와 예술에 대해 배울 수 있는 기회를 얻을 수 있었거든요. 그가 말하더군요. 크로아티아는 원래 로마 제국의 본토였다고. 4세기에 로마 제국이 서로마와 동로마로 양분되었을 때에도 크로아티아는 서로마에 남아 정통 가톨릭 국가로서의 정체성을 지켰고, 서로마가 무너진 후에는 프랑크왕국*의 일원으로서 유럽의 중심지 역할을 했다고. 동로마 즉 비잔틴 제국의 후예로서 동방정교를 신봉하는 세르비아와는 확연히 다르다고. 15세기에 오스만 터키가 발칸반도를 침공해서 서쪽으로 진격해왔지만 크로아티아는 복속시키지 못했다고. 크로아티아는 이슬람으로부터 가톨릭을 지켜낸 방파제였다고. 보스니아 지역도 원래 크로아티아의 영토인데 동방의 이슬람 영토로부터 무슬림이 일부 이주해 와서 살고 있는 것뿐이라고. 그는 저에게 아드리아 해안에 접한 스플리트라는 도시에 한번 가볼 것을 권고하더군요. 그곳에 가면 크로아티아가 로마제국의 정통 후예라는 사실을 이해하게 될 것이고, 2000년이 넘은 크로아티아 문명의 진수를 맛볼 수 있을 것이라면서. 전 은근히 법정에서의 그의 장광설을 즐기고 있었습니다. 재판장으로서 어울리지 않는 것 같았지만, 피고인에게 충분한 자기변론의 기회를 보장한다는 명분도 있는 것 아니겠어요? 실제로 그 후 저는 그가 권유했던 스플리트에 가보게 되었답니다.

이번에 제가 베니스에서 차를 빌려 타고 여기 두브로브니크까지 오는 도중에 스플리트라는 도시가 있더군요. 저는 자석에 끌리는 것처럼 자동차 핸들을 틀어 그 도시로 들어갔어요. 그곳을 두브로브니크로 오는 길의 중간기착지로 삼은 셈이지요. 스플리트 얘기는 나중에 다시 해드리겠습니다. 지금은 모스타르와 프랄랴크에 대해 집중을 해야 하니까요.

결국 제 주장대로 프랄랴크에 대한 형량은 20년으로 낙착이 되었습니다. 그렇게 판결을 선고한 이후부터가 문제였어요. 뜻밖의 사태가 벌어진 것이죠. 네, 정말 아무도 예상하지 못했던 일이 눈앞에 전개된 것입니다.

"20년 형을 선고한다. …당신의 죄를 인정하는가?"

전 단호하게 선고를 내리고 나서, 이내 조금은 공손한 말투로 그에게 물었습니다. 순간 그의 눈꼬리가 움찔하는 것이 시야에 들어왔어요. 그는 버럭 소리를 질렀습니다. 그의 낮고 굵은 바리톤 목소리가 법정을 삼킬 듯이 울려 퍼졌어요.

"불쉿! 이 슬로보단 프랄랴크는 전범이 아니다. 당신의 판결을 경멸하며, 거부한다."

그는 그 말을 하고는 손에 들고 있던 무언가를 입 안에 털어넣었습니다. 전 직감적으로 외쳤습니다.

"멈추십시오, 제발!"

그러나 그가 주위를 돌아보며 다시 외쳤지요.

"난 지금 독약을 마셨다."

법정에 2~3초간 정적이 흘렀다가 뒤이어 혼란이 일어나기 시작했습니다. 제복을 입은 경호관들이 미처 그에게 다가와 손을 뻗치기 전에 그는 바닥에 쓰러졌어요. 그의 손에서 작은 병 하나가 바닥에 떨어져 구르는 모습이 제 눈에 들어오더군요. 아! 그는 독약을 마신 것입니다. 선고 결과가 그리 될 것에 대비해서 몰래 병 속에 담아 준비해왔나 봅니다. 전 세계가 보는 앞에서 가장 강력한 항거의사 표시를 한 것입니다. 마치 그것은 한마디 연극대사와 같은 외침이었어요. 저를 포함해서 그 자리의 누구도 그가 연극배우라는 사실을 미처 염두에 두지 못하고 있다가 급작스럽게 듣게 된 대사였어요. 그러나 연극무대가 아니라, 엄연한 현실에서, 요동치는 역사의 길목에서 듣는 엄청난 외침이었지요. 그는 급하게 병원으로 이송되었으나 이미 사망한 상태였다고 합니다. 그가 마신 독약은 시안이온, 우리말로는 청산가리로 판명되었어요. 50밀리그램, 즉 0.05그램만 들어가도 사람이 죽을 정도로 독한 물질이지요. 아우슈비츠˚ 수용소에서 나치가 유대인들을 학살할 때에 가스로 만들어 썼던 물질이지요. 2차 세계대전이 끝나고 1946년 뉘른베르크 전범재판소˚에서 사형선고를 받은 나치 최고사령관 괴링˚이 사형을 당하기 전에 스스로 감옥에서 목숨을 끊을 때도 그것을 사용했고요.

프랄랴크의 법정 자살은 세계적으로 커다란 관심사로 떠올랐습니다. 사상 초유인 데다가 전 세계로 방송되는 TV카메라 앞에서 벌어진 일이었으니까요. 그 사건에 대한 평가는 각자의 위치에 따라 달랐지요. 크로아티아계 민병대에게 피해를 당했던 무슬림들은 프랄랴크의 자살에 이해나 공감 같은 감정을 품기는커녕 일말의 동정심조차 표현하지 않았어요. "그는 살아서 선고된 형량을 다 채웠어야 한다"고 하는가 하면, "프랄랴크 씨는 훌륭한 영화감독이었다. 그는 모스타르를 파괴하는 대신 모스타르의 아름다움을 표현하는 영화를 만들어야 할 사람이었다"라고 일침을 놓기도 했습니다. 그러나 크로아티아계 사람들 사이에서는 프랄랴크는 더욱 영웅이 되었지요. 재판을 받는 도중에도 그랬었지만, 그렇게 극적인 장면이 연출되고 나서는 그를 영웅시하는 열기가 훨씬 뜨거워진 것입니다. 보스니아 내의 크로아티아계 거주 지역에서는 프랄랴크를 추모하는 예배와 촛불행사가 연달아 열렸어요. 보스니아와 인접한 크로아티아의 수도 자그레브에서 열린 공식 추모행사에는 크로아티아 대통령이 참석하여 프랄랴크 장군의 업적을 찬양하는 책의 일 절을 낭독하기도 했지요. 무엇보다도 중요한 점은, 그의 자살은 유고전범재판소라는 존재의 정당성 자체에 도전을 한 것이고, 그 도전이 결코 만만치 않은 파장을 일으키고 있었다는 사실입니다. UN과 서방 강대국들이 유고전범재판소를 통해서 주장하고 실현해온 정의라는 개념이 과연 합당한 것인가 하는 의문을 던진 것이죠.

　전쟁 중에 벌어진 사건에 대해 사후에 책임자들을 전쟁 범죄자로 규정하고 처벌을 한 사례가 이미 2차 세계대전이 끝난 후에 있었지요. 독일 나치의 최고위 인사 24명을 재판한 뉘른베르크 전범재판소와, 일본 군부의 A급 전범 28명을 재판한 극동국제재판소의 선례가 그것입니다. 뉘른베르크재판소는 12명을 처형하고 3명을 종신형에 처했고, 극동재판소는 7명을 처형하고 16명을 종신형에 처했지요. 그 전범재판은 승전국이 패전국의 책임을 소급해서 물은 것이라 하며 공평성에 의문을 제기한 사람들도 있었어요. 독일이나 일본이 전쟁을 일으켜 인류의 비극을 초래했고 특히 전투와는 상관없는 민간인을 학살했다는 이유로 그들을 전쟁 범죄로 단죄한다면, 그럼 미국이나 영국을 위시한 연합군 측은 그런 일을 저지른 적이 없느냐는 반박이 돌아온 것이죠. 독일과 일본, 그리고 그들의 동맹국들도 연합군에 의해 무차별 폭격을 당하여 수많은 민간인이 죽었고, 일본의 경우 원자폭탄을 맞아 도시 전체가 통째로 폐허가 되어버렸는데, 이것은 전쟁 범죄가 아니냐는 것이에요. 독일이나 일본이 승리했다면 거꾸로 연합군 측이 재판을 받아야 했을 거라는 주장인데, 사실 전쟁의 승패가 바뀌었다면 그렇게 될 가능성도 충분히 있었을 것 아니겠어요? 그러나 어쨌든 2차대전의 발발 원인으로는 독일과 일본의 선제공격이 우선적으로 꼽히고 있고, 그 전쟁이 인류에 끼친 피해가 워낙 막심했으며, 독일과 일본이 연출한 파시즘적이며 비인간적인 행태가 역사의 심각한 퇴행을 초래했기 때문에, 일부의 법 이론적인 의문과 공평성에 대한 이론에도 불구하고 전범 재판은 큰 지장이 없이 진행되고 또 집행까지 될 수 있었지요.

유고전범재판에 대해서도 그런 비슷한 종류의 반론이 제기될 가능성이 있었습니다. 그러나 유고전범재판은 2차대전 후의 전범 재판과는 성격이 많이 다른 것이 사실이었지요. 재판의 주체가 승전국이 아니라 세계인을 대표하는 UN이었고, 재판의 대상도 패전국에 국한한 것이 아니라 나라와 민족을 가리지 않고 전쟁 범죄를 저지른 사람은 모두 처벌했다는 점이 다릅니다. 또 사형은 선고하지 않도록 하는 인도적 장치도 있었지요. 재판은 신중하고도 인도적인 국제법적 절차에 따라 진행이 되었고, 그랬기 때문에 160명의 피고인을 재판하는 데 20년 이상의 세월이 소요되었던 것입니다. 분명 유고전범재판은 2차대전의 전범 재판에 비해서는 한결 정당성과 공정성의 기초를 다졌다고 볼 수 있어요. 그럼에도 불구하고 전쟁에 참여한 나라와 민족들은 각자 자기 입장에서 나름대로 불만이 많았지요. 전쟁의 와중에서 자기 민족의 안전과 이익을 위해서 싸울 수밖에 없었던 사람들을 전쟁과 상관없는 사람들이 나서서 함부로 처벌을 할 수 있느냐는 것이었죠. 재판을 받는 피고인들 중에서 고위 지도자급 피고인들은 각자가 자기네 민족 사이에서는 이미 영웅이 되어 있었어요. 그들 중 상당수는 전쟁 전부터 저명인사였고, 전쟁 중에는 지휘관이었고, 재판을 받는 도중에도 팬을 거느린 스타였지요. 세르비아의 민족주의자들이 보기에는, 바깥세상에서는 발칸의 도살자라고 불리던 카라지치도 제 할 일을 한 사람으로, 스레브레니차 학살 현장의 지휘관 믈라디치도 군인다운 군인으로 여겨졌어요. 따라서 카라지치나 믈라디치에게 중형이 선고될 때에 다수의 세르비아 사람들이 반발을 했지요. 이제 프랄랴크에게 징역 20년 형이 선고되자 크로아티아 사람들이 반발을 합니다. 카라지치의 징역 40년 형이나 믈라디치의 종신형에 비하면 훨씬 가벼운 형량이었지만 그 반발은 유례없이 더욱 강한 것이었어요. 프랄랴크는 유명한 예술가였고, 도망 다니지 않고 제 발로 헤이그에 출두했고, 재판 과정에서도 변명하는 태도가 아니라 당당히 논리적으로 맞섰고, 선고 현장에서 항거의 표시로 독배를 들이켰다는 등등의 점들이 그런 반향을 일으킬 만한 소지가 되었지요. 더구나 프랄랴크는 선고 당시 이미 13년을 감옥에서 복역한 상태였기 때문에 7년만 더 복역하면 형기 만료가 되고, 형기의 3분의 2를 마치면 가석방이 되는 것이 관례여서 곧 풀려날 가능성도 있는 입장이었어요. 그래서 프랄랴크는 크로아티아계뿐만이 아니라 다른 사람들에게서도 동정을 받는 측면이 있었지요.

　그리고 여기서 덧붙여 설명하지 않을 수 없는 것은 크로아티아계의 자존심입니다. 원래 유고전쟁은 유고의 분열을 막기 위해서 세르비아계가 먼저 일으킨 것이어서, 크로아티아계는 피해자의 입장에 서 있었던 것 아니겠습니까. 크로아티아는 세르비아를 주축으로 하는 유고연방군의 공격을 받아서 피해를 본 나라죠. 세르비아계가 보스니아를 공격했을 때에도 크로아티아계는 이슬람계와 연합세력을 이루어 세르비아계에 맞섰던 겁니다. 그런 크로아티아계가 나중에 가서 보스니아 내의 이슬람계와 무력분쟁을 벌인 결과, 무슬림을 핍박한 죄로 인종청소의 가해자로 지목되기에 이르렀다는 것은 참을 수 없는 수치였던 것이지요. 이 일로 프랄랴크와 함께 6인의 크로아티아 사람들이 피고인으로 법정에 서서 징역형을 선고받았어요. 크로아티아계는 이것을 인정할 수 없었어요. 크로아티아계 사람들은 자신들을 전범으로 본 유고전범재판소에게 등을 돌리기 시작했고, 그렇게 하는 데 프랄랴크의 법정 자살이 도화선이 된 것이죠. 프랄랴크를 추모하는 제단 앞에 촛불을 들고 운집하는 그들이 그 증거입니다. 진정 ICTY는 저들의 영웅들을 처단한 것일까요? ICTY를 주도한 서방 강대국들은 과거 자신들이 저지른 전쟁과 지배의 역사는 영웅의 치적으로 미화하는 반면, 지금 약소국의 영웅에게는 범죄자의 낙인을 찍은 것일까요?

　유고전범재판소는 세르비아계뿐만이 아니라 크로아티아
계로부터도 배척을 받게 되자 정당성의 근거가 많이 흔들리
게 되었어요. 적어도 유고슬라비아 안에서는 그랬지요. 물론
저는 처음부터 끝까지 ICTY의 정당성을 굳게 믿고 있습니다.
ICTY는 인류의 존엄성을 위해 악과 싸운 것이며 역사를 통해
인정을 받을 것임에 틀림없습니다. 저 역시 그 구성원으로서
용기를 내어 참여하여 최선을 다했다는 자부심으로 충만합
니다. 그러나 인간 세상이라는 것은, 민족이라는 것은, 전쟁이
라는 것은, 그리 간단한 것 같지 않더군요. 역사, 민족, 전쟁이
라는 개념이 다 상대적이고 일시적인 존재인 것과 마찬가지
로, 이를 바로잡고자 하는 정의라는 개념도 역시 상대적이고
일시적인 것이 아닐까 여겨지기도 해요. 인간들이 모여서 형
성한 사회에서 발생하는 사건들은 그 당시의 더 많은 다수, 더
강력한 집단이 설정한 일방적인 기준에 의해 평가가 되고 좌
우가 되고 만다는 것이죠. 그리고 곧 반동의 물결이 닥쳐오게
됩니다. 오늘 한 뜨락에서 설립된 정의는 결코 영원한 평온을
유지하지 못하고, 이내 다른 또 하나의 정의가 내습하여 그 뜨
락을 차지하게 되는 그 역습의 흔적을 우리는 역사에서 종종
보게 되는 것이니까요. 보스니아 전쟁이 지난 뒤 세르비아, 크
로아티아, 보스니아 내에서는 극우 민족주의 세력이 더욱 견

고해지기 시작했습니다. ICTY가 막으려고 했고 또 완전히 진압했다고 믿었던 그 완고한 민족주의가 오히려 더욱 강화되면서, 마치 시한폭탄처럼 똬리를 틀고 있게끔 되었다는 현실을 어떻게 받아들여야 할까요. 과연 이 평온은 언제까지 유지될 것일까요? 가장된 평온은 아닐까요?

　사실 프랄랴크의 독배 사건에서 저 자신부터 가장 큰 충격을 받았다고 해야만 할 거예요. 그날 그곳에서 그가 저를 쏘아보던 그 눈빛, 내동댕이쳐져서 바닥에 구르는 약병을 잊을 수가 없었어요. 유고전범재판에서 사형선고는 없었다고 하지만, 사실상 프랄랴크에게는 사형이 선고되고 즉석에서 집행된 꼴이 되고 말았지요. 사람은 신념에 앞서 감정이 우세하게 작용하는가 봅니다. 전 이제 할 만큼 했다는 생각이 들었어요. 이만하면 세상에 정의를 세우는 데 웬만큼 기여를 한 셈이니, 이제 정의라는 구도에 따라 설정된 가상의 세계가 아닌, 인간의 숨소리가 가까이에서 들려오는 현실의 세계로 편입해보고 싶었답니다. 저는 프랄랴크의 재판을 마치자마자 즉시 사표를 제출했습니다. 그리고 곧바로 베니스행 비행기표를 사서 떠났지요. 그곳에서 다시 차를 운전하며 여기까지 오게 된 겁니다. 모든 것이 마치 계획이라도 미리 세워 놓았던 것처럼 진행되었어요. 지금 와서 생각해보면 프랄랴크에게 오히려 감사하고 싶기도 합니다. 저를 8년 동안의 긴 잠에서 깨워 본래

의 세상으로 돌려보내준 셈이니까요. 네, 그래요. 이젠 다른
세상에서 다른 일을 하며 살아보고 싶어요. 제가 애초에 하고
싶었던 일, 제가 좀 더 잘할 수 있는 일 말이죠. 그것이 무엇일
까요? 어디에 존재하고 있을까요?

모스타르

아우디는 두브로브니크 도시 영역을 벗어나 8번 국도로 접어든다. 서쪽으로 달린다. 아드리아 해안을 따라 구불구불 때로는 아슬아슬 나 있는 왕복 2차선의 넓지 않은 도로. 아우디는 굽이마다 이쪽저쪽으로 번갈아 쏠리면서 달린다. 차 대시보드 위에 모바일폰 거치대가 설치되어 있다. 플라스틱으로 만든 간단한 조립식이다. 그 위에 놓인 모바일폰의 스크린에 지도가 비친다. 지도에는 자동차가 진행하고 있는 부근 지역의 도로와 도시가 나타나고, 도로 위를 달리는 자동차의 위치가 삼각형 모양으로 표시된다. 목적지까지 가는 도로 노선이 파란색으로 설정되어 있다. 자동차 삼각형 표시가 그 파란색 도로 줄기를 따라 앞으로 나아간다.

"모바일폰에서 내비게이터가 나오네요. 한국어로 표시가 되어 있군요. 한국에서만 되는 줄 알았더니 여기 외국에서도 가능하다니."

여자가 신기하다는 표정으로 말한다. 핸들을 잡은 남자가 말을 받는다.

"구글맵 어플을 깔면 세계 어느 곳을 가든지 이렇게 한국어로 된 지도가 뜹니다. 내비게이터로도 쓸 수 있고요. 구글맵만 있으면 세계 어느 곳에 가더라도 길 잃을 염려는 없어요. 대신 외국에서 한국 앱을 사용하려면 유심칩을 사서 모바일폰에 바꾸어 넣어줘야 하지요. 여기 내비게이터에 보시다시피 두브로브니크에서 모스타르까지 129킬로미터, 두 시간 삼십일 분 걸린다고 나오네요."

"꽤 가야 하네요. 해 지기 전에 돌아오려면 바쁘겠어요."

"네. 길이 좁고 커브가 많아 속도를 낼 수 없어요. 더구나 초행길이니."

"조심해서 운전하셔야겠어요."

차는 슬라노°라는 도시에 조금 못 미친 지점에 있는 삼거리에서 오른쪽 도로로 갈아탄다. 428번 지방도로. 돌연 산비탈을 올라가는 험준한 길로 바뀐다.

"그래도 스르지 올라가는 길보다는 낫지 않습니까."

두 사람은 함께 웃는다. 중앙선도 그어져 있지 않은 외길을 따라 한참 가다가 산등성이 지점에 다다르자 도로를 막고 선 차량차단기가 나타난다.

"아, 여기가 크로아티아에서 보스니아로 넘어가는 국경인가 봐요. 맵에도 그렇게 나오는군요."

구글맵에 크로아티아와 보스니아의 국경선이 그어져 있다. 자동차 위치를 알리는 삼각형 표시가 그 국경선 앞에 도달해 있다. 차단기 옆에 설치된 검문소같이 생긴 건물 안에서 군인 한 사람이 나와서 이쪽으로 다가온다. 국경선을 지키는 군인 답지 않은 남루한 차림이다. 작고 낮은 검문소 건물 역시 국경 선답지 않기는 마찬가지다. 운전석의 창문을 내리고 고개를 내민 남자에게 그 젊은 군인이 뭐라고 말을 하는데 알아듣기 힘든 말이다. 남자가 영어로 되물어보지만 군인은 잘 이해하지 못한다. 손짓을 섞어가며 한참을 대화한 끝에 겨우 몇 마디를 엮어낸 것은, 이 검문소는 인터내셔널 보더 *가 아니라 도메스틱 보더 *라는 것이다. 과거 유고슬라비아연방국 시절 같은 나라의 국민이었던 크로아티아인이나 보스니아인은 이 국경을 통과해서 서로 오갈 수 있으나, 외국인은 이 국경을 통과할 수 없다. 외국인은 더 서쪽으로 가서 인터내셔널 보더를 통해 보스니아로 입국하라는 뜻이라고 남자가 여자에게 설명을 해준다.

차를 돌려 산비탈 길을 도로 내려간다. 8번 국도로 복귀한다. "이 길은 며칠 전에 제가 베니스에서 차를 몰고 두브로브니크로 올 때 거쳐 왔던 길입니다. 그 길을 지금 다시 거꾸로 가고 있네요. 이제 곧 보스니아 국경을 통과하게 될 겁니다. 크로아티아의 남동부 달마티아 지역은 본토와 단절이 되어 있어요. 해안도로의 중간에 보스니아 영토가 30킬로 정도 끼어 있지요. 유고슬라비아연방국 시절에 티토 대통령이 보스니아에게 아드리아 해안선을 보유할 수 있게끔 배려해주려고 크로아티아와 보스니아의 국경선을 그렇게 변경한 것이죠. 덕분에 보스니아는 내륙국 신세를 면하게 되었지요. 반면에 크로아티아는 본토와 달마티아가 육로연결이 끊어지게 되어버렸어요. 크로아티아는 이에 대해 불만이 많았지만 대통령이 하는 일이라 어쩌지 못했지요. 그때 그렇게 설정된 채로 지금도 그대로 있는 겁니다. 그래서 달마티아 지역에서 육로로 서쪽의 크로아티아 본토로 가려면 일단 보스니아 국경으로 입국을 했다가 다시 크로아티아 국경으로 입국을 해야 한답니다. 같은 나라를 가는데 국경을 두 번이나 거쳐야 해요."

아드리아해를 왼쪽으로 보면서 8번 해안도로를 달려 보스니아 국경에 도달한다. 일단 크로아티아의 출국 심사를 받고 조금 더 가다가 보스니아의 입국 심사를 받는다. 차에 앉은 채로 국경 검문소 창구에 패스포트를 제출하는 것만으로 검사를 마친다는 것이 그나마 위안이다. 지금부터의 해안도로는 보스니아 영토이다. 아우디가 보스니아의 해안 도시 네움*에 다다랐을 때 길 모퉁이에 'MOSTAR'라고 쓴 안내판이 보인다. 삼거리에서 오른쪽, 즉 북쪽으로 난 도로로 들어선다.

"이 네움이란 도시는 보스니아의 유일한 해안 도시인데, 예로부터 유명한 아드리아의 휴양지였답니다. 요즘 두브로브니크나 모스타르가 세계적인 관광지로 부각되면서 이곳도 세계 각지에서 관광객이 몰린다고 합니다."

조금 더 가다가 다시 검문소가 나타난다. 다시 패스포트를 제시하여 검사를 받는다.

"아까 보스니아 입국 수속을 했는데 왜 같은 나라 안에서 또 검사를 할까요?"

"글쎄요. 보스니아의 치안 상태가 아직 불안하다는 증거가 아닐까요? 보스니아 전쟁이 끝난 지 20년이 흘렀는데도 아직 전쟁의 상흔이 완전히 가시지 않았다고들 하더군요. 사라예보에는 여전히 전쟁 때 부서진 건물들이 그대로 남아 있다고 하니까요. 그리고 지금 보스니아 안에는 두 개의 공화국이 존재하고 있는 실정이에요. 보스니아 전쟁 때 세르비아계 사람들이 수립했던 스릅스카공화국이 아직도 버젓이 존재하고 있어요. 스릅스카공화국은 독자적인 정부와 의회를 가진 자치국이에요. 그런 자치 공화국이 존재한다는 조건으로 협정을 맺고 보스니아 전쟁을 끝냈던 것이죠. 결국 보스니아는 보스니아공화국과 스릅스카공화국으로 양분되어 있어요. 형식적으로는 하나의 독립국이지만 실제로는 두 개의 국가로 분열이 되어 있는 상태이지요. 언제 다시 갈등이 분출될지 모르는 상황이죠."

"그런데도 이 길로 가는 차들은 꽤 많군요. 보세요. 검사를 받으려고 기다리는 차 행렬이 저렇게 길잖아요."

"이 길은 보스니아 수도 사라예보로 가는 길이니까요. 그리고 그 중간에 모스타르가 있잖아요. 모스타르가 유명한 관광지가 되니까 그곳에 가는 관광객이 대폭 늘어났나 봐요."

아우디는 M6 고속도로를 타고 달린다. 고속도로라고 해봐야 간간이 추월 차선이 그려져 있는 왕복 2차선 도로에 불과하다. 대신 굴곡은 완만해졌다. 두 사람은 차창 밖으로 들어오는 보스니아의 산하를 감상한다. 여자가 말한다.

"아름답네요. 크로아티아의 자연은 산과 바위가 많아서 그로테스크한 면이 있는데, 보스니아는 좀 더 부드러운 것 같아요. 바위보다는 숲이 많이 보여요. 산도 그리 높아 보이지 않고요."

남자가 말을 받는다.

"네, 그런 느낌이지요? 자연이 역사를 닮는 것인지 역사가 자연을 닮는 것인지는 몰라도, 그 둘은 함께 가는 듯이 보여요."

"두브로브니크에 대해서는 준선 씨로부터 많이 들어서 좀 이해가 되는데, 지금 우리가 가고 있는 모스타르라는 곳은 어떤 곳인지, 어떤 역사를 품고 있는 곳인지 궁금해지네요."

"하하. 유지 씨도 유고전쟁에 대해서 본격적으로 관심이 가는가 봐요? 크로아티아 전쟁 다음으로 보스니아 전쟁에 대해서도 알고 싶은 건가요?"

"제가 아버지를 찾으러 왔다가 우연찮게 유고슬라비아 역사에 빠지게 되는 느낌이에요. 준선 씨 역사 강의를 들은 덕분이죠. 아주 어렸던 그 시절에 우리 가족이 유럽여행을 다닐 때, 유고슬라비아 턱밑까지 왔다가 전쟁 때문에 이 나라에 들어오지 못하고 발길을 돌렸었지요. 그 당시에는 그 까닭을 몰랐는데 20년도 더 지난 지금에 와서야 그 역사의 현장을 되밟아 보는 느낌이 들어요."

"유지 씨와 이 나라 사이의 인연이랄 수 있겠어요. 저와 이 나라 사이의 인연보다 훨씬 더 오래 전에 맺어진 인연이로군요."

"우리가 이 길을 함께 달리고 있다는 사실 역시 우연치 않다는 생각도 들어요. 이것도 어떤 인연이 아닐까요? 현실감 없는 우연에 마주칠 때면 흔히 인연 같은 개념을 떠올리게 되잖아요?"

"하하. 유지 씨와 저 사이에 인연의 끈이 이어져 있다니, 묘한 느낌인데요? 황홀하다고 표현한다면 너무 과장된 것일까요?"

"사실 우린 만난 지가 하루밖에 안 된 거잖아요. 어제 아침 호텔 레스토랑 테라스에서 우연히 마주쳤죠. 그런데 이렇게 함께 차를 타고 어딘가 먼 곳으로 달리고 있어요. 더구나 여긴 생전 처음 와본 생소한 땅인데요. 저에게 이런 용기가 있었는지 미처 몰랐어요. 제가 용기를 내게끔 만들어 준 준선 씨에게 감사하고픈 마음이 드는걸요."

"하하. 오히려 제가 감사하고 싶어요. 제가 평소 만나고 싶었던 스타일의 여인을 만난 행운에 대해서. 이 말은 진심입니다. 단순히 여행길에서 느끼는 센티멘털리즘이 아닙니다."

"어머. 그런 말씀 듣기 민망하네요. 그보다는 어제 못다 한 역사 얘기나 더 해주세요. 이번엔 보스니아 얘기, 모스타르 얘기를 듣고 싶어요. 척척박사이시잖아요."

"그럴까요? 무슨 얘기를 어떻게 해야 할까요. 어디 생각 좀 해봅시다."

남자는 자신이 알고 있는 것과 경험한 것을 담담하게 얘기하기 시작한다. 그것은 그가 헤이그의 재판정에서 마주쳤던 한 인상적인 인간에 대한 이야기이다. 동시에 두 사람이 지금 달려가고 있는 그 땅의 운명에 대한 이야기이기도 하다. 여자는 자세를 잡고 다소곳이 귀를 기울인다. 얘기를 듣는 중에 간혹 고개를 끄덕이기도 하고 몇 번인가 탄성을 내뱉기도 하면서. 창밖으로 보스니아의 풍경이 흘러가고, 차 안에는 보스니아의 역사가 흘러간다. 그렇게 한 시간 반 남짓 더 달려서 그들은 모스타르에 도착한다.

모스타르의 거리는 사람과 차로 복잡하다. 군데군데 부서진 상태로 방치된 건물들이 있다.

"예상보다 큰 도시로군요. 그러나 20년 전에 끝난 전쟁의 상흔이 아직 가시지 않은 분위기예요. 우선 모스타르의 상징 스타리 모스트로 가봐야겠지요? 슬라브어로 스타리 모스트, 영어로 올드 브리지. 우리말로는 오래된 다리."

"네. 아빠가 보낸 엽서 사진에 있는 그 다리잖아요. 아빠가 갔던 그곳에 가보고 싶어요."

구글맵이 떠 있는 모바일폰의 스크린을 확대해서 보니, 시가지 외곽에 '올드 브리지'라고 쓰여 있는 곳이 나온다. 지도상에 네레트바 강줄기가 도시를 북서쪽에서 남동쪽 방향으로 가르면서 뻗어 있고, 한 지점에 강의 동쪽과 서쪽을 잇는 다리가 놓여 있다. 그 올드 브리지를 목적지로 설정하고 차를 몰아간다. 목적지에 접근하자 차도 사람도 부쩍 많아진다. 스타리 모스트를 찾아온 관광객들이다. 남자가 주차공간을 찾느라고심하다가 골목길 어딘가에 힘들게 공간을 발견하고 주차를 한다. 차에서 내린 두 사람은 서로 옆에 바짝 붙어 인파를 헤치며 걸어서 더 좁은 골목길로 들어간다. 때때로 남자가 뒤로 처진 여자를 돌아보며 기다렸다가 어깨를 감싸듯이 하며 열을 맞춘다. 어느 귀퉁이를 돌아서자 돌연 눈앞에 스타리 모스트가 나타난다.

"아름다워요!"

여자가 외친다. 그녀는 멀리 바라보이는 다리에 시선을 멈추며 한동안 그 자리에서 움직이지 않는다. 푸르게 흐르는 강물 위로 하얀 다리가 허공에 높이 걸려 있다. 강변 양쪽에 돌탑이 섰고 다리가 그 두 탑을 잇는다. 다리는 직선이 아니라 살짝 위로 들린 아치형이다. 양쪽 탑에서 출발하여 차츰 높게 올라가서 가운데 가장 높은 곳에서 만난다. 다리 아래 부분은 중간 교각이 없이 반원형의 커다란 아치를 이루며 밑으로 빈 공간을 남긴다. 돌로 된 석교이지만 유연한 외양으로 흡사 나무 다리인 것처럼 보인다. 강물은 제법 빠르고 거칠게 흘러가고, 다리 위의 사람들이 난간에 기대어 강물을 내려다본다. 두 사람도 다리에 진입한다. 다리의 서쪽 탑에서 출발하여 건너편 동쪽 탑 쪽으로 건넌다. 다리 가운데 정점에 다다라서 멈춘다. 돌로 된 허리 높이의 난간에 기대어 아래 강물을 바라본다.

"강물이 무척 빨리 흘러요. 이 다리가 없으면 강을 건너기 어렵겠어요. 정말 있어야 할 곳에 있는 꼭 필요한 다리이네요."

"프랄랴크가 이끌던 크로아티아계 민병대가 이걸 대포로 부수었던 것이 의도적으로 그런 건지 우연히 그렇게 된 건지 모르겠지만, 상징적 의미가 있는 사건이었던 것 같습니다. 민족 간의 대화와 타협을 거부한다는, 그런 의미가 부여될 만한 사건이었죠."

"설마 이 아름다운 다리를 일부러 부수었겠어요? 프랄랴크 그 사람은 예술가였다면서요? 예술가가 그런 짓을 하라고 명령했을 리가 없어요. 틀림없이 그 사람 부하가 실수로 그랬을 거라고 믿어요."

"하하. 유지 씨는 벌써 프랄랴크의 팬이 되었나 보군요."

"준선 씨가 이미 저에게 그 사람 편에 서서 얘기를 해주셨잖아요? 제가 그 영향을 받았나 보지요?"

"하하. 제가 그랬던가요? 프랄랴크 편에 섰었나요?"

"전 준선 씨로부터 얘기를 들으면서 그런 느낌을 받았는데요? 아무튼 준선 씨가 해주는 역사 얘기를 미리 듣고 나서 와보니까 이곳에 대해서 한결 많은 것을 생각하게 되네요. 뭐랄까, 애정 같은 마음이 일기도 하고요."

"제 얘기가 도움이 되었다니 다행입니다."

두 사람은 다리 난간에 두 팔을 얹고 멀리 전경을 바라본다.

"저기 강 동쪽 건너편을 좀 보세요. 이슬람 사원이 많이 보이는군요."

남자가 손으로 가리키는 쪽에 이슬람 사원인 모스크의 돔 지붕과 첨탑이 여기저기 널려 있다.

"모스타르에는 이슬람 신자가 많은가 봐요?"

"보스니아 전체 인구로 보면 이슬람이 가장 많고, 그다음이 세르비아의 종교인 동방정교, 그다음이 크로아티아의 종교인 가톨릭이라고 합니다. 그러나 이 모스타르만큼은 이슬람과 가톨릭이 각자 절반씩이고 동방정교는 거의 없다고 해요.

네레트바강 서쪽에는 주로 가톨릭을 믿는 크로아티아계가 모여 살았고, 동쪽에는 주로 이슬람을 믿는 무슬림이 모여 살았답니다. 그래서 이 강을 사이에 두고 이슬람계와 크로아티아계 간에 치열한 전쟁이 벌어졌던 거고요. 그 와중에 이 스타리 모스트가 끊어졌던 거지요. 저 강 동쪽 지역에 이슬람 사원이 몰려 있는 이유예요. 모스크는 돔과 첨탑 때문에 멀리서도 눈에 잘 들어오지요."

"같은 땅에 살아도 종교나 민족이 다르다고 해서 서로 전쟁을 하는 이유가 뭘까요? 종교와 민족은 어떤 것이 먼저 생겨났을까요? 왜 하나의 민족은 하나의 종교로 뭉치는 것일까요? 종교의 목적은 결국 평화롭게 살자는 것인데 왜 종교라는 이름으로 서로 싸우는 것일까요? 도대체 저 이슬람 모스크 돔 지붕과 가톨릭 성당 십자가에는 무슨 차이가 있다는 것일까요?"

"처음엔 다 이해관계에서 출발하는 것이겠죠. 이해관계에 따라 집단으로 구분이 되고, 그 집단의 이기적인 행동이 반복되다 보면 하나의 양식이 되죠. 그 양식이 고착되면 질서가 되고, 질서에 당위성이 부여되어 이념이 되고요. 이념은 그럴듯하게 채색이 되어 정의라는 고상한 이름을 가진 현란한 망토를 걸치게 되지요. 드디어 각자가 정의의 깃발을 내걸고 전쟁을 일으키기에 이릅니다. 전쟁이 모든 것을 결말짓지요. 전쟁의 결과에 따라 기존의 것들에 대한 평가를 내리고 새것을 준

비하지요. 전쟁이야말로 분쟁을 해결하는 최후의 수단이지
요. 인간사회의 역사란 것이 다 그 전쟁의 결과물이 아니었던
가요? 분쟁을 일으킬 수밖에 없는 인간의 숙명이 아닌가 싶
어요."

"준선 씨는 정의를 실현하는 재판관에 어울리지 않게 회의
적인 말씀을 하시네요."

"하하. 그렇게 보이세요? 재판관이기 때문에 양쪽 분쟁 당
사자의 속을 더 잘 들여다볼 수 있는 것 아닐까요? 판사야말
로 가장 가치 상대적인 인간일지도 몰라요. 뭔가 판가름을 해
야 하기 때문에 할 수 없이 하나의 기준을 세워서 판결을 하
는 것뿐이지요. 전 종종 이런 상상을 해봅니다. 2차대전 때
에 히틀러가 소련을 침공하지 않고 소련과 타협해서 둘이서
유럽 대륙을 양분하여 점령하는 전략을 썼더라면 전쟁의 결
과가 어떻게 됐을까? 그때 마침 미국이란 뉴 수퍼파워가 등장
하지 않았더라면 독일이 전쟁에서 패배할 리가 있었을까? 만
약 2차대전에서 독일이 승리했다면 세상이 어떻게 달라졌을
까? 어쩌면 히틀러는 영웅이 되어 있고 아우슈비츠의 홀로코
스트˚는 영원히 밝혀지지 않았을지도 모르지요."

"준선 씨가 몸담았던 유고전범재판소가 없었다면 사라예
보나 모스타르의 참상도 그냥 묻혀버렸을지 모르잖아요."

"맞아요. 서방 강대국의 개입이 없었다면 유고전범재판소
도 설립되지 않았을 테니까요. 유지 씨도 이제 유고전쟁의 전

문가가 다 되셨군요. 하하."

"그러게 말예요. 하하."

두 사람은 스타리 모스트 위에서 웃음을 뱉는다. 약하고 허탈한 기운의 웃음이다.

문득 여자가 침울한 표정을 짓는다. 그리고 하소연하듯 나지막하게 말한다.

"아빠도 이 다리 위에 서 계셨을까요? 그랬겠지요? 무슨 생각을 하셨을까요? 내가 아빠 생각을 하듯이 아빠도 내 생각도 하셨을까요? 아빠가 저에게 보낸 마지막에서 두 번째 엽서는 여기 모스타르에서 보내신 건데, 건강이 무척 나빠진 상태에서 여기 오신 것은 아니었을까요?"

남자가 조심스럽게 말을 받는다.

"아버지께선 여기 다리 위에 서 계셨을 겁니다. 그때 어떤 감흥을 느꼈기에 유지 씨에게 그 엽서를 보내신 것 아니겠어요? 이 다리 위에 서서 저 네레트바 강물을 바라보지 않았다면 그런 감흥이 일지 않았을 거예요. 스타리 모스트 위에 설정도라면 아직 건강하셨다는 거고요."

여자는 눈을 감는다. 숨을 크게 들이마신다.

"여기 서 계셨을 아빠와 교감하고 싶어요. 시간 차이는 있지만 아빠를 곁에서 느끼고 싶어요. 아마 저더러 이곳에 와보라고 암시를 주신 것일 거예요. 이렇게 아빠 곁에 서 있으라고요."

여자의 눈에서 흘러내린 한 줄기 눈물이 네레트바 강물 속으로 낙하한다.

두 사람은 길이가 50미터에 조금 못 미칠 정도의 다리를 건너 강 동쪽에 닿는다. 강 동쪽 마을에는 이슬람 점포가 많다. 골목길 양쪽으로 즐비한 식당과 기념품점의 상인들이 관광객을 맞는다. 나뭇잎이 꽤나 풍성한 정원을 가진 한 식당이 눈에 띈다. 'RESTORAN SADRVAN'이라고 쓴 간판이 걸렸다. 그곳으로 들어선다. 이슬람 전통음식점이다. 이슬람식 디자인의 지붕과 기둥이 있다. 정원 한쪽에 놓인 식탁에 앉는다. 머리에 붉은 캡처럼 생긴 터번을 두른 웨이터가 다가온다. 웨이터가 추천한 전통음식 '돌마'를 주문한다. 포도잎 속에 고기와 쌀을 넣어 채운 음식으로, 그리스와 발칸반도에서 먹던 음식이 남부 유럽까지 전해져서 퍼졌다는 웨이터의 설명이다. 남자가 웨이터에게 와인에 관해 묻는다. 웨이터가 추천한 와인은 브라나츠˙. 발칸 지방에서 나는 고유의 포도 품종이란다. 모스타르에서 두 시간 거리에 있는 트레비네 수도원에서 생산하는 브라나츠가 보스니아를 대표하는 와인이라 한다. 두브로브니크 벨뷰 호텔 베이퍼 레스토랑의 웨이터가 딩가츠를 극찬하는 것 못지않게 이곳 식당의 웨이터 역시 브라나츠를 한껏 치켜세운다. 남자가 브라나츠 와인을 두 잔 주문한다. 주문을 받은 웨이터는 자랑스러운 포즈로 글라스에 담긴 와인을 가져온다. 남자는 브라나츠를 한 모금 물고 깊이 음미한다.

"와인은 역시 그곳 고유의 것을 음미하는 것이 제격이지요. 세상 어느 곳이나 자기만의 와인이 있어요. 그곳의 기후나 흙이나 사람들의 솜씨가 아니면 흉내 내지 못할 독특한 맛이에요. 수천 가지의 맛이 다 다르고 다 나름의 역사가 있다는 것, 그것이 와인의 매력이죠. 와인에는 서로 다른 개성이 있을 뿐 우열의 가림은 없어요. 우린 와인을 차별 없이 대하듯이 나라와 민족에 대해서도 그렇게 대해야 한다고 생각해요."

"제가 준선 씨한테서 역사뿐만 아니라 와인에 대해서도 많이 배우네요."

"저도 유지 씨 덕분에 보스니아의 와인을 마셔보는 행운을 누리네요. 사실 보스니아 와인을 맛볼 기회는 흔치 않거든요. 차를 운전해야 하기 때문에 딱 한 잔씩밖에 하지 못하는 것이 아쉽기는 하지만."

"제 덕분이라니요? 제가 준선 씨 덕분에 예까지 오게 된걸요?"

"동행이 있다는 것은 큰 행운입니다. 더구나 이렇게 와인을 함께 마실 수 있는 동행이라면 더욱. 자, 우리 유지 씨 아버지께서 어딘가에 건강하게 잘 계실 것을 기원하는 건배를 하기로 해요. 아 보뜨르 상떼!"

두 사람은 붉은 와인이 담긴 글라스를 가볍게 부딪친다. 투명한 글라스를 뚫고 나오는 브라나츠의 붉은 빛깔을 응시하는 여자의 표정은 밝지 못하다.

"너무 침울해하지 마세요. 유지 씨 아버지께서 엽서를 보냈던 장소에 이렇게 올 수 있다는 것은 축복 아니겠습니까? 이 순간을 소중히 간직하시고, 그리고 맘껏 즐기세요."

"저도 그렇게 생각해요. 이곳에 오길 잘했다는 생각이 들어요. 아빠를 가까이 느낄 수 있어서요. 우린 아직 가봐야 할 곳이 남아 있잖아요, 그렇죠?"

"내일은 유지 씨 아버지께서 그 마지막 엽서를 보냈던 곳을 찾아서 가야지요. 두 개의 섬이 떠 있는 동쪽 어딘가의 바다로."

"아빠의 흔적을 찾아 가볼 곳이 남아 있다는 것이 다행이네요."

고개를 쳐드는 여자의 표정이 조금은 밝아진다.

라이벌-미하일로비치와 티토

— 드라자 미하일로비치

　1893년 세르비아 출생

　세르비아왕국 육군 장교

　발칸전쟁 참전, 오스트리아·헝가리 제국°과 싸움

　1941년 독일군 침공에 맞서 저항군 체트니크°결성

　1942년 유고슬라비아왕국°영국망명정부 전쟁장관

　1945년 해방 후 티토 공산당 정부에 맞서 유격전 주도

　1946년 체포되어 반역죄로 사형선고 받고 처형됨

　추종자들이 붙여준 애칭 '드라자 삼촌'

— 요시프 브로즈(가명 티토)

　1892년 크로아티아 출생

　1차 세계대전 오스트리아군에 징집되어 참전, 러시아군

　포로

유고슬라비아 공산당 입당, 체포되어 5년간 복역
1937년 유고슬라비아 공산당 서기장
1941년 독일군에 맞서는 파르티잔 지도자, 인민해방군
총사령관
1945년 유고슬라비아 사회주의연방국 수상, 대통령
1980년 종신대통령으로 35년간 집권 중 사망
파르티잔들이 붙여준 애칭 '티토 선배님'

20세기 유고슬라비아 현대사의 최대 라이벌인 드라자 미하일로비치와 요시프 브로즈 티토가 만났다. 이승에서 나누지 못했던 이야기로 저승에서 설전을 벌인다.

미하일로비치가 먼저 말한다.

"1941년 산속 은거지에서 우리가 마주쳤을 때 난 처음으로 요시프 당신 얼굴도 이름도 알게 되었소. 도대체 어디서 무얼 하다 갑자기 나타나서 파르티잔 총사령관을 자칭하는가 의아심이 들었지."

티토는 그 말을 웃음으로 받는다.

"하하. 그랬을 거요. 난 탄압받는 공산주의자라서 주로 지하에서 활동을 했으니까. 그대 드라자는 이미 이름이 널리 알려진 유고슬라비아왕국의 장군이었고."

"우린 조국을 침략한 독일군에 대항하여 싸우자는 공동의

목표를 가지고 있었지. 나의 체트니크와 당신의 파르티잔이 합동작전을 펼 것을 모색하기 위해 만났던 거지. 영국의 처칠 수상이 그렇게 하라고 강력히 요구하기에 난 내키지 않았지만 거부할 수 없었지. 혹시 대독일 공동전선을 펼 수 있을까 생각해서 그 협상을 하기 위한 것이었는데, 우리가 서너 번 만나봤던가 아마? 결과적으로 민족주의자와 공산주의자가 진정한 전우가 되기는 악어와 하마가 친구가 되는 것보다 더 어렵다는 사실을 실감하게 됐지만. 우리뿐만 아니라, 중국에서도 일본의 침략에 대항하여 장제스˚의 국민당과 마오쩌둥˚의 공산당이 합작을 한다 했지만, 종내에는 서로 원수가 되어 싸우게 되질 않았던가? 난 당시 런던으로 망명을 가 있는 유고슬라비아왕국의 페타르˚ 왕으로부터 유고슬라비아 육군장관으로 공식 임명을 받은 몸. 반면 당신은 왕국에서 반역자로 낙인찍혔던 공산당인데, 무슨 자격으로 군대를 이끌고 있었단 말인가? 소련의 명을 받았나?"

"조국을 구하고자 싸우는데 자격이 무슨 소용 있겠소? 이념을 떠나 모두 나서는 게 마땅하지. 난 소련과는 상관없는 순수한 민족주의적 공산주의자였소. 전쟁이 끝나고 유고슬라비아 사회주의연방국을 건설한 후에도 공산국가들의 종주국인 소련에 당당히 맞서서 제3세계의 리더 역할을 했던 것을 보면 모르시겠소?"

미하일로비치는 그의 전매특허가 된 수북이 자란 구레나룻을 매만지며 고개를 갸우뚱거린다.

"아무리 생각해봐도 이해할 수가 없어. 요시프 당신은 초등학교도 나오지 못한 시골 공원 출신. 1차대전 때는 우리 조국을 지배하고 있던 오스트리아를 위해 군에 입대해서 대러시아 전선에 나섰고, 러시아군의 포로가 되어 러시아로 끌려가 있는 동안 공산주의자가 되어 귀국했지. 조국에 돌아와서는 파업이나 부추기고 다니다가 감옥살이도 하고. 별다른 군 경험도 없이 지하에서 불법단체 활동을 하던 사람이 게릴라전의 지휘자 노릇을 한다? 엉뚱하게 부하들만 숱하게 희생시켰던 것은 아닌가 의심이 드는군. 그런 당신이 영국으로부터 대독일 저항군의 주도세력으로 인정을 받고, 전후에는 유고슬라비아연방의 통치권까지 확보하게 되다니 이게 무슨 조화란 말인가?"

티토는 여전히 웃음으로 여유를 부린다.

"하하. 그러게 말이오. 드라자 그대는 정규 사관학교를 나와서 장교로 1차대전에 참전하여 조국을 위해 적국 오스트리아와 싸웠지. 프랑스 유학까지 다녀온 그대는 조국의 기대를 한몸에 받는 엘리트였음이 틀림없어. 그러나 전쟁은 단순한 기술이 아니라오. 전쟁은 사상과 애국심으로 하는 거라오. 난 공산주의자가 되어서 비로소 진정한 애국자가 되고 전사가 될수 있었지. 공산주의야말로 사람을 강철같이 단련시키는 최고의 철학이니까. 드라자 그대는 역사의 흐름을 읽지 못했어. 때는 바야흐로 새로운 사상이 약동하는 20세기였단 말이오. 그대는 낡은 왕국 사상에 젖어 있었어. 인민을 착취하는 유고슬라비아왕국에 무조건 충성하는 복고주의자였지. 그리고 세르비아가 유고슬라비아와 발칸을 지배해야 한다는 완고한 대세르비아주의에 빠져 있었어. 다민족 국가인 유고슬라비아를 통합적으로 이끌 사상적 기반이 되어 있지 못했지. 크로아티아나 보스니아 사람들은 그대의 세르비아 패권주의를 독일 군대만큼이나 두려워했으니까. 더구나 그대는 억지로 왕국을 지키겠다는 욕심에서 침략자인 독일과 타협하려고까지 했지. 그래서 그대는 민심을 잃었고 급기야 독일과 싸우는 연합군의 신뢰도 잃게 된 거 아니겠소."

티토의 냉엄한 비판에 미하일로비치는 듣기 불편한 눈치를 보이다가 자세를 바로잡고 반론을 펼친다.

"요시프 당신이 설파한 논리는 승리자의 강변에 불과하오. 연합군은 추축국을 누르고 승리했지. 순전히 미국의 힘 덕분이었지만. 미국이 아니었다면 어디 승리의 가능성이 단 1퍼센트라도 있었겠소? 당신 또한 연합군의 구미에 맞춰준 대가로 전쟁 후에 유고슬라비아의 패권을 장악한 것 아니었소? 특히 배후에 소련이 없었으면 어림 반 푼어치도 없었음을 솔직히 인정하기 바라오. 어찌어찌하여 겨우 승리라는 행운을 움켜

178

쥔 자들이 멋대로 논리를 조작하고 그것이 마치 정의로운 것이었고 따라서 필연적인 것이었다고 둘러대곤 하지. 요시프 당신은 독일, 오스트리아, 이탈리아, 헝가리, 루마니아, 불가리아 등 유럽의 중앙 국가들과 프랑스, 영국, 네덜란드, 벨기에, 폴란드 등 유럽의 서방 국가들 간의 충돌에서, 후자가 전자를 물리친 것이 역사적 필연이었다고 생각하는가? 과연 필연이라는 개념이 우주에 존재하는가? 역사는 전쟁에 의해 판가름 나는 게임에 불과하지 않은가? 전쟁의 승패가 논리나 이념에 따라 결정되는 것은 아니잖나? 미국과 소련이 좌우에서 중앙을 협공하지 않았다면 그 전쟁에서 서방이 이길 수 있었을까? 미국이 지원하지 않았다면 전쟁 초반에 소련이 독일의 그 맹렬한 공격에 살아남을 수 있었을까? 특히 1940년대 그즈음 나의 사랑하는 조국 세르비아를 위해서는 내가 택해야 할 너무나 분명한 명분이 존재했던 것이오. 나의 행동은 오직 나의 민족을 위한 사명감에서 비롯된 것이었소.

1차대전 때 독일이 조국을 침략해오자 나는 목숨을 걸고 대항해 싸웠어. 그때 적국인 오스트리아 군대에 들어가 우리 쪽에 총부리를 들이밀었던 당신과는 달랐지. 2차대전 때에도 독일이 다시 쳐들어오자 난 역시 내 휘하의 군대를 지휘하여 맞서 싸웠지. 그러나 초전에 프랑스가 허약하게 굴복해버리고 소련도 점차 무너져가는 것을 보고는 좀 더 깊이 생각을 해야 했던 거요. 마침 독일이 나에게 설득력 있는 제안을 해왔지.

자기네의 공격 목표는 영국과 소련이지 우리가 아니라는 것이야. 우리 민족의 독립과 번영은 보장해주겠다는 것이었지. 난 민족을 위해 전쟁에서 이기는 쪽의 편을 드는 것이 좋겠다는 생각이 들었지. 물론 우리가 독일의 편에 서서 적극적으로 나설 필요는 없었고 독일도 그걸 요구하는 것은 아니었어. 그저 소강상태를 유지하기만 하면 되는 거였지. 대신 난 당신 같은 공산주의자들과 싸워야겠다는 생각을 했소. 공산주의는 이 세상의 질서를 무너뜨리고 자기들의 세계를 건설하겠다는 망상을 품고 있는 자들이어서 그들을 격멸하는 게 급선무였던 것이오. 내 생각이 옳았다는 것은 그 다음의 역사 흐름을 보면 모두가 인정할 수 있는 사실이지. 영국과 미국은 독일과의 전쟁에서 이겼지만, 결국 유럽의 절반, 아니 세계의 절반을 공산주의자들에게 내주고 말았어. 물론 우리 조국 유고슬라비아도 공산주의자들의 차지가 되어버렸고. 그게 잘된 일인가는 먼 시간이 흐른 후인 지금 조국이 처한 꼴을 보면 알 수 있지 않은가? 내가 분명히 말하건대, 요시프 당신이 걸었던 길만이 정의의 길이었다 할 수 없을 것이며, 당신이 유고슬라비아 지역에 사는 사람들에게 행복을 가져다주었다고 단언할 수는 더욱 없을 것이오."

미하일로비치가 쏟아 내는 통렬한 공격에 티토는 짐짓 인내하면서 점잖게 대응한다.

"드라자 그대는 해괴한 논리로 역사의 이설을 내세우는군. 내가 세운 유고슬라비아연방의 정당성에 대해 새삼 이의를 제기하는 것인가? 2개의 문자, 3개의 종교, 4개의 언어, 5개의 민족, 6개의 공화국, 7개의 외국과의 국경으로 이루어진 유고슬라비아를 하나로 묶어 단일국가를 만들고 평화와 번영을 구가하게 한 것이 이 티토 말고는 그 누가 가능한 일이었을까? 그 후에 내가 없으니 서로 반목하여 싸움을 일삼지 않았는가? 내가 있었으면 그 1990년대의 처참한 내전은 없었으리라고 생각하는 사람들이 많소."

미하일로비치가 끼어든다.

"그렇게 생각하는 사람들이 있다면 그건 그들의 착각에 불과하오. 요시프 당신이 없으면 유지가 안 되는 그런 평화라면 그게 평화라고 할 수 있을까? 어차피 당신도 채 100년을 살 수 없는 평범한 인간에 불과한데. 그리고 당신이 이 나라를 통치한 결과 다른 나라보다 더 번영을 가져왔다고 말할 수 있을까? 당신이 죽자마자 슬로베니아와 크로아티아가 독립국을 선포한 이유는 무엇일까? 요시프 당신은 온갖 이유와 명분을 동원하고 있지만, 결국은 다 당신의 욕심 때문이었지. 당신의 패권주의가 발동한 거요. 공산주의자의 패권주의는 파시스트보다 더 강렬한 것임을 난 잘 알지. 그래서 공산주의를 싫어한다오. 당신은 쓸데없는 짓을 한 것이라오. 3개의 종교, 4개의 언어, 5개의 민족, 6개의 공화국으로 그대로 두는 것이 나

왔소. 그랬다면 20세기 말엽을 비참하게 장식한 유고슬라비아 내전은 발생하지 않았을 거요. 결국 지금에 와서는 그렇게 원래대로 원상회복이 된 거 아니오?"

미하일로비치의 노골적 공박에 티토는 더 이상 참지 못하고 불쾌함을 내비친다.

"이봐요 드라자. 패자의 변명과 불평이 너무 심한 듯하오. 그대는 이미 오래 전에 역사의 심판에서 패배 판정을 받은 사람이오. 그대는 전쟁 중에 영국과 미국으로부터 버림을 받았고, 전쟁이 끝난 후에는 민족으로부터도 버림을 받아 형장의 이슬로 사라져가지 않았소? 그대는 시대착오적으로 왕국으로의 복귀를 꿈꿨고, 민족을 배반하고 침략자에게 아부하던 자로 각인이 되어 역사 바깥으로 내쫓겨버린 것이오. 이제 와서 새삼 역사적 평가를 뒤집으려 하는 건가?"

미하일로비치는 티토의 힐난에 아랑곳 않고 공박을 계속한다.

"역사의 평가는 좀 더 길게 보고 내려야 하는 법. 난 단순히 왕조를 유지하자는 게 아니라 일단 질서를 세우자는 거였지. 공산당이 조국을 차지하는 것만은 막고 싶었어. 그리고 한때 나와 독일 간에 있었던 협상을 가지고 자꾸 트집 잡는데, 사실 독일군 사령관을 만나서 협상을 벌였던 것은 요시프 당신도 마찬가지 아니었소? 단지 당신네가 정권을 잡은 뒤에 언론 통제를 통해 그 사실을 은폐한 것뿐이었지. 역사를 제대로 볼 여유가 생기고 숨은 사실들이 하나둘 해금되고 있는 지금은 사정이 달라졌소. 적어도 내 출신지인 세르비아에서는 지금 당신 티토는 철저하게 배척을 받고 있지. 한때 도처에 세워졌던 당신의 동상 대신에 나 미하일로비치의 동상이 거리에 세워지고 있지. 요즘 영국에서도 2차대전 시 나를 멀리하고 대신 당신을 싸고돌며 지원했던 처칠 수상을 매섭게 비판하는 여론이 드높은 실정이지. 처칠의 뒤를 이어 영국 수상이 된 이든*의 회고록을 보면 다음과 같은 사실이 나와 있지. 2차대전이 한창일 때, 영국 의회에서 처칠 수상이 유고슬라비아에서 독일군과 싸우는 대표적인 세력으로 티토 당신의 파르티잔을 지목하면서 연합국은 티토를 유고슬라비아의 지도자로 밀어야 한다고 주장했지만, 그때도 영국 의회에서는 이에 대해 비판이 많았다는 사실 말이야. 이든 자신도 처칠에게 티토를 너무 믿지 말라고 충고를 했다는 거 아닌가. 결과적으로 당신은 처칠을 철저하게 속인 셈이야. '나를 도와주기만 한다면 전쟁 후에 결코 공산주의 국가는 세우지 않겠다'고 하는 당신의 다짐에 처칠이 넘어간 거지. 처칠 자신도 나중에 당신에게 속은 것을 알게 되어 크게 후회했으니까.

공산주의자들이 유고슬라비아 패권을 장악한 다음, 당신과 당신 부하들은 나를 결박하여 법정에 세우고 증거를 날조하여 국가반역죄로 몰아서 사형선고를 내렸지. 그리고 선고 바로 다음 날 날 처형했지. 당신 부하들이 감형을 해주겠다면서 여러 가지 조건을 제시해왔지만 난 굴복하지 않고 사형을 그대로 받아들임으로써 내 자존심을 지켰지. 진작부터 당신의 속셈을 눈치채고 있었던 미국 정부는 그 재판에 대하여 유고슬라비아 정부에게 공식적으로 불만을 표시했고, 미국 의회는 나 미하일로비치에게는 아무런 죄가 없다는 보고서를 올렸지. 당신이 나를 처형하자 미국의 트루먼* 대통령은 당신을 꾸짖는 표시로 나에게 훈장을 수여하기도 했지.”

티토는 미하일로비치와의 논쟁에 깊이 휘말리려 하지 않는다.

“하하. 드라자 동지. 과거에 대한 회한에만 머무르지 마시오. 우리는 오직 미래를 봐야 하오.

그대의 사상은 너무 낡은 것이어서 민중의 지지를 받지 못했던 것이고, 그래서 군사적 세력도 나에게 훨씬 못 미쳤던 것이오. 따라서 당시 연합국의 지지가 나에게 옮겨왔던 것이고. 대세르비아주의에 입각해서 주변의 공화국들을 무시하는 그러한 정치가 이 땅 유고슬라비아에 가져온 것이 무엇이었소? 힘을 합쳐도 모자라는 유고슬라비아가 각자 알량한 민족주의를 내세우며 분열되어 내부 투쟁을 일삼았고, 결국 외부 강대국의 지배를 받게 되지 않았나? 난 그 소민족주의를 뛰어넘어 대유고슬라비아 연방공화국을 건설하여 제3세계의 중심국으로 발전시켰던 것이오. 내가 죽자 다시 소민족주의가 부활하여 유고슬라비아 연방은 해체되고, 서로 간에 극렬한 전쟁을 벌이더니 급기야 작은 조각의 공화국으로 분열되어 과거의 영광은 봄눈 녹듯 사라지고 말았으니, 통탄스러운 일이 아닐 수 없어. 이럴 바에야 독립은 괜히 했다, 유고슬라비아연방을 건설하고 평화롭게 이끌었던 티토가 옳았다고 말하는 사람들이 많아졌소. 그대의 동상이 세르비아에 새로 세워지고 있다고 그대는 주장하지만 그래도 세어보면 내 동상이 훨씬 더 많을 거요. 과연 우리 인민들이 그대와 나 둘 중 누구를 지지하고 있는지 여론조사라도 한번 해보는 게 어떻겠소?"

"여론조사? 요즘 세상은 그런 조사를 많이들 하더군. 좋소. 한번 해봅시다. 요즘 같은 분위기라면 난 자신이 있소. 공신력 있는 언론기관에 의뢰하여 지역별, 성별, 연령별로 인구비례에 의해 천 명 정도의 샘플로 조사를 하면 되겠지."

며칠 후 어느 기관이 실시한 여론조사 결과가 해외토픽 기사를 통해 세계로 전파되었다. 지지도 수치는 차이가 거의 없이 티토 50퍼센트, 미하일로비치 50퍼센트로 팽팽했다.

미하일로비치

티토

코토르[*]

"우린 지금 검은 산을 향해서 가고 있는 겁니다. 몬테네그로라는 나라 이름은 이탈리아어로 검은 산이라는 뜻이에요. 그만큼 산이 깊다는 것이겠죠. 산이 깊을 뿐만 아니라 자연이 무척 아름다운 나라랍니다. 그래서 몬테네그로를 지중해의 흑진주라고 부르기도 하지요."

"이름이 왜 이탈리아어로 되어 있을까요?"

"아드리아해는 원래 로마의 바다였어요. 아드리아의 동쪽에 있는 땅도 모두 로마 영토였고요. 오랜 시간이 흘러 슬라브족이 들어와 살면서 슬라브어를 쓰게 됐어요. 지금 유고슬라비아 지역은 슬라브어권에 속하지만 나라 이름에는 로마의 흔적이 남아 있는 거지요."

"얼마나 산이 깊으면 나라 이름을 검은 산이라고 했을까요?"

"2차대전 때 유고슬라비아 파르티잔 사령관이었던 티토가

이 몬테네그로 산속에 숨어서 나치 침략군에 맞서 싸웠지요. 파르티잔이 검은 산 속으로 숨어버리면 막강한 화력을 갖춘 나치군도 섣불리 쫓아갈 수가 없었다는 겁니다. 역사상 가장 훌륭한 투쟁성과를 거둔 유격부대라는 평가를 받은 티토의 파르티잔을 보호해준 검은 산입니다."

"이 검은 산의 나라가 아빠가 마지막으로 방문한 곳인가요? 아빠의 엽서가 거기에서 끊겼잖아요. 아빠는 검은 산으로 들어가버린 것일까요?"

"어쩌면 아직도 거기 머무르고 계실지도 모르지요."

"그럴 수도 있다고 보세요?"

"그렇기를 바라야죠."

"전 그렇게 기대하지 않아요. 아빠가 거의 반년이 지나도록 여행을 멈추고 한 곳에 머무를 리는 없어요. 엽서를 쓸 수도 보낼 수도 없는 더 깊은 곳으로 들어갔든지, 아니면 아예 이 세상에서 사라져버렸든지, 둘 중 하나가 아닐까요?"

"너무 비관적으로만 생각하지 마세요. 일단 유지 씨 아버지께서 보낸 마지막 엽서에 나와 있는 장소를 찾아 가봅시다. 호수인지 바다인지 모르겠지만 물 위에 섬 두 개가 나란히 떠있는 그곳으로. 결코 평범하게 생긴 곳은 아니어서 사람들에게 꽤 알려진 곳일 거라고 여겨집니다만."

두브로브니크를 떠난 아우디는 8번 국도를 달린다. 어제 모

188

스타르로 갈 때와는 정반대 방향이다. 모바일폰 구글맵의 도로 위에 자동차 삼각형 표시가 해안도로를 따라 동쪽으로 나아간다.

"내비게이터에 몬테네그로 국경을 통과해서 코토르라는 도시까지 가는 코스를 설정했습니다. 아침 일찍 가이드북을 좀 봐뒀어요. 유지 씨를 안내하려면 미리 공부를 해야 하겠기에. 코토르는 몬테네그로의 아드리아해에 면한 도시 중에서 가장 크고 역사가 오래된 도시랍니다. 우선 거기까지 가보기로 하지요. 92킬로, 두 시간 거리로 나오는군요. 코토르만 바닷가를 따라 나 있는 해안도로를 가다 보면 엽서에 있는 지형이 보일 것도 같아요."

"몬테네그로로 가는 동안 우리 또 재미있는 얘기 해요."

"무슨 얘기를 할까요?"

"준선 씨 잘하는 얘기 있잖아요."

"유지 씨가 역사 강의라고 이름 붙인 얘기 말인가요?"

"네. 알고 보니 그런 얘기가 퍽 재미있던데요? 저도 이제부턴 그쪽에 관심을 더 둬야겠어요."

"하하. 유지 씨 지적 호기심이 작동했나 보군요. 서로 대화가 통하니까 참 좋네요."

이야기가 시작된다.

"발칸을 왜 유럽의 화약고라고 하지요?"

"그만큼 전쟁이 많았다는 거지요. 발칸에는 고만고만한 작은 나라들이 많았어요. 그들 간에 숱한 전쟁이 있었지요. 거기다 강대국들이 개입해서 전쟁을 부추기거나 직접 전쟁을 하기도 했고요."

"왜 그렇게 전쟁을 했지요?"

"각자의 이해관계 때문이지요."

"어떤 이해관계인가요?"

"결국 땅과 재물을 서로 많이 차지하려는 것 아니겠어요?"

"민족이니 종교니 하는 것을 이유로 삼는 전쟁이 많던데요."

"한 집단의 소유와 팽창을 향한 욕망을 달성하기 위해서 민족이나 종교를 내세우는 것이겠죠. 실리를 위한 명분이라고 할까요."

"민족이란 게 그렇게 목숨을 내걸고 싸울 만한 동기가 될까요?"

"자기 집단을 키워서 활동범위를 넓혀가려는 것은 모든 생물의 본능 아니겠어요? 주변에 침투하고 포섭하는 데 쓰는 이념적 무기가 민족이라는 개념이지요. 집단을 이끄는 리더 그룹이 그런 개념을 만들어서 전파하지요. 어디든 한 집단에 속해서 보호받고 싶어 하는 인간의 본성에 퍽 유용하게 작용하는 개념이에요. 평범한 1차원적 본능을 제법 거창한 정신세계로 위장하는 거지요. 민족이야말로 집단의 리더가 구성원을 자석처럼 뭉치게 하는 데 써먹기에 최적의 수단 아닙니까?"

"종교 때문에 벌어지는 전쟁도 많아요. 종교란 원래 평화롭게 살기 위해 존재하는 것일 텐데 오히려 그 때문에 전쟁을 벌인다는 것은 그야말로 모순 아닌가요?"

"종교 역시 집단의 이익을 위해 이용되는 것이죠. 좀 더 정확히는 집단 리더 그룹의 이익을 위해서요. 집단의 정체성을 표현하기 위한 포장지 아니겠어요?"

"절대적 진리를 추구한다는 종교라는 것의 본질이 그렇게 허망한 것일까요?"

"종교가 개인의 수도 차원을 벗어나서 하나의 제도로서 사회화된 현상을 두고 하는 말입니다. 종교라는 게 원래는 인간의 죽음에 대한 두려움 때문에 생겨난 것인데, 사회가 커지면서 이게 그 집단을 묶어 두는 수단으로 변질된 것이죠. 인간사회라는 것이 법이나 명령만 가지고 다스리기에는 부족하지요. 그래서 종교의 교리를 적용해서 정신을 지배하려는 것이죠. 집단의 리더로서는 매우 유용한 권위이죠. 거창한 건물을 짓고 장엄한 의식을 거행해서 저절로 복종심이 들도록 유도하고, 권위에 복종하지 않으면 신의 이름을 들어가며 엄벌에 처해질 것이라고 위협하고, 실제로 신을 대신해서 처벌까지 함으로써 공포감을 조성하죠. 더구나 과학적 지식이 모자라서 인간 세상이 우주의 중심이고 태양과 별이 이 인간 세상 주위를 돈다고 믿었던 그 시절에는 그럴듯한 가설이 쉽게 먹힐 수 있었겠지요?"

"왜 나라마다 민족마다 종교가 다를까요? 발칸 지역에 어깨를 맞대고 사는 나라들이 서로 종교가 다르고, 그 종교의 깃발 아래에서 전쟁을 벌이는 것이 이해가 안 돼요."

"종교의 같고 다름은 그 나라와 민족이 형성되고 진화되어 온 과정에 따라서 자연발생적으로 나타나는 현상이지요. 특히 발칸이라는 곳의 지역적 특성이 그런 역사를 연출해냈어요. 여러 민족이 각자의 역사를 거치며 영토를 팽창시켜 가다가 어느 지점에 도달해서 어깨를 마주치게 된 곳이 바로 발칸이었지요."

"기독교와 이슬람이 그처럼 갈려서 처절하게 투쟁한 것도 이해가 안 돼요. 대체 언제부터 그렇게 된 것일까요?"

"원래 기독교는 로마의 변방 속주였던 유대에서 시작된 조그만 지역종교였잖아요. 당시로서는 다른 원시종교에 비해서 설득력도 있고 고통 받는 민중에게 위안도 되는 교리를 폈고, 교역자들이 헌신적으로 효과적인 포교를 했기 때문에 저변에 퍼져갈 수 있었지요. 그러나 기독교가 거대한 세력을 이루게 된 결정적인 계기는 로마제국이 기독교를 국교로 받아들인 것이지요. 로마는 처음에는 기독교를 혹세무민하는 사교로 보고 탄압을 했으나, 나중에는 그 유용성을 깨닫게 된 거예요. 전능한 신이 황제에게 정당성과 권위를 내려 준다면, 황제는 이를 이용해서 나라를 쉽게 다스릴 수 있지 않겠어요? 그 당시 사람들의 정신세계에서는 어차피 신과 종교가 필요했는데, 마침 당시 로마의 주술적인 종교가 한계를 보이고 있는 참이었으니, 낡은 스타일의 종교에서 탈피하여 새로운 현대적 스타일의 기독교를 수단으로 채택한 것은 나름대로 현명했지요. 기독교는 로마의 힘을 빌려 하나의 체제로서 확립되어갔고, 그 관성은 전 유럽에 퍼져나갔어요. 인간의 관습과 제도는 그만큼 전염성이 강한 것 아니겠어요?

한편 이슬람은 원래 기독교의 분파로서 파생된 종교였는데, 유럽의 힘이 미치지 못하는 지중해 너머 동쪽 대륙에서 공간을 확보하고 차츰 독자적 종교로 발전해나갔지요. 이것 역시 집단의 확장과 안정을 위해 무척 유용한 것이었죠. 이슬람은 앞서 기독교가 보여주었던 패턴을 답습하여 지중해 동쪽 지역에서 널리 퍼져나갔고, 결국은 그 지역의 종교를 하나로 통일시켜냈어요. 강력한 정치적 군사적 집단의 힘으로 가능한 일이었죠. 그 강력한 집단의 역할은 처음에는 아라비아가 담당했다가 나중에는 투르크가 맡게 되었어요. 사실 기독교나 이슬람이나 근본원리 면에서는 크게 다른 점이 없는 것 아니겠어요? 각 집단의 이해관계만이 다를 뿐이지요."

"그 두 개의 종교가 여기에 와서 만나게 되었나요?"

"그렇지요. 대립하는 이해관계를 가진 두 집단이 동과 서에서 다가와 마주친 지점이 바로 발칸이었지요. 양보할 수 없는 두 집단 간의 경쟁이 전쟁으로 발전했는데 그 시발은 11세기 초 십자군 전쟁이었어요. 그 후 천 년간 줄곧 싸워온 것이죠. 발칸은 서로 빼앗고 빼앗기기를 반복하는 교점이었어요. 19세기에 들어와서는 러시아를 위시한 슬라브계 나라들이 발칸에서 세력을 확장하며 자기의 이익을 추구함에 따라, 이제 세력다툼은 종교에 바탕을 둔 3파전으로 발전하여 더욱 복잡한 양상을 띠게 되지요. 슬라브계는 서부 유럽과는 또 다른 동방정교라는 종교를 표방합니다. 동방정교는 4세기에 로마제국이 동서로 분열된 이후 동로마에서 독자적으로 발전해온 기독교인데, 천 년의 세월이 흐르면서 어느덧 별개의 체계를 이루게 되었지요. 기독교, 이슬람, 동방정교, 이 세 가지 종교는 사실 뿌리가 다 같은 것이죠. 이해관계가 다른 집단들이 각자 자기 스타일로 변모시켰을 뿐이에요. 각 집단마다 민족과 종교라는 명분을 들고 있지만 기실은 소유와 팽창을 향한 본능 아니겠어요?

'발칸은 유럽의 화약고이다'라는 말은 이렇게 3파전이 된 때부터 본격적으로 사용된 것이라 할 수 있어요. 숱한 전쟁이 벌어졌지요. 최근 19세기 이후에 벌어진 것만 해도 크림전쟁, 1차 발칸전쟁, 2차 발칸전쟁이 있었지요. 이들 전쟁에는, 발칸에 자리잡고 있는 작은 나라들뿐만 아니라, 각자의 이해관계를 가진 멀리 떨어져 있는 강대국들도 참전을 하여 발칸을 더욱 붉게 물들였지요. 미증유의 세계적 전쟁이라는 1차 세계대전도 바로 발칸의 중심지인 보스니아의 수도 사라예보에서 시작되었지요. 2차 세계대전은 1차대전이 잠시 중단되었다가 다시 시작된 연장전에 불과했고요. 20세기 말에 벌어진 유고슬라비아 전쟁 역시 긴 안목에서 본다면 그 연장선상에 있는 것이라고 할 수 있겠지요."

"결국 종교나 민족 그 자체 때문에 전쟁이 벌어지는 것이라기보다는 집단의 이익을 위해 발생하는 것이라는 말인가요?"

"네. 종교나 민족이라는 의식은 집단의 결속을 다지고 이익을 확장시키기 위해서 리더 그룹이 만들어낸 장치라고 할 수 있어요. 냉철히 따져보면 그것은 진리도 아니고 타당성도 없는 것이지만, 그러나 인간이라는 존재에게는 그것이 통하는 것이지요. 인간의 내면에는 자기 이익을 위해 투쟁한다는 본성이 원천적으로 자리 잡고 있으니까요. 민족이니 종교니 하는 것들은 집단의 이익을 추구하는 과정에서 내세우는 허울 좋은 명분일 뿐이죠. 그렇게 본다면 전쟁은 인간에게 필연적인 것 같아요. 목표로 삼는 것은 집단의 이익이고 그 수단은 전쟁이지요. 여기에는 옳고 그름이 없어요. 그 자체가 인간의 본질이니까요. 그렇기에 이에 대한 비판이나 설득은 타당하지도 않고 가능하지도 않아요. 단지 그 참혹함을 막기 위해 상호 타협책을 제시하고 서로 양보를 하는 수밖에요. 한쪽이 압도적으로 우세한 판이라면 타협도 불가능한 것이지만."

"준선 씨가 펴는 논리는 퍽이나 시니컬한 것이지만, 타협하지 않는 솔직함과 대충 넘어가지 않는 명쾌함을 갖추고 있어서 설득력이 있고 마음에 와닿아요. 그게 준선 씨 매력이에요."

"그렇게 봐주시니 감사합니다. 사실 이런 얘기는 아무데서나 하지는 못합니다. 각자 자기 입장에서 반발이 심하거든요. 부담 없이 얘기할 수 있는 분을 만난 것이 다행이라는 생각이 드는군요. 유지 씨는 얘기를 잘 들어주는 게 매력입니다. 하하."

한 시간을 갔을 때 국경 검문소가 나타난다.
"여기가 크로아티아에서 몬테네그로로 넘어가는 국경선입니다."
그들은 차창으로 패스포트를 건네어 보여주는 것으로 입국 절차를 마치고 국경을 넘는다. 국경선을 지나자, 같은 길인데도 구글맵의 도로번호가 E65로 바뀐다. 몬테네그로의 길은 크로아티아 쪽의 길보다 더 좁아지고 해안선을 따라 구불구불 굴곡이 심하다.
"아름다운 풍경이에요."
오른쪽으로 보이는 해안을 보며 여자가 감탄을 한다.
"네, 그렇군요. 몬테네그로는 크기가 우리나라 경기도만 하고 인구도 육십만 명 정도밖에 안 되는 작은 나라이지만, 옛날부터 아드리아해의 전략상 요충지로서 번성했다고 합니다. 풍광이 수려해서 요즘은 관광지로 부쩍 인기가 있다네요. 특히 지금 우리가 가고 있는 코토르는 도시 전체가 유네스코 세계문화유산으로 지정될 정도로 역사가 잘 보존된 도시라고 합니다."

바다가 내륙 속으로 깊숙이 파고들었다. 그 바다는 사방이 산으로 둘러싸였다. 산들은 급격한 경사를 이루고 드높이 솟았다. 바다가 아니라 산속에 묻힌 호수처럼 보인다.

"여기가 코토르만인가 봐요."

"그래요. 지도에 코토르만이라고 나와 있네요. 파도가 하나도 없이 잔잔하군요."

"그래서 이 부근이 항구도시로 발전했나 보지요. 엽서에 나온 그런 지형이 눈에 띄어야 할 텐데, 이렇게 차로 달리면서 분간하기가 쉽지 않군요. 아무튼 코토르까지 가봅시다."

그들은 창밖을 두리번거리면서 코토르만의 해안길을 헤쳐 나간다. 미처 목적지를 발견하지 못한 채로 국경에서 한 시간을 더 가서 코토르에 도착하고 만다. 두 개의 섬이 있는 그곳을 지나쳐 와버린 것일까, 아직 이르지 못한 것일까.

코토르는 해안에 바짝 붙은 좁다란 폭의 도시이다. 도시의 뒤편으로 험준함을 과시하는 산맥이 둘러쳐졌다. 시가지는 관광지답게 차와 사람으로 북적인다.

"우선 여기서 내려서 사람들한테 물어봐야겠어요. 이 도시를 한번 둘러볼 겸해서요. 틀림없이 유지 씨 아버지께서도 여길 샅샅이 훑어보셨을 거예요."

"아빠가 그러셨을까요?"

여자는 기대에 찬 듯 한결 밝은 얼굴이 된다. 두 사람은 아우디를 바닷가 부두 옆에 마련된 유료주차장에 세우고 거리로 나선다.

신시가지를 벗어나 옆에 있는 구시가지로 간다. 구시가지는 중세 도시 그대로의 모습이다. 해안 쪽에서 바라보는 중세 도시는 온통 높고 두터운 돌성벽으로 둘러싸였다. 그러나 두브로브니크성처럼 규모가 장대한 것은 아니다. 왼쪽 성벽 밑으로는 작은 강이 흐르고, 그 강을 건너는 돌다리가 있어 성안으로 드는 옆 성문까지 연결된다. 오른쪽 성벽은 가파르게 나 있는 산줄기를 따라 기어 올라가서 한껏 높은 곳까지 다다랐다. 도시 뒤쪽은 그대로 산이다. 가파른 산이 곧 뒤쪽 성벽이다. 거기부터 검은 산의 시작이다. 정면에 있는 성벽은 좌우 옆으로 길게 뻗었고, 그 성벽 앞에 넓은 광장이 펼쳐졌다. 바닥에 네모 편석이 가득 박힌 광장을 지나 정면에 보이는 성문으로 간다. 성문 입구는 기차 굴처럼 뚫린 낮고 어두운 터널이다. 성안으로 들어가려면 터널을 지나야 한다. 몇 걸음 걸어서 터널을 지나고 나면 고색창연한 중세 시가지가 눈앞에 도드라져 나타난다.

"터널을 지나니 완전 중세의 세계로군요. 타임머신 성문이에요."

"첫머리가 '국경의 긴 터널을 빠져나오자 눈의 고장이었다'

로 시작하는 소설이 있었지요?"

"노벨문학상을 탄 일본 작가가 쓴 소설 말인가요?"

"기억하시네요. 일본 소설 좋아하세요?"

"별로요. 지나치게 탐미적이잖아요? 내용보다는 스타일을 중시하는."

"그런 게 통해서 노벨상까지 탔잖아요?"

"서양 사람들이 그런 일본에 혹했나 보지요. 마치 우키요에*에 반한 프랑스 인상파 화가들처럼."

"하하. 또 제 약점인 미술 얘기를 하시는군요. 서양이 동양을 보는 눈이 항상 그렇지요. 본질보다는 형식에 중점을 두는. 그 노벨문학상은 타고르* 이후 두 번째로 동양 쪽에 선물 삼아 안겨준 상이 아니었을까요? 우리나라에도 그 상을 한번 타보겠다고 학수고대하는 사람들이 많지요. 특히 언론이 나서서 노벨상 타기를 부추기고 있지요. 마치 긍휼을 베풀어주기를 앙망하는 사람들처럼."

그 중세 도시 안 곳곳에는, 구불구불 돌길이 깔렸고, 종탑이 딸린 교회가 섰고, 오래된 건물들 가운데를 비집고 자그마한 광장들이 자리 잡았다. 미로 사이를 떠돌아다니다가, 한 광장에 면해 있는 아주 오래되어 보이는 교회 앞에 멈추어 선다. 사다리꼴을 이루며 올라간 정면 돌벽의 꼭대기에 돌로 된 십자가가 올려졌고, 그 뒤에 자리 잡고 솟아 있는 원통형 돌탑 위로 푸른색 돔 지붕이 얹혀졌다.

"생긴 모양을 보니 동방정교 교회인 것 같아요. 몬테네그로는 종교가 세르비아와 같은 동방정교이지요. 가톨릭인 크로아티아나 슬로베니아와는 달라요. 그래서인지 유고전쟁에서 몬테네그로는 세르비아 편을 들어서 유고연방군이 크로아티아를 침공할 때에 선두에 섰지요. 몬테네그로 군인은 전투에서 용감하기로 소문이 났다고 하죠. 그리고 나라는 작아도 축구가 아주 강한 나라입니다. 한국 프로 축구팀에도 몬테네그로 출신 선수가 뛰고 있다는 말을 들었어요."

"동방정교 교회는 가톨릭 성당하고는 생긴 것부터 다른 것 같아요. 사용하는 십자가 모양부터 다르다고 하잖아요. 세상에, 이 교회는 얼마나 오래되었는지 돌벽이 다 까맣게 변해버렸네요."

교회 안으로 들어선다. 텅 비어 있다. 아무도 안 보이는데 어디선가 음악 소리가 은은히 퍼진다. 가운데 통로를 따라 제단 쪽으로 다가가자, 왼쪽 벽에 파이프 오르간이 붙어 있고 그 앞에 한 사람이 앉은 것이 기둥 사이로 엿보인다. 그리 크지 않은 단순하고 단아한 형태의 파이프 오르간이다. 머리에 흰 베일을 쓰고 몸에 검은 옷을 입은 수녀로 보이는 사람이 벽을 마주하고 앉아서 혼자 연주한다. 연주자는 뒤를 돌아보지 않고 무아지경이다.

"관광객을 위해 연주하는 것이 아닌 듯해요. 안에 아무도 없잖아요. 저분 홀로 진심으로 드리는 미사 같아요."

여자가 수녀 뒤로 접근해가서 다소곳이 선다. 마주잡은 두 손을 가슴까지 올리고 고개를 숙인다. 풀려나가는 음악 속으로 무언가를 실어 보내는 듯이. 남자는 그 모습을 망연히 바라본다. 그렇게 공간이 정지한 채 시간이 흐른다. 시간도 공간의 모습을 좇아 저 먼 중세로 돌아간 듯하다.

교회를 빠져나오면서 여자가 말한다.

"제단 앞에서 아빠를 느꼈어요. 아빠는 분명히 저 자리에 서 계셨을 거예요. 전 오랜만에 아빠와 대화를 나눴어요. 눈을 감으니 아빠의 얼굴도 보였어요. 아빤 그다지 슬퍼 보이지 않았어요. 뭐라고 말씀하셨는데 목소리가 부드러우면서도 힘이 있었어요. 오히려 저를 위로하시는 것 같았어요. 네. 아빠는 스스로 선택한 자신의 길에 대해 확신을 가지고 계신 거예요. 그런 생각이 드니까 제 마음이 한결 가뿐해지는 느낌이에요."

여자는 밝은 표정으로 미소를 보인다. 등 뒤로 들려오는 파이프 오르간 미사곡이 차츰 멀어진다.

중세 도시를 빠져나와 주차장이 있는 쪽으로 해안도로를 걸어가는 도중에 우체국이 보인다.

"여기서 좀 더 자세히 물어봐야겠어요."

남자가 이끄는 대로 함께 우체국으로 들어간다. 우체국 홀

한쪽에 사진이 박힌 우편엽서를 파는 진열대가 있다.

"우선 엽서를 한 장 산 다음에 저 직원에게 말을 붙여야겠네요."

남자는 진열대를 뒤적이다가 엽서 하나를 골라낸다. 그들이 방금 다녀온 구시가지 중세 도시를 찍은 사진이 크게 전면을 덮었고 그 위에 'KOTOR'라고 쓰여 있다. 광장 앞 파이프오르간 음악이 흐르던 그 오래된 동방정교 교회가 엽서 사진의 중심을 차지하고 있다. 남자는 엽서의 뒷면을 살펴본다.

"여기 아까 그 교회 이름이 써 있네요. 영어로 처치 세인트 루카라고. 성 루카 교회*예요."

"아, 잘 고르셨네요. 제가 아빠와 대화를 나눈 그 교회가 성 루카 교회였군요. 교회 이름이 예쁘네요. 이 엽서를 그 교회에서 아빠를 만난 기념으로 잘 간직하고 있어야겠어요."

남자는 우체국 직원에게 엽서를 내밀면서 우표 한 장을 함께 청한다.

"영어가 통하니 다행이에요. 그리고 여기는 통화로 유럽 연합 통화인 유로를 쓰네요. 크로아티아는 아직 유로를 안 쓰고 자기 나라 통화 쿠나를 쓰는데. 한국까지 우표 값이 1유로라는군요. 50센트짜리 우표 2장을 주네요. 엽서 값은 0.5유로이고요."

직원에게 값을 치르고 받은 엽서와 우표를 여자에게 건네준다. 우표를 들여다보던 여자가 탄성을 지른다.

"어머, 이 우표는 아빠가 저에게 마지막으로 보냈던 엽서에 붙어 있는 우표와 똑같은 것이네요. 보세요. 여기 아빠가 보낸 엽서에 붙은 50센트짜리 우표 두 장을. 방금 여기서 산 이 우표하고 똑같잖아요?"

여자가 남자에게 아빠의 엽서에 붙은 우표와 새로 산 우표를 보여준다.

"아, 정말 그렇군요. 신부님같이 생긴 인물이 그려진 똑같은 우표네요."

남자가 동조를 한다.

"아빠는 그 우표를 이 우체국에서 샀는지도 몰라요. 바로 우리가 서 있는 이 자리에서 저 직원에게 한 개에 50센트씩을 주고."

"그랬을 가능성도 있겠네요. 우리가 뭔가 제대로 추적을 하고 있나 보지요."

"점점 가까워지고 있다는 느낌이 들어요. 아까 그 교회에서 머릿속에 아빠 모습이 떠오르고 대화까지 나눈 것이 우연만은 아니었을 거예요."

남자는 두 개의 섬 사진이 들어 있는 엽서를 우체국 직원에게 불쑥 내민다. 그리고 이곳이 어디냐고 묻는다. 엽서를 받아서 흘낏 훑어본 직원의 대답이 나오기까지는 시간이 오래 걸리지 않는다. 지명을 말하는 직원의 발음이 분명치 않아 남자가 다시 묻는다. 직원은 한 자 한 자 다시 발음을 해준다.

"뻬라스뜨."

남자는 여전히 고개를 갸웃한다. 직원이 코토르 인근 지역을 담은 여행용 지도를 내놓는다. 지도의 한 지점을 찍어서 볼펜으로 동그라미를 그린다. 그리고 그 위에 영어로 'PERAST'라고 쓴다. 남자가 받아 읽는다.

"페라스트˚."

직원이 남자에게 고개를 끄덕여 보인다. 지도에 동그라미가 그려진 그곳은 그들이 코토르에 닿기 이전에 이미 지나온 지점이다. 직원은 남자에게 반대 방향으로 다시 돌아서 가라는 뜻의 손짓을 한다. 남자가 직원에게 고개를 끄덕인다. 여자가 묻는다.

"그곳이 어딘지 정확히 아시겠어요?"

남자가 쾌활하게 대답한다.

"네, 알 것 같아요. 갑시다. 예서 멀지 않아요. 페라스트로!"

밀레티치의 세 여자

밀레티치가家*에 세 여자가 있었습니다. 남쪽 슬라브족의 나라 유고슬라비아에 씻을 수 없는 운명적 자취를 남긴 그들의 얘기를 들려드리려 합니다. 유난히 현란한 색깔로 채색이 된 그들의 운명은, 우선 그들 자신의 자질과 선택에 의해 형성된 것이었겠지만, 한편 거의 반쯤은 그들이 사랑한 남자들의 운명에서 비롯된 것이기도 했습니다. 그들이 만난 남자들은 유고슬라비아의 복잡다단한 현대사를 움직여간 사람들이었습니다. 그 세 쌍 남녀의 특별한 사랑 이야기입니다.

유고슬라비아왕국이 오스트리아·헝가리 제국의 지배 아래 있다가 1차 세계대전의 승전국으로서 당당히 독립을 쟁취한 무렵에, 즈텐카 밀레티치*와 베라 밀레티치*는 한 살 터울의 사촌 자매로 태어났다. 친자매 이상으로 가깝게 지낸 두 사람은 비슷한 환경에서 공통점이 많았다. 부유한 집안에서 미모와 지성을 겸비한 여성으로 자라났고 명문 베오그라드 대학에 나란히 진학했다. 대학에서 영문학과 불문학을 전공한 두 여학생은 큰 키에 긴 머리카락을 휘날리며 뭇 남학생들의 시선을 사로잡았다. 부르주아적인 부모의 성향과는 달리 철저한 사회주의 철학으로 무장했고, 끝내 왕정을 거부하는 공산당원이 되어 지하운동에 투신한 점에서도 공통적이었다. 그러다가 2차대전이 발발하여 1941년 독일군이 유고슬라비아를 점령하자, 두 자매는 대학생의 신분을 버리고 독일군에 대항하는 독립군 파르티잔이 되어 숲속으로 들어갔다. 그렇게 두 여성 파르티잔 즈텐카와 베라의 전설이 시작된다.

유고슬라비아는 독일군이 그리스로 진군해가는 길목에 위치한 요지였다. 독일이 이 땅을 확보하지 못한다면, 전쟁 수행을 위해 꼭 필요한 유전이 있는 루마니아와 우크라이나의 전선으로 이어지는 보급로가 위협받게 된다. 유고슬라비아는 유독 민족주의자들의 세력이 강해서 독일 점령군에 저항하는 독립군이 50만 명을 헤아렸다. 독립군의 성분은 크게 두 부류로 구성되어 있었으니, 유고슬라비아왕국 장군 출신 미하일로비치가 이끄는 체트니크 부대와, 티토가 이끄는 공산당 계열의 파르티잔 부대가 그것이다. 그들은 주로 유고슬라비아 남부의 검은 산이라고 불리는 산악지대에 숨어서 활동했다.

독일군은 유고 독립군을 토벌하기 위해 30만 명의 정규군을 검은 산에 투입했고, 공군 전투기를 동원하여 독립군이 숨어 있는 동굴에 폭격을 감행하기도 했다. 독립군은 산속에서 이리저리 쫓겨 다니며 전투를 계속했다. 즈텐카와 베라 자매는 티토 휘하의 파르티잔에 속한 여전사였다. 숲속 파르티잔의 세계는 남녀 간의 연애가 엄격히 금지된 삭막한 세상이었으나, 두 자매가 남자 파르티잔들 사이에서 선망의 대상이 되는 것은 자연스러운 현상이었다.

　즈텐카와 베라가 작전 도중에 세르비아 남쪽 검은 산 속 파르티잔 아지트에서 어렵사리 마주쳤다. 두 자매는 반가이 손을 맞잡았다.

"베라, 반갑다. 한동안 네 소식을 듣지 못해 걱정을 많이 했는데. 어디 다친 곳은 없어?"

"응. 괜찮아. 나도 즈텐카 언니 걱정 많이 했어. 언니도 괜찮아?"

"나도 아무 일 없어. 선배님 곁에 있으면 안전하단다. 아무도 날 건드릴 수 없어."

"티토 선배님과는 사이가 여전히 좋은 거야? 언니한테 잘해주시는 거지?"

"그럼. 우리 사이는 변함없어. 선배님과 연인 사이인 나를 모두 존경하는 눈초리로 바라본단다."

"우리 민족의 지도자인 티토 선배님에겐 언니가 가장 소중한 사람이니 언니가 그분께 잘해드려야 해."

"나도 그런 사명감을 가지고 있어. 그분은 검은 산 속의 사자라고 불리는 사람답지 않게 나에게만은 얼마나 다정하게 대해주는지 몰라. 내가 바라는 것은 뭐든지 들어주시지. 내가 아무리 화를 내고 투정을 부려도 묵묵히 듣고 있기만 한다니까?"

파르티잔 총사령관 티토는 파르티잔 사이에서 선배님이라는 애칭으로 불렸다. 즈텐카는 티토 선배님의 숲속 연인이었다. 그것은 파르티잔 사이에 거의 공인된 사실이었다. 스물일곱 살의 나이 차이에도 불구하고 둘은 썩 잘 어울려 보였다. 티토는 젊고 아름다운 연인 즈텐카에게 폭 빠졌다. 티토의 파르티잔 최측근인 란코비치가 즈텐카와 말다툼을 벌일 때에도 티토는 자기 연인의 편을 들어주었다. 란코비치는 훗날 유고슬라비아가 해방이 되었을 때 티토 대통령에 다음가는 자리인 부통령까지 이르게 되는 사람이다. 파르티잔 고위 지휘관들이 그녀를 향해 보내는 질투의 눈길도 티토 선배님의 절대적인 권위 앞에서는 아무 힘도 없이 녹아내렸다.

"그런데 베라, 모마와 너 사이는 어떻게 되어가고 있어? 너는 모마를 따라 산에 들어오게 됐잖아? 여전히 좋은 사이로 있는 거야?"

모마 마르코비치˚는 베오그라드 대학에서 베라 밀레티치의 연인으로 이름이 났던 사람이다. 티토의 영향을 받은 공산당원으로서 베오그라드 남쪽 마을 포차레바츠˚의 봉기를 주도

한 그는 티토를 따라 산으로 들어가 파르티잔이 되었다. 그때 베라는 이미 모마의 아이를 잉태한 상태였다. 그러나 모마는 자기 아이를 임신한 베라는 아랑곳없이 훌쩍 산으로 들어가 버렸다. 뒤이어 베라도 뱃속 아이의 아버지를 찾아 산으로 들어가 파르티잔 대열에 합류했다. 그러나 베라는 산속에서 모마를 만날 수가 없었다. 베라는 숲속 모라바* 강변에 있는 파르티잔의 어느 아지트에서 홀로 아이를 낳게 되었다.

"즈텐카 언니, 그사이 난 모마의 아이를 낳았어. 그러나 모마는 아이에게 관심이 없는지 내 앞에 나타나지도 않았어. 아주 예쁜 딸이야. 틀림없이 유고슬라비아에서 최고로 아름답고 현명한 인간이 될 거라는 예감이 들어. 여자이지만 아마온 세계를 뒤흔드는 그런 여걸이 될 거야. 그이 모마와 나 베라 사이에서 난 딸이니 당연히 그렇게 되겠지. 지금 아이는 우리 아버지에게 보내놓았어. 아버지가 고향 집에서 아무도 몰래 아이를 키우고 계셔. 아이가 걱정이 되어 못 견디겠어. 그 아이가 파르티잔의 딸이라는 사실이 밝혀지면 우리 아버지도 그 아이도 무사하지 못할 텐데."

"저런! 모마가 어쩌면 그럴 수가 있나? 자기 아이를 모르는 척하고 베라 너를 찾아보지도 않다니! 용서할 수가 없어. 내가 티토 선배님께 말해서 혼을 내줄까?"

"아니야, 언니. 그냥 놔둬. 모마 마르코비치는 원래 그런 사람이야. 오직 투사의 길만을 걷는 사람이지. 그런 그를 내가 사랑한 것이니 후회는 없어. 딸아이가 걱정이 될 뿐이야. 아버지가 키우기 힘들 텐데. 아무래도 내가 산에서 내려가서 아이를 돌봐야 할까 봐."

"아이 이름은 무엇이야?"

"미랴나라고 지었어. 우리 아버지가 지어준 이름이야."

"미랴나, 예쁜 이름이구나. 마치 내 딸인 것처럼 생각이 되네. 빨리 그 애를 보고 싶구나. 조국이 해방되어야 그날이 올 텐데. 그때까지 부디 잘 키워 줘."

그로부터 1년 후, 베라 밀레티치는 독일 게슈타포*에 체포되었다. 산에서 내려와 고향 집에 숨어서 딸 미랴나를 돌보던 중이었다. 베라는 혹독한 고문을 받았다. 게슈타포의 고문 기술자로 악명 높은 헬름은 베라의 살을 뚫고 뼈에 줄톱질을 하면서 숨어 있는 파르티잔의 이름을 대기를 강요했다. 베라는 고문을 이기지 못하고 동료 몇 명의 이름을 댔다. 그로 인해 몇 사람의 파르티잔이 체포되어 처형당했다. 공산당은 베라를 배신자로 낙인찍었다.

다시 1년 후인 1944년, 독일군이 연합군에 밀려 유고슬라비아에서 퇴각하자 베라는 석방되었다. 그러나 이번에는 독일군이 아니라 조국 파르티잔의 심판이 기다리고 있었다. 그 심판은 더욱 준열했다. 고문은 따르지 않았지만 대신 배신자에 대한 처형이라는 비극이 기다리고 있었다. 파르티잔들은 베라를 매국노로 지목하고 총살을 집행했다. 베라는 이를 회피하지 않고 흔쾌히 받아들였다. 파르티잔 전사로서의 자존심이었다. 베라 밀레티치가 처형을 당하는 현장에도 여전히 모마 마르코비치는 없었다. 베라는 굳이 모마를 찾지 않았다. 오직 남겨진 딸 미랴나 생각뿐이었다.

"내 아이에게 나의 당원명인 미라를 물려주고 싶어요. 동료들이 나를 애칭으로 불러주던 이름 미라 말이에요. 지금부터 그 아이를 미라 마르코비치˚라고 불러주세요. 그 애에게 아버지의 성 마르코비치를 잊지 말고 자랑스럽게 쓰라고 전해주세요."

베라의 유언에 의해 그녀의 어린 딸 미랴나가 미라 마르코비치라는 새 이름의 여인으로 탄생하는 순간이었다. 훗날 머리끝부터 발끝까지 검은색 옷으로 감싸고 '레이디 멕베스˚'라는 별칭으로 발칸을 휘젓게 되는 여걸 미라 마르코비치, 바로 그녀가 될 여자아이였다. 베라는 미래의 레이디 멕베스를 후세에 남기고 동료들의 총탄을 몸에 박은 채 이름 없는 공동묘지에 묻혔다.

반면 스텐카 밀레티치는 해방된 조국 유고슬라비아 사회주의연방공화국에서 대통령의 연인으로 대우받는 영광을 차지했다. 티토의 그녀를 향한 사랑은 변함없었다. 그러나 스텐카에게는 폐결핵이라는 불치의 병이 있었다. 이미 오래전부터의 지병이 그녀의 몸을 깊이 파고들어 가고 있었다. 숲속 연인 시절에 티토 선배님도 즈텐카의 병은 고칠 수 없는 것이어서 그녀의 남은 생명이 결코 길지 않다는 사실을 잘 알고 있었다. 그러기에 티토는 즈텐카의 온갖 투정을 다 받아 주었던 것이다. 폐병이 깊은 즈텐카의 파리한 얼굴은 애수의 빛을 더해 오히려 그녀의 미모를 돋보이게 했다. 어려서부터 단짝이었던 사촌동생 베라의 비극적인 죽음도 즈텐카의 건강에 해를 끼쳤음이 틀림없었다. 대통령이 된 티토는 옛날 숲속에서도 그랬던 것처럼 대통령궁에서 그녀를 돌보며 정성스럽게 간호했다. 그러나 그녀는 조국 해방 1년 만에 스물일곱의 젊은 나이로 세상을 떠났다. 티토 대통령은 즈텐카를 가슴에 묻었다. 베오그라드의 대통령궁 뜰 한쪽에는 조그마한 추모비가 세워졌다. 매일 아침 그 비석 앞에는 싱싱한 꽃다발이 놓였다. 그것은 34년 후 티토가 88세의 나이로 죽을 때까지 변함없이 계속되었다.

그렇게 베라가 먼저 세상을 떠나고, 2년 후에 즈텐카도 뒤를 이었다. 정다웠던 두 자매는 없고 베라의 딸 미라만이 세상에 남았다. 베라의 아버지 드라고미르 밀레티치는 베라가 남긴 딸 미라 마르코비치를 엄마를 대신해서 끔찍이 사랑했고 고이 길렀다. 한편 즈텐카의 아버지 라도반 밀레티치에게는 즈텐카 이외의 자식이 없었다. 즈텐카는 죽기 전에 아버지에게 부탁을 남겼다.

"베라가 남긴 딸 미라를 내 대신 양녀로 입양해서 키워주세요. 미라를 보며 날 보듯이 해주세요."

라도반은 즈텐카의 부탁대로 미라를 양녀로 입양했다. 미라의 외할아버지인 드라고미르도 이에 동의해주었다. 이제 미라 마르코비치는 즈텐카를 대신하는 신분이 되었다.

즈텐카의 부모인 라도반 밀레티치 부부는 양녀 미라를 데리고 세르비아의 포차레바츠에서 살았다. 포차레비츠에는 왕족인 카라조르제비치 가문˚ 소유의 15세기에 지은 저택이 있었다. 그 왕족이 몰락하고 소유자가 나타나지 않자 정부는 그 저택을 국유화하여 박물관으로 삼으려 했다. 티토 대통령이 그 저택을 즈텐카의 부모에게 주었다. 죽은 연인 즈텐카에게 주는 마지막 선물이었다. 즈텐카의 부모는 그곳에서 미라를 키우며 살았다. 미라는 숲이 우거지고 로마의 유적이 남아 있는 고풍스러운 저택에서 풍요로운 소녀 시절을 보낼 수 있었다. 즈텐카의 부모가 죽은 뒤 미라는 저택을 상속받았다. 후일 미라가 레이디 멕베스로 군림하게 되었을 때, 그 15세기 르네상스식 저택은 레이디 멕베스의 신분을 과시하는 호사스러운 시골 별장으로서 역할을 감당했다.

미라 마르코비치는 항상 말했다.

"나는 숲에서 태어났다. 부모님이 파르티잔으로 머물던 모라바 강변에서 태어났다."

그 말은 아무도 침범하기 어려운 권위를 지니고 있었다. 그녀의 태생부터가 전설이었다. 아버지 모마 마르코비치는 혁명가이자 독립운동가 출신으로 티토 정부에서 장관까지 지낸 인물이고, 어머니 베라 밀레티치는 베오그라드 대학 학생에서 파르티잔으로 변신하여 숱한 화제를 뿌린 인물이다. 그 후 그녀는 티토의 연인 즈텐카를 대신하여 즈텐카 부모의 양녀로 들어가 즈텐카의 화신으로 살아왔다. 그리고 마침내 세르비아공화국 대통령과 신유고슬라비아연방국* 대통령으로서 한때 유고슬라비아의 현대사를 좌지우지했던 슬로보단 밀로셰비치의 아내가 되는 그녀이다.

미라 마르코비치와 슬로보단 밀로셰비치는 포자레바츠의 고등학교에서 만났다. 미라는 소포클레스*가 쓴 책『안티고네』*를 빌리기 위해 도서관에 가는 도중에 갑자기 쏟아지는 눈을 피하러 들어간 건물 현관에서 슬로보단과 마주쳤다. 슬로보단은 부유하지 않은 집안의 모범생이었고, 미라는 생전의 어머니가 그랬듯이 항상 머리에 장미 한 송이를 꽂고 다니며 도스토옙스키*에 심취한 문학도였다. 슬로보단은 미라에게 부과된 숙제, 칼 마르크스*의 저서에 대한 리포트를 대신 작성해 주었다. 두 사람은 베오그라드 대학에 진학하여 각자 법학과 사회학을 전공했다. 미라는 이 모범생을 이모 즈텐카의 연인이었던 티토처럼 키우고 싶었다. 그것을 위해서는, 그때까지 사이가 좋지 않아 배척해왔던 아버지 모마 마르코비치의 힘을 빌리는 것도 필요했다.

미라는 어머니의 유언을 따라 아버지의 성 마르코비치를 이어받았으나, 어머니를 배신한 아버지를 결코 용서할 수 없었다. 아버지 모마가 딸에게 손을 뻗어왔으나 이를 맞잡을 생각은 없었다. 그러나 이제는 정치적 거물인 그 아버지가 필요한 때가 되었다. 미라에겐 아버지 이상으로 키워낼 슬로보단이 있었고, 아버지 아닌 이 남자에게 모든 것을 걸어볼 심산이었다. 미라와 슬로보단은 1965년에 결혼했다. 슬로보단 밀로셰비치는 사회에 진출한 초기에는 장인 모마 마르코비치의 후광을 잠시 받았으나, 후에 출세를 한 후에는 오히려 서로 정적으로 돌아섰다.

1973년 여름.

슬로보단 밀로셰비치는 결혼 8년 만에 유고슬라비아 최고의 은행인 베오그라드 은행의 임원으로 자리를 옮겼다. 그들 부부는 공산국가의 상급 부르주아가 되었다. 밀로셰비치는 러시아제 빨간색 라다* 승용차를 샀다. 첫 여름휴가를 얻어 그 차에 아내 미라 마르코비치를 태우고 베오그라드를 떠났다. 세르비아를 벗어나 몬테네그로의 경계선을 따라 500킬로의 구불구불한 산길로 열 시간을 간 끝에, 아드리아 해변의 두브로브니크에 닿았다. 그는 두브로브니크가 내려다보이는 언덕에서 차를 멈추고 아내에게 말했다.

"우리 세르비아는 내륙국으로 머물러서는 안 돼. 유고슬라비아연방이 존재하기에 아드리아를 우리 품 안에 간직할 수 있는 것이지. 저 두브로브니크는 유고슬라비아연방의 천국이야. 수백 년 전부터 이 땅을 이교도로부터 지켜내기 위해서 얼마나 많은 피를 흘려야 했나. 선조들이 피로써 얻은 이곳을 지켜내야 해."

미라가 남편을 바라보며 화답한다.

"슬로보단, 당신이 지켜내야 해요. 난 당신이 그 임무를 잘 감당하리라 믿어요. 그래서 내가 당신을 선택했죠."

밀로셰비치 부부는 앞으로 함께 그 필생의 임무를 수행하는 동지가 될 것이었다.

2001년 4월 1일.

세르비아 수도 베오그라드 우지카가街 15번지.

세르비아 새 정부는 11년간 나라를 통치하다가 1년 전에 하야한 전 대통령 슬로보단 밀로셰비치를 체포하는 특공대를 자택으로 파견했다. 국제유고전범재판소는 이미 밀로셰비치를 전범으로 기소한 상태이고, UN은 밀로셰비치 체포를 세르비아 정부에 요구하고 있었다. 하루아침에 세상이 이렇게 바뀔 수가 있단 말인가? 어제의 최고권력자가 오늘은 체포의 대상이 되다니! 밀로셰비치와 그를 지키는 소수의 경호대는 자택에 진을 치고 정부가 파견한 특공대에 맞서 결사항전을 다짐했다. 세월이 바뀌고 정권이 바뀌었어도 여전히 밀로셰비치를 열렬히 지지하는 시위대가 정부의 체포특공대에 항의하며 길을 막았다. 정부 특공대가 밀로셰비치 경호대와 총격전을 벌이며 집 안으로 침투했다. 경호대는 중과부적으로 진압되었다. 손에 권총을 든 밀로셰비치가 홀로 특공대 앞에 나서서 외친다.

"나는 평생 서서 살아왔다. 죽을 때도 서서 죽겠다."

미라가 남편에게 더 이상 항거하지 말라고 하며 말린다.

"슬로보단, 여기서 죽으면 안 돼요. 저들과 싸울 필요 없어요. 미래는 우리 것이니 믿고서 총을 내려놓으세요."

밀로셰비치는 아내의 설득에 비로소 총을 든 손을 내리고 순순히 체포에 응한다. 그는 마지막으로 미라에게 입을 맞추고 호송차에 올라탄다.

'발칸반도의 안티고네'는 그렇게 허망하게 남편을 떠나보냈다. 한동안 그 나라의 최고 통치자였던 밀로셰비치는 전범으로 체포되어 헤이그 감옥으로 이송되었다. 헤이그의 법정에서 그는 무죄를 주장하며 변호사 선임을 거부하고 스스로 변론을 펼쳤다. 그 자신 베오그라드 법대를 나온 변호사로서, 피고인이 자신을 위해 변론을 하는 희귀한 사례를 연출했다.

"세르비아 내부 강경파의 극심한 반발을 뚫고 미국의 중재에 따라 데이턴협정*을 체결하여 보스니아 전쟁을 끝냈던 나이다. 그런 나를 이제 와서 오히려 전범으로 몰아 재판을 하겠다니! 미국을 믿었는데 미국으로부터 배신당했다. 약소국의 운명은 이런 것인가!"

밀로셰비치는 자신이 재판을 받는다는 사실을 수긍할 수 없었다.

2006년 3월 11일.

밀로셰비치가 헤이그의 감옥 침대에서 사망한 채 발견되었다. 갇혀서 재판을 받기 시작한 지 5년 만이었다. 사인은 불분명했다. 독살설이 나돌기도 했다. 그의 몸은 베오그라드로 운구되었다. 그는 구금되어 재판을 받는 상태에서 세르비아 의회 선거에 출마하여 옥중 당선이 된 의원의 신분이었다. 아직도 식지 않은 열렬한 지지자들이 죽어서 귀국한 밀로셰비치에게 모여들었다. 미라는 망명을 가있던 러시아 땅에서 남편의 죽음 소식을 들었을 뿐 남편 곁으로 가지 못했다. 다만 남편이 묻힐 자리를 선택할 권한이 그녀에게 주어졌다. 베오그라드 남쪽 80킬로, 그들이 처음 만난 고향 포자레바츠. 두 사람이 영원한 사랑을 약속하며 첫 키스를 나누었던 곳. 15세기 르네상스식 저택 뒤뜰의 보리수나무 아래. 그곳이 미라가 슬로보단을 위해 선택한 영원의 휴식처였다.

3월 18일, 오후의 햇빛이 흐려지기 시작할 무렵, 직계 가족은 아무도 없는 가운데 전 대통령 밀로셰비치의 장례가 치러졌다. 러시아에 머무르고 있는 미라가 다른 이에게 자필 메모를 전하여 이를 장례식에서 낭독해줄 것을 부탁했다. 그 말이 장례식장에서 누군가의 입을 통해 허공으로 풀려 나갔다.

"나는 보리수나무 아래에서 당신을 오랫동안 기다리곤 했지. 이제 당신이 그곳에서 나를 기다릴 차례야."

미라가 슬로보단에게 마지막으로 바치는 헌사였다. 고향에서 장례식이 진행되는 시간에 맞추어 레이디 멕베스는 그녀 특유의 잘 알려진 옷차림인 검은 드레스, 검은 스타킹, 검은 하이힐로 성장을 하고 망명지 모스크바의 성 바실리 성당* 제단 앞에 나아가 무릎을 꿇었다. 그녀의 검은 머리에는 언제나 그랬듯이 플라스틱제 붉은 장미꽃이 꽂혀 있었다. 그녀는 자랑스러운 연인 슬로보단을 떠나보내는 마지막 인사를 나직이 읊조렸다.

"안녕! 슬로보단. 그 옛날 젊었을 적에 우리가 샀던 첫 차, 빨간색 라다 참 예뻤지? 그 차 운전대에 앉아 있는 당신이 보이네. 당신은 날 태워서 그 천국 같은 곳 두브로브니크에 데려다주었지. 우린 그 차를 몰고 두브로브니크에 더 자주 갔어야 했어. 우리의 젊은 날 가장 행복했던 추억이 고이 묻혀 있는 그곳에."

슬로보단 밀로셰비치의 죽음으로 끝나는 이 짧은 이야기의 마지막 부분으로, 그로부터 11년이 지난 후에 실린 어느 언론 기사를 덧붙입니다. (2017.11.27, '세르비아의 학살자' 밀로셰비치 측근들 속속 정계 복귀, 브릿지경제)

"AFP통신은 '세르비아의 독재자 밀로셰비치 밑에서 일했던 정치인들이 정계로 연이어 복귀하고 있다'고 전했다. 이들은 밀로셰비치가 대통령직에서 끌려 내려오자 대부분 변방으로 밀려났었으나, 보수 성향의 부치치가 세르비아의 새 대통령으로 선출되면서 줄이어 정계로 컴백하고 있다. 국영신문사 『베체르녜 노보스티』의 편집국장으로 취임한 부세리치는 뼛속까지 밀로셰비치에 충성한 인물로 유명하다. 그는 '밀로셰비치는 외국의 힘에 의해 악으로 형상화됐다'고 주장하면서 자신을 밀로셰비치의 친구라고 지칭했다. 밀로셰비치 정권 시절 베오그라드 심장의학병원 원장으로 재직했던 보이치는 그 자리로 다시 취임했다. 밀로셰비치의 부인 미라 마르코비치의 측근으로 알려진 그는 밀로셰비치 밑에서 총리 대행을 맡기도 했다. 몇 달 전엔 밀로셰비치의 무덤을 찾아가 참배하는 사진이 언론에 유포되어 이목을 끌기도 했다."

페라스트

커브 길을 도는 순간 불현듯 나타난다. 두 개의 섬. 정말 두 개의 섬이 그곳에 있다. 바다 한가운데 떠 있는 두 척의 배처럼. 그 산맥 사이에 담겨 있는 물이 과연 호수가 아니라 바다인지 아직도 확신할 수 없지만. 멀리서 보면 그것은 섬이 아니라 물 위를 헤엄치는 두 마리 거대한 동물 같기도 하다. 주의 깊이 살피지 않으면 그냥 지나쳐버리기 쉬운 지점. 남자가 원하는 것을 마침내 찾았다는 기쁨의 환성을 지른다.

"아! 저기, 저것이 우리가 찾는 그 섬이겠지요? 멀리서 보니 마치 스코틀랜드 네스호˙에 산다는 괴물 네시같이 생겼네요. 그쪽으로 가볼까요."

"정말 섬이 있긴 있네요. 여기 이렇게 숨어 있었어요. 아까는 이걸 발견 못 하고 그냥 지나쳐 갔던가 보지요?"

아우디는 65번 도로를 벗어나 왼쪽 샛길로 접어든다. 해안에 바로 접해 있는 좁은 길을 따라간다. 모바일폰의 화면을 최대한 확대하자 구글맵 지도에 비로소 'Perast'라는 지명이 뜬다. 지도에는 푸른색 바다 위에 육지 가까이에 붙은 섬 두 개가 나란히 드러나 있다. 오른쪽으로 바다를 끼고 샛길을 더 나아가자 이윽고 왼쪽에 마을이 나타난다.

"이 마을이 페라스트인가 봐요. 생각보다는 제법 큰 마을인데요?"

"퍽 오래된 마을 같아요. 돌집에, 돌길에, 온통 돌로 덮인 마을이에요. 지붕은 역시 모두 붉은색이네요. 두브로브니크처럼."

마을에는 고만고만한 건물들이 옹기종기 모였다. 교회 종탑이 가장 높게 우뚝 서 있다. 그 앞에 푸른 잎이 무성한 야자나무가 여러 개 줄지어 있다. 야자나무 그늘 언저리에 해변을 돌로 메꾸어 만든 너른 공간이 있다. 그 위에 테이블과 의자가 놓여 있고 사람들이 그곳에 앉아서 음식을 먹고 마신다.

"야외 레스토랑인가 봐요. 꽤 고급스러운 분위기인데요? 저 섬이 잘 보이는 장소이기도 하고요. 여기서 내려서 살펴보는 게 어떨까요?"

여자가 청한다.

"그러시죠. 섬을 바라보는 전망대 구실을 하는 레스토랑 같은데요."

아우디가 정차하고 두 사람은 차에서 내려서 그곳으로 간다. 발끝에 물이 거의 와닿을 듯 찰랑찰랑한 맨 끝 가장자리 테이블을 차지한다. 테이블 위에는 흰 테이블보가 깔리고, 붉은 장미 한 송이가 꽂힌 가늘고 기다란 유리꽃병이 놓여 있다. 여자가 꽃잎을 어루만지며 말한다.

"모딜리아니* 그림을 닮은 꽃병이네요. 장미는 색깔마다 다른 꽃말이 붙어 있지요. 붉은 장미의 꽃말은 사랑의 정열이라지요. 장미 꽃잎이 붉게 된 것은, 그리스 신화에 의하면 사랑의 여신 아프로디테*가 가시에 찔려 흘린 피라고 하고, 페르시아 전설에 의하면 나이팅게일* 새가 가시에 찔린 피라고 하던데요."

남자가 말을 받는다.

"그런가요? 장미는 역시 가시가 문제가 되는군요. 장미는 영국의 국화이지요. 영국 역사에는 장미가 많이 등장해요. 15세기 영국에서 랭커스터 가문과 요크 가문 사이에 패권을 걸고 전쟁을 30년간이나 벌였는데, 랭커스터 가문의 문장은 붉은 장미였고 요크 가문의 문장은 흰 장미였지요. 그래서 그 전쟁을 장미전쟁*이라고 불렀지요."

"또 역사 강의 시간이 왔나요? 그래서 그 전쟁은 누가 이겼지요?"

"하하. 승패 없는 전쟁에 지쳐서 양가가 정략결혼을 통해 화해를 하고 끝났지요. 아무튼 장미가 테이블마다 한 송이씩 꽂혀 있으니 한결 분위기가 사는군요. 주변 풍경과도 잘 어울려요."

　하늘과 수면이 모두 푸르다. 바다 저 건너편에는 높은 산맥이 연이어졌다. 늦은 오후의 태양이 산등성이 위에서 내려가기 시작하는 시간. 눈앞에 섬 두 개가 이쪽을 정면으로 바라보고 있다. 왼쪽엔 나무가 무성하고 그 틈새로 주황색 지붕이 언뜻 보이는 섬. 오른쪽엔 나무 한 그루 없이 온통 돌로 싸였고 둥근 돔 지붕이 덩그러니 보이는 섬.
　"여기예요. 아빠가 왔던 곳이 바로 여기예요. 틀림없이 여기 이 자리일 거라는 확신이 들어요."
　"네. 그 마지막 엽서에 나와 있는 두 개의 섬이 바로 저 섬이 맞는 것 같습니다. 유지 씨 아버지께서 그 엽서를 어디에서 구해서 부쳤는지는 모르겠지만."
　"전 알 수 있어요. 여기였어요. 저 섬이 정면으로 보이는 바로 이 테이블 이 의자에 앉아계셨을 거예요. 준선 씨가 믿어주실지는 모르겠지만 전 아까 코토르의 성 루카 교회에서부터 지금까지 줄곧 어떤 강한 느낌을 받고 있어요. 끌림이라고 할까요, 인도라고 할까요, 커다란 자석에서 발산되는 강렬한 자기 같은 것을 제 몸에 받고 있어요. 아빠의 체취가 느껴지네요."
　여자는 테이블보에 코를 대고 냄새를 맡는다. 그리고 그것을 음미하듯이 눈을 감고 하늘을 향해 고개를 든다.

"저도 유지 씨의 그 느낌을 부정하고 싶지 않습니다. 아니, 저에게까지 느낌이 전해오는군요. 존재라는 것은 결국 그것이 실재한다고 느끼는 것 이상의 것이 될 수는 없을 테니까요. 아버지는 항상 유지 씨 마음속에 자리 잡고 계시고, 지금 이 순간에도 유지 씨 곁에 계시는 것입니다. 한때에 정말 이 자리에서 유지 씨를 기다리고 계셨는지도 모르지요. 저도 그 느낌을 함께 나누고 싶군요."

"제 느낌을 인정해주시니 고마워요. 그리고 이 자리에 데려다주셔서 고마워요. 준선 씨는 참 속이 깊은 분인 것 같아요."

남자는 여자의 그윽하게 바라보는 눈길을 대하기 무안한지 시선을 피하며 웃는다.

"하하. 과분한 말씀입니다. 저야말로 유지 씨로 인해서 많은 것을 느끼고 또 배우고 있다는 생각이 듭니다. 오늘 유지 씨가 아버지를 오랜만에 만나는 기쁜 날이로군요. 축하합니다. 하하. 우선 여기서 뭘 좀 시켜 먹지요. 우리 점심도 못 먹었잖아요. 목표물을 제대로 찾았으니 이제 먹는 것도 제대로 먹을 자격이 생긴 것 아닐까요? 아마 점심 겸 저녁이 될지도 모르겠는데요."

"저 때문에 준선 씨가 고생이 심하네요. 목적지에 도착한 기념식을 해요 우리. 오늘은 제가 낼게요. 그동안 준선 씨가 사기만 했잖아요. 준선 씨가 좋아하는 와인도 한잔하시고요."

"하하. 여기까지 오는 비행기표 값이 저보다 유지 씨가 훨씬 비싸잖아요. 전 헤이그에서 왔고 유지 씨는 한국에서 왔으니까요. 그러니 제가 사는 것이 당연했지요. 그렇지만 오늘 저녁만은 유지 씨한테 얻어먹고 싶군요. 유지 씨 아버지를 찾아드린 공으로. 대신 와인은 제가 사기로 하지요. 덕분에 몬테네그로 와인을 맛보게 됐으니까요."

남자가 웨이터를 부른다. 흰 셔츠에 검은 보타이, 왼쪽 팔에 흰 타월을 걸친 웨이터가 온다. 그가 가져온 메뉴판 표지에 'HOTEL CONTE'라고 적혀 있다.

"이 레스토랑은 호텔에 딸린 레스토랑인가 봐요."

콩테 호텔이 어떤 호텔이냐고 묻자 웨이터는 길 건너편을 가리킨다. 그곳에 돌로 벽을 쌓은 2층짜리 건물이 있고 입구에 영어로 쓴 호텔 간판이 붙어 있다. 교회 종탑이 호텔을 호위하는 자세로 뒤쪽에 높이 솟아 있다.

"여기는 저 콩테라는 호텔 레스토랑의 일부로군요."

어떤 요리가 먹을 만하느냐는 물음에 웨이터는 메뉴판에서 'Fried Calamary'를 가리켜서 추천한다.

"오징어튀김 요리를 추천하네요. 역시 바닷가라 해산물이 많은가 봐요. 두브로브니크 벨뷰 호텔에서는 문어구이 요리를 먹었잖아요. 여기서는 오징어 요리를 먹어볼까요?"

"네. 그렇게 해요. 오징어튀김이 어떻게 요리되어 나오는지 먹어보고 싶어요. 바다로 둘러싸인 나라는 해산물을 맘껏 먹을 수 있다는 것이 큰 축복이지요. 우리나라도 그런 축복을 받은 나라잖아요."

남자가 와인을 주문하면서 웨이터와 꽤 오래 대화를 나눈다. 이윽고 합의가 이루어지자 웨이터는 뒤돌아 길 건너 콩테 호텔의 레스토랑 건물로 간다.

"몬테네그로에서 마실 만한 와인으로는 역시 브라나츠를 추천하는군요. 브라나츠는 우리가 어제 모스타르에서 맛보았던 보스니아 와인과 같은 포도 품종 아닙니까. 발칸 지방에 널리 퍼진 대표적인 포도 품종인가 봐요. 보스니아에서 우리가 마신 브라나츠 와인은 트레비네 수도원에서 만든 것이었는데, 여기 몬테네그로의 브라나츠는 플란타즈 와이너리 것이 좋다고 하네요. 포도 품종이 같아도 지역에 따라서 만든 방법에 따라서 완전히 다른 존재가 될 수 있는 것이 와인 아니겠습니까. 지역마다 와이너리마다 맛이 다를 수밖에 없고, 또 같은 곳에서 만든다고 해도 매년 생산되는 와인이 서로 다르지요."

"어떤 와인이 좋은 와인인가요? 좋은 와인이 되는 조건은 무엇인가요? 와인 박사님, 설명 좀 해주세요."

"와인은 천, 지, 인, 즉 하늘, 땅, 사람, 이 세 가지의 산물이라고 하죠. 이 요소가 어떻게 조화를 이루느냐에 달려 있어요. 기후가 온화하고 일조량이 풍부해야 합니다. 비도 너무 많지 않게 딱 알맞게 와야 하고요. 땅은 모래와 바위가 적당히 섞인 약간 척박한 땅이 좋다고 하죠. 또 와인 제조자의 경험과 노하우가 아주 중요한 역할을 합니다. 포도 수확부터 제조, 보관에 이르기까지 세심한 손길이 필요해요. 그렇지만 어떤 와인이든 자기 입맛에 맞으면 그게 바로 좋은 와인이지요. 명성이라든지 남의 품평에 너무 신경 쓸 것 없이 자기만의 와인을 찾으면 돼요. 마치 애인을 고르는 것과 같지 않겠어요? 남이 뭐라하든 자기 마음에 들면 되는 거니까."

"와인 고르는 걸 보면 그 사람 성격도 알 수 있겠네요?"

"하하. 그럴 수도 있을 거예요. 사람마다 좋아하는 와인은 따로 있더군요."

웨이터가 와인세트를 가져와서 테이블 위에 늘어놓는다. 그리고 여자 쪽부터 시작해서 와인을 글라스에 차례로 따른다. 남자가 와인이 담긴 글라스를 들어올린다.

"자, 우리 몬테네그로의 브라나츠 와인으로 지금 이 자리에 온 것을 기념하기로 해요. 여전히 궁금한 것이 남아 있긴 하지만 여기까지 퍼즐을 맞출 수 있었던 것만 해도 어디입니까?"

"네, 그래요. 준선 씨 아니었으면 불가능한 퍼즐 맞추기였어요. 아빠가 계셨다면 준선 씨와 금방 친해졌을 거란 생각이 들어요. 아빠도 와인을 무척 즐기셨거든요."

여자도 와인글라스를 들어 남자의 잔에 부딪친다.

가을을 다 흘러보낸 짧은 해는 벌써 맞은편 산등성이 위에 걸렸다. 이제부터 밝음의 세계에 점차 어둠의 색채가 입혀질 것이다. 섬은 여전히 저만치 그곳에 떠 있다. 이쪽에서도 그쪽으로 다가가지도 않고 그쪽에서도 이쪽으로 다가오지도 않는다. 사람과 섬은 간격을 유지한 채 서로 쳐다보고만 있다. 사람도 두 명, 섬도 두 개다.

"저 섬들은 무슨 섬들일까요? 어떤 깊은 사연이라도 간직한 섬들 같아요. 시간을 경험한 존재들은 모두 사연이 있는 것 아니겠어요? 옛날부터 전해오는 전설 같은 것. 어째서 저 왼쪽 섬에는 나무가 많이 있는데 저 오른쪽 섬에는 나무가 하나도 없고 온통 돌로만 싸여 있는 것일까요? 왼쪽 섬의 저 주황색 지붕 집에는 누가 살고 있을까요? 오른쪽 섬의 저 둥근 돔을 머리에 이고 있는 돌집은 교회인 것 같은데, 누가 저 작은 섬에 돌을 쌓고 교회를 지었을까요?"

"유지 씨 아버지께서도 우리와 비슷한 생각을 하셨을 거예요. 저 두 섬을 바라보는 사람들이라면 다 그런 생각을 했을걸요. 섬과 사람이 서로 묻고 대답하며 대화를 하는 거지요. 그러고 보니 저 섬들이 마치 살아 있는 존재같이 느껴지기도 하는군요. 저 섬에 얽힌 전설이 있는지 궁금하다면 모바일폰으로 한번 인터넷 검색을 해볼까요? 페라스트라는 이 마을은 우리만 몰랐지 꽤 알려진 곳인 것 같아요. 저렇게 관광객이 제법 찾아오는 걸 보면요. 인터넷에 이곳 소개가 나와 있을 거예요."

"아니, 굳이 그러고 싶지 않아요. 그냥 이렇게 바라보기만 할래요. 상상만 하는 것이 오히려 더 신비롭잖아요?"

"그렇지요. 낱낱이 아는 것보다는 모르는 채 놔두는 것이 신비롭지요. 신비로운 것이 아름답게 느껴지기도 하고요. 어차피 우린 지금 관광여행을 하고 있는 것이 아니니까요. 우리 두 사람 사이도 좀 그런 것 같지 않아요?"

"무슨 말씀?"

"서로에 대해 자세히 알지 못하면서 신비의 간격을 유지하고 있는 유지 씨와 저 두 사람 사이 말입니다."

"저에 대해 많이 말씀드렸잖아요? 저도 준선 씨에 대해 많이 알게 됐고요."

"많은 얘기를 나눴지만 정작 알고 싶은 것은 아직 모르고 있는걸요? 저도 많이 자제를 하면서 말을 하고 있기도 하고요."

"어떤 게 알고 싶은 건데요?"

"글쎄요. 사실보다는 마음을 알고 싶네요. 이제 격식에서 벗어나 좀 더 솔직해지고 싶다고 해야 할까요?"

"어려운 부분이로군요. 두려운 부분이기도 하고요."

"하하. 그렇지만 절대 부담 느끼지는 말아주세요. 알고 나서 실망하는 것보다는 모르는 채 신비 속에 두는 것이 더 나을 수도 있으니까요."

"네. 부담 가지지 않을게요. 섣불리 그 소중한 신비감을 깨고 싶지는 않으니까요. 언젠가 준선 씨가 제 마음을 알게 되고 제 솔직한 말을 듣게 된다면, 그것이 지금 생각하고 계신 것에 비해서 그다지 실망스럽지는 않을 거라는 말씀만은 드릴 수 있어요."

"그럼 만족입니다. 하하."

석양이 맞은편 산등성이 너머로 잠기자 이내 어둠이 내리기 시작한다. 섬의 윤곽이 흐릿해진다. 테이블 옆에 세워진 전등이 켜진다. 웨이터가 와서 테이블 위에 있는 덮개 달린 촛대에 불을 붙인다. 비워진 브라나츠 병 대신 새 병이 온다. 웨이터의 조심스런 손길로 와인글라스가 반쯤씩 채워진다. 와인의 붉은 빛깔이 백열등 빛을 받아 영롱하게 빛난다. 두 사람은 드문드문 테이블을 차지한 사람들 틈에 섞여 주변의 산과 바다에 어둠의 커튼이 드리워지는 정경을 응시한다.

"준선 씨는 앞으로 무슨 일을 하고 싶으세요? 다른 세상에서 다른 일을 하고 싶다고 하셨잖아요? 생각하신 게 있나요?"

"네. 있습니다. 오랫동안 꿈꿔왔던 것이죠. 어쩌면 진작 그쪽으로 갔어야 했는지도 모르죠. 쓸데없이 먼 길을 돌아왔다는 생각이 들기도 하고요. 본래의 길로 돌아가고 싶은 마음이 부쩍 듭니다."

"그게 어떤 길인데요?"

"소설가요."

"네? 소설가라고요?"

"네. 소설가. 소설가로 아예 직업을 바꿀까 해요. 얘기꾼이 되어보고 싶어요. 문학이란 말로 바꾼다면 좀 더 고상하게 들릴까요?"

"뜻밖인데요? 그렇지만 그리 놀라운 일은 아닌 것 같아요. 아니, 이제야 준선 씨에 대한 퍼즐이 제대로 맞춰지는 느낌이에요. 뭔가 보통 사람과 많이 다르다는 생각을 줄곧 하고 있었거든요. 원래 문학에 뜻을 두셨나 봐요?"

"대학에 갈 때 부모님 성화에 못 이겨 법과대학 원서를 쓰고 말았지만 사실은 국문과나 불문과를 가고 싶었지요. 중고교 시절부터 소설 쓰는 것이 마냥 좋았고 선생님들도 칭찬과 격려를 많이 해주셨거든요. 대학 다닐 때도 정작 법률보다는 문학 관련 책을 더 많이 읽었어요. 법과대학을 나오고 법률가 생활을 하면서도 늘 그쪽 세계에 대한 동경을 버릴 수 없었지요. 이제라도 제가 하고 싶었던 것을 해보고 싶어요. 어쩌면 더 잘 되었는지도 모르겠어요. 지금까지 제가 배우고 경험한 것을 활용하면 훨씬 풍부하고 깊은 내용의 글을 쓸 수 있을 것 같거든요."

"그동안의 시간이 문학을 위한 수련이었다고도 할 수 있겠네요?"

"그렇게 받아들이고 싶어요. 특히 헤이그 유고전범재판소에서 8년간 치열하게 국제적 사건을 다루는 재판에 종사하다 보니까 뭔가 시야가 넓게 트이는 기분이 들더군요. 제 나름의 사상을 형성하는 데도 도움이 되었고요. 그 느낌과 사고를 가미한 소설을 쓰고 싶다는 생각이 간절해졌지요."

"어떤 소설인지 구상해놓은 것이 있나요?"

"네. 우선 이 유고슬라비아 전쟁을 소재로 한 작품을 쓰고 싶어요. 사실은 그 작품 구상을 위해 두브로브니크에 온 것이기도 하거든요."

"우리 두 사람 다 목적이 있는 여행을 하고 있는 거네요. 준선 씨는 소설을 쓰러, 전 아버지를 찾으러."

"하하. 그런 셈이네요. 전 지난 8년간 유고슬라비아란 땅에 대해 탐닉했었지요. 전쟁을 겪으며 이 땅이 피로 물드는 모습과, 역사적 도시 두브로브니크, 모스타르가 부서져 내리는 모습을 재판 기록을 통해 충분히 접할 수 있었지만, 한번 와서 직접 보고 싶었어요. 전쟁이 끝난 후 20년이 지난 지금 어떤 모습으로 남아 있는지 궁금하기도 했고요. 그런데 이곳에 와서 뜻밖에 유지 씨를 만난 겁니다. 갑자기 처음의 목적의식이 흔들리게 되더군요."

"저 때문에 계획이 흐트러졌나요?"

"글쎄요. 오히려 더 좋은 기회를 만났는지도 모르죠. 더 풍부하고 더 재미있는 소설을 쓰게 될 것 같아요. 흔히 문학의 당의정 이론을 이야기하지요. 쓴 약을 먹기 좋게 만들기 위해 단 맛을 내는 물질로 겉을 감싸는 당의정처럼, 문학도 철학이나 역사의 어려운 이론을 대중이 받아들이기 쉽게 재미있는 이야기로 꾸민다는 것이죠. 14세기 피렌체의 보카치오가 쓴 『데카메론』이 그런 당의정 문학의 효시였다고 하지요. 신이나 영웅들의 전설로만 가득했던 중세 암흑기에 인간들의 피와 살이 빚어내는 생생한 현실을 그려내기 시작했으니까요. 그런 의미에서 본다면 소설은 무엇보다 우선 재미가 있어야 하는 것 아니겠어요? 감동이나 교훈 같은 건 그 다음에 자연히 따라오는 거지요. 재미있는 스토리 구성을 위해서 유지 씨를 소설 속에 등장시키면 어떨까 하는 생각이 얼핏 드네요. 유지 씨 아버지도 함께 나오고요."

"이번에는 준선 씨로부터 문학 강의를 듣는 시간이로군요. 그렇지만 유고슬라비아 전쟁 같은 심각한 이야기에 저 같은 사람이 등장해서 맡을 배역이 어디 있겠어요?"

"남자 주인공의 연인 역할을 맡기면 어떨까요?"

"연인 역할이라고요? 그 소설에 연인도 등장하나요?"

"남녀 사이의 로맨스가 없는 삭막한 소설을 누가 읽으려 하겠어요? 로맨스야말로 필수 요소라고 봅니다. 유지 씨는 그 모델이 될 만한 충분한 자격이 있어요. 엽서 석 장만 달랑 들고서 아버지를 찾으러 이곳까지 찾아온 용기, 티치아노를 즉석에서 해설하는 지성, 이것만으로도 소설 주인공의 기준을 너끈히 통과할 만합니다. 물론 유지 씨의 외모도 빼놓을 수 없는 조건에 해당하지만."

"준선 씨는 가끔 농담인지 진담인지 분간하기 어려운 말로 사람을 당황하게 만드는 버릇이 있는 것 같아요."

"절대 농담이 아닙니다. 브라나츠 덕분에 꽤나 솔직해진 것 뿐입니다. 이 콩테 호텔 레스토랑의 낭만적인 분위기에 살짝 젖기도 했지만요. 오늘 밤 이곳 페라스트에서 연출되는 장면을 소설의 어느 부분에 꼭 묘사해서 넣고 싶어요. 소설의 배경이 되기에 썩 잘 어울리는 장소잖아요?"

"기대가 되네요."

"그런데 유지 씨는 지금 무슨 일을 하고 있고 앞으로 무슨 일을 하려는지요? 아직 저한테 정확히 얘기해주지 않았잖습니까?"

"아, 그랬나요? 퍼즐 맞추기에 몰두하다 보니 경황이 없었나 봐요. 전 준선 씨처럼 미래에 대한 확고한 목표를 가지고 있는 것은 아니에요. 그냥 저에게 주어진 현실을 받아들이며 즐기고 있는지도 모르죠. 전 지금 무대미술가로 활동하고 있어요. 스테이지 디자이너˚라고 하지요. 원래 대학에서 파인 아트를 하려고 했지만, 캔버스에 갇혀서 사는 것이 답답해서 중도에 길을 바꿨어요."

"무대미술이라고요? 그거 멋진데요. 역시 제 예감이 맞았어요. 유지 씨는 처음부터 비범한 데가 있었어요. 그 세계는 어떤 곳이죠? 항상 궁금했는데."

"무대미술은 단순히 미술만은 아닌 종합예술이랄 수 있어요. 건축이나 의상, 조명 쪽과도 관련이 깊고요. 무대미술을 하려면 우선 못질부터 잘해야 합니다. 우리가 사는 이 세상을 무대에서 그대로 재현해야 하니까요. 사다리 타고 올라가서 망치질을 해대야 하죠. 그리고 참여하는 구성원들과 팀워크를 이뤄야 하죠. 결코 낭만적이기만 한 예술이 아니고 무척 현실적인 예술이지요. 그러나 현실적이면서도 동시에 환상적이어야 해요. 예술이란 하나의 세계를 창조하는 것이지 이 세상을 모방하기만 하는 것은 아니니까요. 환상 없이 창조는 없을 거예요. 무대미술가가 창조한 세계는 우리가 항상 꿈꾸고 있던 세계예요. 배우는 그 꿈속의 무대에 올라서 우리에게 오래전부터 내려오는 전설을 전해주지요. 전 꿈속의 세계를 현실로 창조해내는 이 작업을 무척 즐기고 있답니다."

"멋진 세계로군요. 제가 종사한 법률계보다 훨씬 창조적이에요. 법률은 이미 존재하는 것을 해석하고 평가할 뿐이지 새로운 세계를 창조하지 못하는데, 그쪽은 온갖 미지의 세계를 창조하는 거잖아요."

"네. 그래서 이쪽을 쭉 지키고 있지요. 전 여기를 떠나고 싶은 생각은 없어요. 단지 처음에 하려고 했던 캔버스 작업에 대한 미련이 남아 있는 거예요. 그래서 앞으로는 그림을 좀 그려볼까 해요. 연극이 끝나면 바로 부서져버리는 무대가 아닌, 추억을 고이 간직할 수 있는 작지만 영원한 그림 말예요. 준선 씨처럼 아예 직업을 바꿀 용기는 없고, 그 두 가지를 병행하고 싶은 거죠. 저도 이곳 페라스트 마을의 해변 풍경을 그대로 살

포시 화폭에 옮겨놓고 싶은 생각이 드네요. 아빠 엽서 속의 저 두 섬을 넣어서."

"혹 전시회라도 열면 저도 불러주십시오. 꼭 그 그림을 보고 싶어요."

"준선 씨가 소설가로 변신하겠다는 말을 듣고 나니 저도 그림을 열심히 그려서 전시회를 열고 싶은 생각이 드는군요. 제 전시회보다 준선 씨 소설 출판이 먼저 있을 것 같은데요? 어떤 소설인지 꼭 읽어보고 싶어요."

주위에 완전히 어둠이 내려앉았다. 야외 레스토랑의 불빛만이 휘황하다. 잔잔히 밀려오는 파도 위로 그 빛이 진짜 불처럼 옮겨붙는다. 다시 브라나츠 새 병이 온다. 와인글라스도 새 것으로 교체된다.

"이제 우리의 행선지는 어디입니까? 더 가볼 곳이 있을까요?"

남자의 물음에 여자는 가만히 고개를 가로젓는다.

"아빠가 아무런 글씨도 없이 빈 엽서만 보낸 것은 어떤 암시로 보여요. 더 이상은 소용없을 것 같아요. 아빠는 운명에 대항하는 힘이 무척 강한 분이었어요. 당신 뜻대로 하신 거지요. 전 그런 아빠를 존경했고 아빠를 닮고 싶어 했어요. 저도 아빠와 주파수를 맞춰야죠. 운명에 맡기고 돌아서야겠지요. 갑자기 떠난 것처럼 갑자기 돌아오실지도 모르니까."

"그럼 저도 임무에서 해방된 건가요? 각오했던 것에 비해서는 너무 빨리 끝나버렸군요."

"괜히 저 때문에 시간 낭비하신 것 아닌가요?"

"아니, 제가 원해서 흔쾌히 참여한 임무였잖아요. 절대 부담 느끼지 마세요. 대신 저에게 약간의 시간만 좀 빌려주시죠."

"시간을 빌려달라고요?"

"네. 유지 씨 한국으로 돌아가시기 전에 함께 가봤으면 하는 곳이 있어서."

"그게 어딘데요?"

"글쎄요. 여러 곳이 있지만, 우선 유지 씨가 제 요청에 응하신 다음에 목적지는 좀 더 생각해서 추려보겠습니다. 어때요?"

여자는 이내 대답하지 않는다.

"우리 오늘은 여기서 지내고 내일 두브로브니크로 돌아갈 거 아닌가요?"

"네. 아무래도 그래야 하겠지요?"

"그럼 오늘 밤을 지내고 내일 아침에 답을 해 드릴게요."

어디에 숨겨져 있는지 보이지 않는 스피커에서 여자 가수의 노래가 잔잔하게 흘러나온다. 남자가 노래가 들리는 쪽을 손가락으로 가리키면서 말한다.

"에이미 와인하우스˚노래로군요. 〈백 투 블랙〉˚이란 노래인데, 들어보셨어요?"

"아니요. 처음 들어보는데요? 노래 제목도 특이하지만 그보다는 가수 이름이 더 재미있네요?"

"에이미 와인하우스는 영국 가수인데 최근 유럽에서 선풍적 인기를 끌었지요. 일찍 유명해졌지만 그만 27세에 약물 중독으로 죽었어요. 불과 6년 전이었지요."

"저런, 어쩌다가?"

"아까운 가수였지요. 자기 노래를 만들어 부르는 싱어송라이터인데 독특한 스타일로 젊은이들 사이에서 선풍적 인기를 끌었어요. 저 노래〈백 투 블랙〉앨범은 천만 장이 팔렸고 그래미상*5관왕을 차지할 정도였죠. 저 가수에 대해서는 여러 가지 좋지 않은 루머가 많이 떠돌았지만 전 그런 가십에는 신경 안 써요. 가수로서 훌륭하고 노래가 좋으면 충분하잖아요? 팝 싱어에게는 스캔들도 훈장이지요. 사람들에게 얘깃거리를 주고 그것으로 간접 경험도 되니까. 어떻게 보면 예술가들은 그 얘깃거리를 위해 희생되는 것 아닌가 싶어요. 평범하게 사는 사람이 무슨 창조를 할 수 있겠어요? 사람들이 27세에 죽은 가수나 배우들에게 '트웬티세븐 클럽*'이란 명칭을 붙여주는데, 에이미 와인하우스도 그 클럽 멤버가 되고 말았어요."

"트웬티세븐 클럽이라고요? 그런 클럽이 있었나요?"

"한국말로는 스물일곱 살 클럽이라고 할까요. 물론 자기가 스스로 가입하는 클럽은 아니고, 죽은 다음에 사람들이 인정해주는 멤버십에 불과하지요. 유명한 대중스타들 중에 27세에 죽은 사람들이 유난히 많았다고 해요. 소문에 의하면 그 클럽에 가입하려고 자살까지 한 배우도 있다는데요. 에이미 와인하우스는 죽기 3년 전에 이미 자기가 27세에 죽을 것 같다는 두려움을 실토한 적이 있었다고 해요. 설마 그가 그 클럽에 가입하기 위해 자살을 한 건 아니겠지만 최소한 그 클럽을 의식하고는 있었나 보지요. 최근에 한국에서도 어떤 유명한 가수가 그 나이에 자살을 했다는 보도를 접한 적이 있는데요. 설마 그 바람이 한국에까지 불어온 것은 아니겠죠?"

"인기와 평판을 먹고 사는 예술가들의 삶이란 결코 화려한 것이 아니고 오히려 무척 팍팍한가 봐요. 짧은 인생을 짙게 살고 가는 것이겠죠. 그런데 그런 얘기들을 다 어떻게 알고 계시는지? 준선 씨의 또 다른 면을 보게 되네요. 팝 뮤직에도 조예가 깊은가 봐요."

"하하. 대학 다닐 때 친구들하고 밴드 생활을 좀 했지요. 당시 한창 유행이었던 대학가요제에 출전한 적도 있어요. 입상까지는 못했지만."

"문학에 밴드까지? 고시공부는 언제 하셨나요?"

"법대 다닐 때는 딴짓만 하다가 군대에 갔다 와서 늦깎이로 고시 공부를 했답니다."

"고시파가 아닌 낭만파였나 보군요. 낭만파 법률가, 맘에 드네요. 덕분에 제가 오늘 또 한 가지 배우게 되는 거고요. 저 에이미 와인하우스란 가수, 끈끈한 음성이 매력적인데요? 섹시한 맛도 있고요."

"노래 가사도 그래요. 한국에서라면 외설 판정을 받을 만한 노래를 많이 부른 가수예요. 저 노래 가사는, 애인이 다른 여자에게 떠나갔고 나는 망각의 블랙 속으로 돌아간다는, 그런 내용이에요. 저 어둠 속에 웅크리고 있는 몬테네그로의 검은 산과 무슨 관련이 있는 느낌이 들지 않나요?"

"백 투 블랙, 암흑 속으로 귀환한다는 거네요. 아빠 생각이 나는 노래네요. 검은 산 속으로 사라져버린 사람 말예요."

여자는 골똘히 노래를 듣는다.

남자가 자리에서 일어서서 여자에게 다가선다.

"서양 사람들은 레스토랑 같은 곳에서 음악이 나오면 플로어에 나와 댄스를 하곤 하던데요. 우리도 따라해보면 어떨까요? 블루스 곡이라 분위기에 어울릴 것 같은데요."

남자가 손을 내민다. 여자는 그 손을 잠시 바라보다가 손을 내밀어 맞잡는다. 두 사람은 테이블 사이에 난 공간으로 나선다. 〈백 투 블랙〉 선율 속으로 함께 몸을 맡긴다. 이미 얼마 남지 않았던 그 노래는 곧 끝나고 다른 곡으로 바뀌어도 그들은 여전히 무대에 머물러 있다.

페라스트 두 개의 섬

스플리트

1922년 봄.

이반 메슈트로비치°는 마르얀° 언덕에 섰다. 11년 만의 귀향. 그리웠던 땅, 낯익은 산천초목이 그를 맞는다. 눈앞에 아득히 아드리아해의 수평선이 펼쳐져 있는 그 자리. 젊은 날의 꿈이 서려 있는 곳. 저 바다를 건너 더 넓은 세상으로 나아가려 했었지. 여기서 익힌 돌 쪼는 기술 하나를 밑천 삼아 무작정 떠났지. 석공에서 조각가로 변신하기 위해 떠돌았던 세월. 이제 옛날의 석공 이반이 아니다. 어엿한 세계적 예술가가 되어 돌아온 것이다. 석공의 도제로 입문하여 홍안의 소년 시절을 보냈던 추억 속의 도시 스플리트로. 그 시절 이루지 못하는 꿈으로 가슴이 답답할 때, 불타오르는 꿈으로 가슴이 터질 것 같을 때, 언제나 찾아와 먼 바다를 내려다보던 이곳 마르얀 언덕으로.

조국도 옛날의 땅이 아니다. 1911년 이반이 조국을 떠날 당시, 이 땅의 주인인 크로아티아 민족은 제 나라를 가지지 못한 상태였다. 그때 조국은 오스트리아 제국의 속국에 불과했다. 크로아티아는 슬라브족 계열이다. 슬라브는 게르만*밑에서 열등 민족 취급을 받고 있었다. 지난 수백 년간 동방 이슬람의 유럽 침공에 맞서 기독교 문명의 수호자 역할을 해왔다는 자부심을 간직한 발칸의 슬라브로서는 참을 수 없는 굴욕이었다. 1914년 어느 여름날 오스트리아 황태자가 식민지 보스니아의 수도 사라예보를 방문했을 때, 세르비아의 이름 없는 한 청년이 슬라브의 이름으로 게르만 지배자를 총으로 저격했다. 이 황태자 암살사건을 계기로 발칸 지역에 이해관계를 가지고 얽혀 있던 강대국들이 전쟁을 벌이게 되었다. 제1차 세계대전이다. 앵글로색슨*계 국가들과 슬라브계 국가들이 한 편이 되고, 게르만계 국가들이 상대편이 되어 서로 싸웠다. 크로아티아는 이 기회에 독립을 얻기 위하여 게르만 지배자에 대항해서 싸웠다. 크로아티아, 세르비아, 보스니아, 발칸의 슬라브는 하나의 깃발 아래 뭉쳐 반게르만 전선에 나섰다. 전쟁은 게르만의 패배로 끝났다. 승전국의 대열에 끼게 된 슬라브는 유고슬라비아왕국이란 이름의 새로운 독립국을 세웠다. 이반의 조국 크로아티아는 세르비아, 슬로베니아, 몬테네그로와 더불어 유고슬라비아왕국의 일원이 되었다. 이제 이반에게도 독립국인 조국이 생겼다. 그 사이 세계에 이름을

날리는 조각가가 된 이반 메슈트로비치는 방랑을 끝내고 자랑스러운 조국에 안착할 때가 온 것이다. 그렇게 이반은 벅찬 가슴을 안고 스플리트 마르얀 언덕을 찾았다.

수평선으로 서서히 내려오는 석양이 해변을 온통 붉게 물들일 즈음, 멀리서 한 사람이 이반에게 다가온다. 옷차림부터 걸음걸이까지 범상치 않은 자못 장엄한 분위기의 노인. 순백색 옷으로 목부터 발끝까지 온몸을 통째로 감쌌고, 머리카락과 수염이 백발로 길게 뻗어 내렸다. 범접하지 못할 권위가 풍긴다. 그러나 얼굴에 비친 표정은 더없이 온화하다. 건네는 말의 어조도 부드럽다.

"그대는 누구인가? 마치 오랜만에 고향을 찾아와 감개무량한 사람 같군. 그렇지?"

이반은 깜짝 놀란다.

"누구시온지?"

"난 그대를 알아볼 것 같네만 그대는 날 모르겠지 아마?"

"네. 황송하게도 전 어르신을 처음 뵈는 듯합니다만."

"그렇겠지. 난 지난 1700년 동안 이 도시를 지켜온 늙은이라네. 매일 이맘때 도시를 에워싼 해변을 한 바퀴씩 돌아보곤 하지. 오늘은 좀 특이한 사람이 눈에 뜨이기에 가까이 와본 것이지."

"1700년이라고요? 믿기 어려운 긴 세월이로군요. 전 외지를 돌아다니다가 11년 만에 막 돌아오는 길입니다. 저로선 정말 오랜 시간이었지요."

"하하. 내가 이 해변을 거닐며 보낸 세월에 비하면 그까짓 11년은 아무것도 아니라네. 찰나에 불과해. 난 그대를 기억하고 있다네. 바로 엊그제 같은데, 그때 이 도시를 떠나갈 때에도 여기 이 자리에 서서 저 바다를 그렇게 바라보고 있었지 않나? 꽤 일찍 돌아왔군 그래? 그동안 어디서 무엇을 하며 지냈나?"

"제 소개를 드리겠습니다. 저는 이반 메슈트로비치라고 합니다. 여기서 가까운 산간 지역인 오타비체°에서 양치기의 아들로 태어나, 열여섯 살 때 이곳 스플리트로 와서 당시 최고의 석공으로 꼽히던 블리니치의 도제가 되었죠. 블리니치 선생님이 저를 잘 가르쳐주신 덕분에 돌 다루는 솜씨가 부쩍부쩍 늘었지요. 그러다가 한 독지가의 도움으로 꿈에 그리던 비엔나°의 미술아카데미에 가서 본격적으로 조각을 공부할 기회를 얻었습니다. 운이 따라주었지요. 좋은 사람들을 만나서 많이 배우고 많은 작품을 만들 수 있었어요. 파리, 로마, 런던, 스위스로 다니면서 차츰 명성을 쌓았습니다. 당대 최고의 조각가로 군림하던 로댕°으로부터 자기보다 더 위대한 조각가라는 과분한 평가를 받기도 했고, 로마 국제전시회에서 그랑프리를 차지하기도 했죠. 사람들은 저를 크로아티아의 미켈란젤로라고 부른답니다. 전 그 별명을 무척 좋아합니다. 미켈란젤로도 저처럼 석공으로 시작한 조각가였거든요. 아무튼 저는 꽤나 일찍 조각가로 이름을 알리게 된 행운에 감사할 뿐입니다. 저는 온 유럽을 다 돌아다니며 살아도 항상 저의 조국 크로아티아를 마음속에 담고 있었습니다. 특히 소년 시절 돌쪼기를 처음 배웠던 이 도시 스플리트, 그리고 아름다운 아드리아 바다를 바라보던 이 마르얀 언덕을 꿈속에서도 잊지 못했답니다."

"내가 그대를 잠깐 보지 못하는 사이에 그대는 꽤나 부지런히 이곳저곳을 돌아다녔군 그래. 잘 돌아왔네. 나도 그대처럼 이곳 스플리트가 아드리아의 해변 도시 중에서 최고라고 생각한다네. 그래서 내가 이곳에 내 궁궐을 지었던 거야."

"네? 궁궐을 지으셨다고요?"

"그래. 황제가 궁궐을 짓는 거야 당연한 일 아닌가? 농부는 들판에 흙집을 짓고 황제는 해변에 궁궐을 짓는 거지. 그것이 세상의 이치야. 세상에는 궁궐이 필요하다네. 수천 년, 아니 수백 년이 지나면 남는 것은 궁궐 밖에 없는 법이니까."

"황제라고요? 그럼 어르신은 혹시 그 고명하신 디오클레티아누스˚ 황제가 아니신지? 저 아래 해변에 아직도 장엄하게 남아 있는 그 궁궐을 지으셨던……"

"맞아. 내가 바로 디오클레티아누스야. 난 여기서 걸어서 한 시간 정도 거리에 있는 살로나˚에서 태어났다네. 그대보다 더 미천한 집안 출신으로 해방된 노예의 자식이었지. 난 일찍이

로마 제국의 군인으로 전장에 나가서 여러 번 무공을 세워 장군에 올랐지. 황제의 경호 대장이었는데 황제가 페르시아 원정에서 전사하자 군대의 지지를 받아 다음 황제로 옹립되었지. 난 군인 출신 황제답게 전쟁을 많이 치렀다네. 동방으로 진군해서 페르시아를 복속시키고 시리아와 이집트에 원정을 가기도 했지. 내가 황제일 때 로마의 영토가 최대 판도를 이루었지. 너무 넓어 통치하기가 어려워져서 난 제국을 동서 양쪽으로 나누는 결단을 내렸지. 그때부터 동로마제국과 서로마제국의 두 로마가 존재하게 된 거야. 20년간 황제 노릇을 하고 60세가 되었을 때 난 황제직을 다른 이에게 물려주고 이곳으로 왔지. 그런 때에 대비해서 황제 자리에 있을 때 고향 살로나에서 가까운 이곳 스플리트를 점지하고 미리 궁궐을 지어뒀었지. 황제가 사는 궁궐이 아닌, 황제였다가 은퇴한 한 자유인이 여생을 보내기 위한 안식처로서의 궁궐이지. 그 궁궐에서 10년도 채 살지 못하고 말았지만. 그렇지만 내가 죽은 후에도 궁궐은 1700년 동안 저렇게 살아 있지 않은가. 비록 건물이 많이 사라지고 파손되기는 했지만 말이야."

"어르신께서 지으신 그 궁궐은 유고슬라비아 최고의 건물임에 틀림없어요. 지금도 전 세계의 사람들이 찾아와서 구경을 하고 찬탄을 금치 못하지요. 사실 요즘에 유명한 관광지가 된 저 남쪽의 두브로브니크성보다 훨씬 더 오래됐고 품위가 있잖습니까."

"내가 여기에 궁궐을 지었을 때 저 남쪽 두브로브니크는 아무 것도 없는 암초 덩어리에 불과했다네. 기껏해야 해적 무리들이나 숨어 살았을까. 그에 비해 내가 태어난 살로나는 아주 번성한 로마의 도시였어. 이 화려하고 아름다운 아드리아 바닷가에 내 일생을 결산할 별장을 지은 거지. 단언하건대 로마 반도로부터 아드리아를 건너 있는 땅에서는 여기 스플리트만한 곳이 없다네. 자네도 소년 시절에 이곳에서 로마 제국의 돌 다루는 기술의 정수를 배웠기 때문에 지금 유명한 조각가가 될 수 있었던 게야."

"옳은 말씀입니다. 세상의 온갖 곳을 다 돌아다녔지만 여기 스플리트만한 곳은 없더군요. 어르신께서 궁궐을 지었던 것처럼 저도 여기에 저만의 궁궐을 짓고 싶은 생각이 듭니다. 아드리아 바다가 훤히 보이는 이 마르얀 언덕 위에 제가 영원히 살 집을 짓고, 혼신의 힘을 모아 작품을 제작할 작업실을 만들고, 그 작품을 모아 전시할 갤러리를 꾸미고 싶어요."

"꼭 그렇게 하게나. 그대가 그런 공간을 만든다면, 그곳은 내 궁궐보다 더 훌륭한 장소가 될 거야. 황제의 궁궐보다도 더 소중한 것은 예술가의 뮤지엄이 아닐까? 제국의 돈과 힘을 과시하는 건물이 아니라 위대한 인류의 정신을 창조하는 건물이니까. 그대가 그 뮤지엄을 짓는다면, 그대를 키워준 고향을 위해 멋진 선물이 될 테지. 그대의 고향이자 나의 고향인 이 스플리트에 그런 선물을 해주겠다고 나하고 약속을 할 수 있겠나?"

"네. 어르신께 약속하겠습니다. 그런 집을 지어놓고 죽을 때까지 살 겁니다. 죽은 다음에도 영혼이 살아 있다면 이렇게 어르신처럼 잊지 않고 매일 석양 무렵 이곳을 찾아올 거예요. 그것이 영원히 사는 길이겠죠?"

이반은 유고슬라비아왕국 시민으로서 크로아티아의 수도 자그레브에서 대학교수와 미술아카데미 관장을 하며 살기로 했다. 그리고 즉시 스플리트의 마르얀 언덕에 집을 짓기 시작했다. 별장이자 아틀리에이자 갤러리였다. 땅을 사고 건축을 하는 데 8년이 걸렸다. 이반 자신이 설계한 건물과 정원은 그리스 신전을 닮았다. 성벽 같이 쌓인 돌담 밑으로 육중한 철문이 나 있다. 그 철문을 통과하면 꽤 높은 돌계단을 오르게 된다. 돌계단을 오르고 나면 눈앞에 훤히 드러나는 신전의 전경. 드넓은 정원 저편 멀리 풍성한 파사드°를 갖춘 건물이 버티고 섰다. 정방형 판석이 깔린 넓은 돌길이 길게 정원을 가로질러서 건물 밑단에 이르고, 거기서 다시 돌계단을 올라가면 건물로 들어가는 입구에 닿는다. 건물 전면 입구에서 뒤로 돌아서 보면, 좌우에 일렬로 배치된 여덟 개의 이오니아식°열주가 있고, 그 기둥 사이사이로 멀리 아드리아 바다가 내다보인다. 그렇다. 이것은 단순한 별장이나 갤러리가 아니다. 그리스·로마의 예술혼을 이어받은, 아드리아의 아들인, 한 예술가가 수

천 년의 역사를 아울러서 건설해낸 현대판 신전이다. 디오클레티아누스 황제의 궁궐보다는 작고 소박할지 모르나, 황제와 약속을 했던 만큼의 규모와 품위를 충분히 갖추었다.

이 신전이 오늘도 웅자를 자랑하며 그 자리에 서 있는 메슈트로비치 미술관*이다.

이반은 신전을 완공한 다음, 인접한 해변에 16세기에 지어진 작은 성을 사들였다. 바다에 직면한 절벽 위에 위치한 요새 같은 성을 개조하여 또 하나의 미술관을 만들고 카슈테레트*라고 이름 붙였다. 이곳은 위엄 풍기는 신전과 같은 저쪽 미술관에 비하면 규모는 작으나 호젓한 분위기의 안식처 같은 미술관이다. 카슈테레트 경내에는 예배당이 있고 회랑으로 둘러싸인 정원이 있다. 독실한 가톨릭 신자인 이반은 이곳을 자신의 종교적 명상지로 꾸몄다. 예배당 안의 사방 벽을 한 바퀴 둘러가며 예수의 일생을 스토리 삼아 조각을 한 나무 목판화로 장식했다. 이반이 그 28개의 목판화를 완성하는 데는 죽기 직전까지 40년이 걸리게 된다. 예배당 밖 정원을 둘러싼 회랑의 지붕은 이오니아식 석주가 도열하여 받치고 있다. 정원 한가운데에 「묵시록의 작가」라는 이름을 매긴 거대한 석조 조각이 놓였다. 이반 특유의 담대한 선이 부각된 그 석상은, 세상의 온갖 비극을 책에 기록하고 있는 작가의 모습을 그린 것으로, 그 작가의 얼굴은 다른 사람 아닌 바로 이반 자신을 닮

았다. 이반의 육신이 지상에 남아 있지 않은 지 오래된 지금에
도, 매일 석양 무렵이면 석상의 머리 부분에서 이반의 영혼이
빠져나와 마르얀 언덕으로 산책을 나가곤 할 것이다. 그곳에
서 이반과 황제는 오래된 친구처럼 만날 것이다.

1952년 봄.

이반은 다시 마르얀 언덕에 섰다. 이번에도 타국에서 살
다가 11년 만의 귀향을 하게 된 것이다. 역사는 되풀이된다.
그는 11년 전 타의에 의해 억지로 조국을 떠났었다. 1941년
제2차 세계대전이 일어나고 게르만은 다시 유고슬라비아를
침공해서 점령했다. 유고슬라비아왕국은 소멸하고 독일의
괴뢰정부가 수립되었다. 민족주의자 이반은 조국에 머무를
수가 없었다. 전쟁을 피해 스위스로 갔다. 4년 후 2차대전은
또 한 번 게르만의 패배로 끝나고 유고슬라비아는 다시 독립
을 찾게 되었다. 그러나 전쟁 후 유고슬라비아에는 공산당 정
부가 들어서서 유고슬라비아 사회주의연방공화국을 세웠다.
이반은 공산당을 싫어했다. 유고슬라비아연방공화국의 수상
티토는 이반에게 귀국을 권유했으나, 이반은 공산당 정부가
선 조국으로 돌아가기를 거부했다. 대신 미국이 세계적 예술
가 이반에게 안식처를 제공했다. 그는 자유로운 활동이 보장
되는 미국을 선택했다. 뉴욕의 메트로폴리탄 뮤지엄°에서 크
로아티아인으로서는 최초로 이반의 작품 전시회가 열렸다.

아이젠하워* 대통령은 이반에게 직접 미국 시민권을 수여하는 자리를 마련해주었다. 이반은 미국에서 대학교수가 되었다. 그러나 그는 한시도 조국을 잊을 수 없었다. 그는 크로아티아 이민자들을 돕는 사업에 적극적으로 참여했다. 조국 크로아티아의 시민들은 그가 돌아오기를 절실히 원했다. 그러나 공산 정권이 있는 한 그는 조국으로 발길을 돌리기를 거부했다. 그러다가 이반이 조국을 떠난 지 11년째 되는 때에 귀향길에 오르는 기회가 생겼다. 2차대전이 끝난 후 공산당이 집권한 유고슬라비아공화국은 자그레브 대주교이자 로마교황청 추기경인 스테피나츠* 신부를 반역죄로 구금하고 재판하여 징역 16년 형을 선고했다. 서부 유럽 국가들은 이것을 정치적 탄압이라고 봤다. 이반은 스테피나츠 신부 석방 운동에 참여했다. 그는 티토 수상에게 신부의 석방을 요청하기 위해 조국을 방문하기로 했다. 그러한 명분이 있긴 했지만, 무엇보다도 고향이 그리웠기 때문이기도 했다.

"티토 수상. 귀하는 공산당을 기반으로 하여 정권을 잡더니 너무 많은 정적들을 반역죄로 몰아 탄압하였소. 유고슬라비아왕국의 장군이었던 미하일로비치에게 사형 선고를 내리고 총살해버린 것도 그렇소. 미하일로비치는 귀하의 가장 강력한 정치적 라이벌이었지 않소? 지금 스테피나츠 신부를 구금하고 있는 것도 마찬가지요. 공산당이 종교를 적으로 보고 탄압하려는 것 아니겠소? 로마교황청이 신부 석방을 요구하는 것마저 끝내 외면하는 것은 무슨 연유요?"

"나보다 9년이나 연상인 세계적 예술가 메슈트로비치 선생. 우리는 무고한 사람을 억지로 죄를 뒤집어씌워 처단한 적이 결코 없소이다. 미하일로비치는 침략군에 대항해서 싸우는 척하면서 독일과 밀통하여 우리 파르티잔을 적으로 삼았던 사람이오. 스테피나츠 신부는 독일이 이 땅에 세운 괴뢰정부가 적국을 돕고 동포를 학살하는 데에 가담했던 사람이고. 그 두 사람은 우리 국민으로부터 지탄을 받고 적법한 절차에 의해 합당한 처벌을 받은 것이오."

"그러나 외국에서는 두 사람 다 억울하게 희생된 것이라는 평가가 지배적이라는 사실을 귀하는 알고 계시오? 더구나 이 나라에 하나밖에 없는 추기경을 구금하고 있는 것은 용납될 수 없는 일이니 즉시 석방하시오."

"하하. 이 티토가 아무리 연방국 수상이라고 하지만 그렇게 마음대로 할 수는 없는 일이오. 그보다 난 그대를 조국에 모셔와서 살도록 하고 싶은 생각이 굴뚝같소만. 천하의 메슈트로비치가 예전처럼 고향에서 살면서 편안히 작품활동을 한다면 조국에 얼마나 큰 영광이 되겠소? 고향 스플리트에 선생의 집과 미술관도 그대로 잘 보존하고 있으니 이번 기회에 영구귀국을 하시지요."

"천만에. 종교 지도자를 감옥에 가두고 있는 독재 국가에서 살고 싶은 생각을 추호도 없소이다."

"너무 그러지 마시오. 조국의 문은 항상 열려있으니 언제라도 돌아와주기만을 바라고 있겠소."

이반은 베오그라드에서 티토 수상과의 성과 없는 면담을 끝낸 후 고향 스플리트를 방문했다. 다시 마르얀 언덕으로 가서 섰다. 여전히 그곳을 배회하고 있던 디오클레티아누스 황제와 11년 만의 해후를 했다.

"이반 그대는 고향을 떠난 후에 11년 만에 찾아오기를 이번에 두 번째로 하는군. 지금부터 꼭 30년 전에 이 마르얀 언덕에서 우리가 만나 똑같은 장면을 연출하지 않았던가? 이번엔 고향에 얼마나 머무를 것인가?"

"황제 폐하. 이번엔 여기서 잠시도 살지 못하고 곧 떠나야 하겠습니다. 지금 살고 있는 미국에서만이 제가 자유롭게 활동을 할 수 있을 것 같아요."

"안타깝군 그래. 그대가 고향에 선물로 지어준 저 건물들은 저렇게 덩그러니 비어 있는데 말이야. 그대가 없으니 마치 유령만 사는 집 같았네. 떠나더라도 저 집에 그대의 혼을 듬뿍 채워놓고 가게나."

"네. 그렇게 하겠습니다."

이반은 유고슬라비아에 남아 있는 그의 모든 재산과 작품을 모두 크로아티아 시민들에게 기증한다는 내용의 문서에 서명을 했다. 마르얀 언덕에 주인을 잃고 버려져 있던 집과 성도 기증목록에 포함되었다. 400점이 넘는 작품이 크로아티아 정부의 소유가 되었다. 그는 미국에 있는 59점의 작품을 추가로 유고슬라비아에 보냈다. 메슈트로비치가 혼신의 힘으로 지었던, 신전을 닮은 그 건물은 메슈트로비치의 걸작들을 담은 거대한 미술관이 되었다. 마르얀 언덕의 미술관뿐만 아니라 유고슬라비아 각지에 산재한 미술관들은 그가 기증한 빛나는 작품들로 가득 채워졌다. 그렇게 한 후 이반은 미련 없이 조국을 떠나 미국으로 돌아갔다. 그것이 마지막 귀향이었다. 그는 그때 조국을 떠나기 전에 동료 화가인 글라코비치에게 말했다. 공산주의자가 집권하고 있는 한 이 나라에 돌아오지 않겠다고.

티토는 공산주의 정부의 수상에서 종신 대통령까지 되어 88세로 사망하는 1980년까지 집권을 했다. 이반은 훨씬 전인 1962년 79세로 미국에서 죽었다. 그의 몸은 조국으로 운구되어, 출생지 오타비체에 그가 설계해놓았던 가족묘에 묻혔다. 애초에 유고슬라비아 정부는 자그레브나 스플리트의 성당에 안장될 수 있게 하겠다고 이반의 유족에게 약속했으나, 일단 그의 유해가 도착하자 갑자기 태도를 바꾸었다. 이러한 정부의 번복이 티토 대통령의 뜻이었는지는 알 수 없다. 과연 그것이 귀국 권유를 거부한 메슈트로비치에 대한 티토의 복수였을까?

이반 메슈트로비치는 갔지만, 그가 크로아티아에 기증한 마르얀 언덕 위의 신전은 디오클레티아누스 황제의 궁궐과 어깨를 나란히 하며 스플리트의 보물로서 전 세계로부터 찾아드는 사람들을 묵묵히 맞이하고 있다.

두브로브니크에서 만난 사람

강남대로와 사평대로가 만나는 신논현역 사거리. 교보타워 빌딩 내 교보문고 강남점. 지하 1층으로 내려가는 에스컬레이터 앞에 안내판이 서 있다.

『두브로브니크에서 만난 사람』
출간 기념 저자 사인회
신준선 전 ICTY(국제유고전범재판소) 재판관
8년 만의 귀국. 소설가로서 첫 작품으로 독자와 만납니다.
2018년 4월 28일(토) 오후 3~6시
교보타워 지하 1층 교보문고 강남점

커다란 테이블 뒤 의자에 저자가 앉았고 그 앞에 사람들이 줄지어 섰다. 사람이 많아 줄이 여러 겹으로 접혀 있다. 사람들이 테이블 한쪽에 놓인 책을 들고 오면, 저자는 그들을 차

레차례 맞이하여 책 앞 커버 다음 장에 서명을 해준다. 저자는 한 사람 한 사람 악수를 하고 간혹 짧은 대화를 나눈다. 사진 찍기를 청하는 사람에게도 응해준다.

　한 사람이 차례가 되어 저자 앞에 와서 선다. 핑크빛 트렌치코트를 입은 여자. 저자는 그녀를 올려다보는 순간, 황급히 자리에서 일어난다.
　"아니, 어떻게? 제가 따로 연락도 안 드렸는데요?"
　"신문에서 책 광고를 봤어요. 아주 크게 났던데요? 거기서 오늘 저자 사인회가 있다는 것도 알게 됐고요."
　"곧 끝나는데, 조금만 기다려주시겠습니까?"
　"우선 이 책에 사인부터 해주시고요."
　여자가 책을 내민다. 남자는 의자에 내려앉아 책 커버를 열고 맨 앞장에 큰 글씨로 쓴다.

　두브로브니크에서 만난 사람에게
　기다렸습니다
　이 사인 해드릴 날을
　2018. 4. 28.
　페라스트의 친구 드림

　정해진 시간이 지나자 사인회는 끝난다. 남자는 서둘러 지하 2층 커피숍 '폴바셋'으로 간다. 여자가 기다리고 있다가 그를 맞는다.

"축하합니다. 결국 해내셨군요."

"이제 겨우 데뷔를 한 것뿐입니다. 더 열심히 써야죠."

"반응이 좋은가 봐요. 사인을 받으러 온 팬들이 많더군요. 신문에 책 광고도 크고 멋지게 났어요."

"출판사가 홍보를 잘해준 덕인 것 같습니다. 여기저기 언론에 미리 소개가 됐거든요. 소설 자체보다는 그 이전의 제 경력을 보고 그러는 것은 아닌지 싶네요. 그럴수록 더 부담이 더 됩니다."

"저도 언론 매체를 통해서 준선 씨 근황을 전해 들었어요. 귀국하셨다는 소식, 지방 도시에 자리를 잡고 집필을 하신다는 소식. 손에 닿을 듯 존재감이 느껴지더군요. 굳이 서둘러 나서지 않아도 자연스럽게 만날 날이 오지 않을까 생각했어요. 출간기념 행사를 한다고 하기에 그때까지 기다렸어요. 오늘 여기 온 것이 잘하는 일인지는 모르겠네요. 혹시 불청객은 아닌지."

"천만에. 그런 기분 아시겠어요? 기대를 하지 않으려 하면서도 사실은 절실히 기대를 하는 그런 기분. 그 기대를 채워주셔서 정말 감사합니다. 유지 씨가 옴으로써 오늘 사인회가 제 의미를 찾은 듯싶습니다. 제 소설은 유지 씨가 읽어주셔야 비로소 존재가치를 띨 수 있는 것처럼."

"여전히 과분한 말씀 하시는 습관이 있네요. 그래도 설마 제가 여기 올 줄은 모르셨겠지요?"

"제가 아무 연락도 안 드렸으니까 오리라고 예상하는 것은 현실성이 없는 얘기이겠죠. 사실 연락을 드릴 방법도 없었지요. 우리가 마지막으로 헤어질 때 아무 약속도 없었고 남긴 것도 없었지 않습니까? 그러나 뭔가 예감 같은 것이 있었어요. 유지 씨가 어디선가 저를 지켜보고 있다는 느낌. 헤이그에서 귀국한 이후에 여러 언론에 노출되는 것을 회피하지 않고 응한 것은 유지 씨를 의식한 면이 크다는 것이 솔직한 심정입니다. 오늘의 사인회 행사를 책 신문광고 속에서 명시해달라고 출판사 측에 특별히 부탁도 했지요. 논리적으로는 현실성이 없었지만 막연하나마 어느 정도 기대는 하고 있었다고 할까요."

여자가 안도의 빛으로 말한다.

"그럼 제가 오늘 잘 와본 거네요. 안심이 되네요. 사실은 오면서 걱정을 좀 했거든요."

"예감이 이루어져서 마음이 놓이는군요. 안 오셨다면 실망이 컸을 거예요. 이렇게라도 만나지 않으면 또다시 어떤 우연의 기회를 기다려야 할까요?"

"준선 씨가 이렇게 빨리 소설가로 변신할 줄은 몰랐어요. 소설 제목을 이렇게 정한 것에도 호기심이 가네요. 혹시 소설 속에 저를 등장시키겠다고 하신 말씀이 사실인가 해서요. 당장 읽어보고 싶어요. 어떤 스토리를 어떤 식으로 썼을까 몹시 궁금해요. 오늘 와서 사인을 받고 나서 읽어보려고 참고 있었거든요."

"유지 씨를 만나서 방금 이런 생각이 들었습니다. 이 소설 후속 편을 내야겠다고요. 이번 작품은 주인공 남녀가 그냥 기약 없이 헤어지는 것으로 끝나거든요. 두 사람이 다시 만나는 것으로 시작하는 새 소설을 써야겠어요."

두 사람은 함께 크게 웃음을 터뜨린다.

여자가 남자에게 팸플릿을 내민다.

"이게 뭐지요?"

"제 그림 전시하는 개인전 팸플릿이에요."

"아, 드디어 그 길을 가시는군요. 잘하셨습니다. 축하합니다. 그동안 그림 많이 그리셨나 봐요?"

"평소에 그려 놓은 작품이 얼마 있었고, 또 유고슬라비아 다녀와서 새로 그린 것도 있어요. 전에는 인물화, 정물화를 소품 위주로 그렸었는데, 그곳에 다녀와서는 제법 큰 풍경화도 그리게 됐어요."

"길지 않은 시간에 이렇게 개인전까지 준비하셨다니 대단한 열정입니다."

"페라스트에서 준선 씨에게 했던 말이 마치 약속이라도 한 것처럼 느껴졌어요. 전시회를 열고 싶다고 한 말이 꼭 전시회를 열겠다고 한 것 같이 생각되었죠. 귀국해서 본업을 잠시 접어 두고 그림 그리고 전시회 준비하는 데만 몰두했죠. 새 인생을 시작하는 기분이었어요. 아마 준선 씨가 소설가로 직업을 바꾸겠다고 하는 말에 자극 받았나 봐요.”

“그건 제가 소설책을 낸 것보다 훨씬 큰 의미가 있어요. 저는 이제 소설가로 첫발을 내딛는 것에 불과하지만, 유지 씨는 이미 예술가로서 활동을 해오다가 그 지평을 더 크게 넓히는 것이니까. 기다려집니다. 유지 씨 그림을 감상할 날이.”

“저는 오늘 초청도 받지 못한 채 왔지만, 준선 씨는 정식으로 초청장을 받고 오시는 거예요.”

“하하. 저도 나름대로 유지 씨를 초청한 셈입니다. 유지 씨는 오늘 초청을 받고 오신 겁니다.”

여자가 남자를 향해 곱게 눈을 흘긴다.

“준선 씨의 주관적으로 해석하는 버릇은 여전하군요. 신문 광고로 초청하는 게 정식 초청인가요. 어디?”

“난해한 초청에도 불구하고 이렇게 와주셨으니 다행입니다. 저도 답례로 유지 씨 전시회에 꼭 가겠습니다. 미술 공부 많이 해서 가야 하겠어요. 평론까지는 못 되더라도 느낌 정도는 얘기해드려야 하지 않겠습니까? 사실 전 유지 씨 만나기 전에는 그 유명한 티치아노라는 사람 이름도 몰랐던 사람이니 앞으로 그 방면에 공부가 많이 필요할 것 같아요.”

“저도 이 소설 잘 읽어뒀다가 소감을 얘기해드릴게요.”

"이제 유지 씨 전시회가 얼마 안 남았네요. 마지막 날, 마지막 손님이 될 수 있도록 전시회가 끝날 무렵에 가겠습니다. 그날 저녁만큼은 다른 약속 잡지 말고 저를 위해서 비워두세요. 화가와 소설가로서 처음 마주치는 자리를 기념하고 싶으니까요."

비올란테

위대한 라구사공화국, 떡갈나무 숲속의 도시 두브로브니크. 믿음과 성실의 상징 도미니크 수도원의 라디치 원장 귀하.

지난 번 두브로브니크 방문 시 그대의 환대에 깊이 감사드립니다. 염려 덕분에 나는 무사히 베네치아에 돌아왔습니다. 떠나올 때 그대는 내가 뱃멀미를 할까봐 걱정해주었지만, 내가 장담했던 대로 아무런 탈 없이 편안히 여행을 마쳤습니다. 나는 평생 베네치아를 떠나 산 적이 없는 사람입니다. 베네치아 사람들에게 바다는 곧 땅이요, 배는 집이나 마찬가지라는 사실을 잘 알고 계시지 않습니까? 나 비록 예순 살을 훌쩍 넘긴 나이이나 엄연한 베네치아 시민인 것입니다. 바다의 신 포세이돈*은 아드리아의 물결을 고요히 잡아주었습니다. 신의 은총이 충만한 라디치 원장께서 신에게 빌어주신 덕분이라고 믿습니다.

생각해보면 그대와 나는 참 질긴 인연으로 묶여 있는 듯합니다. 지금으로부터 40여 년 전 내가 그곳 도미니크 수도원을 처음 찾아갔을 때를 기억하십니까? 그때 그대가 보여준 호의와 배려를 난 평생을 두고 한시도 잊은 적이 없습니다. 오늘따라 그때의 기억이 생생히 떠오르는군요. 그대에게 내가 무사히 베네치아에 도착했다는 소식과 함께 변함없는 환대에 감사하는 마음을 전하기 위해 펜을 들었습니다만, 문득 옛날 그시절의 추억을 더듬고 싶은 생각이 듭니다. 나이가 들어가니 진실을 토로하고 싶어지는군요. 지금까지 세상에 갖은 억측이 떠돌고 있는 그때 그 일에 대해서 말입니다. 이제는 누구에게라도 진실을 남겨둘 때가 아닌가 생각이 듭니다. 여기 그대 라디치 원장에게 바치는 나의 고해를 들어주시기 바랍니다. 이미 그대가 알고 있는 사실도 있을 것이고 또 미처 몰랐던 사실도 있을 것으로 짐작됩니다.

그때, 그 도시 두브로브니크에는 아는 사람이 하나도 없었기에 난 무조건 도미니크 수도원의 문을 두드렸지요. 그 수도원의 이름은 들어서 어렴풋이 알고 있었습니다. 아무도 나를 알아보는 사람이 있으면 안 되는 상황이었지요. 당시 내 옆에는 내 목숨보다 소중한 비올란테가 있었기 때문이었습니다. 더구나 나는 비올란테를 데리고 남몰래 도피하는 길이었으니까. 비올란테와 나는 아무도 모르는 곳으로 멀리 도망치고 싶었답니다. 바다 건너 자유로운 공화국의 도시가 있다기에 무작정 그곳으로 가는 배에 올라탄 겁니다. 오랜 항해 끝에 도착한 두브로브니크. 슬라브어로 떡갈나무라는 뜻의 이름을 가진 도시. 우린 성안의 가장 후미진 곳에 자리 잡은 도미니크 수도원을 물어물어 찾아갔습니다. 암굴 입구 같이 생긴 수도원의 문을 두드리자 그대가 문을 열고 모습을 나타냈습니다. 그것이 우리의 첫 대면이었지요. 나의 간곡한 요청을 들은 그대는 따뜻한 두 손을 내밀어 내 손을 맞잡고 받아들여 주었지요. 그대는 그 수도원에 입문한 지 얼마 되지 않은 수사의 신분에 불과했는데도 우리를 수도원장에게 소개하고 그를 설득해서 우리의 체류를 허락 받게 해주었지요. 우린 수도원 안의 구석진 골방에서 부부를 가장하여 잡역부 일을 하며 지냈지요. 그 불과 몇 개월 안 되는 기간은 두 젊은 연인에게는 황홀한 기쁨의 시간이었지만, 베네치아에서 그들의 행방을 찾고 있었던 사람들에게는 의혹과 한탄과 분노에 찬 고통의 시간이었을 겁니다.

아아, 돌이켜 보면 참 무모한 행동이었습니다. 그 행동으로 인해 난 가장 소중한 두 사람을 잃게 되었으니. 하나는 조르조네*, 그다음은 바로 비올란테 그녀였지요. 결과적으로 나 때문에 그 두 사람은 젊은 나이에 허망하게 세상을 떠나버렸다고 할 수 있어요. 내가 과분하게도 넘볼 수 없는 사람이었던 비올란테에게 사랑을 고백했고, 비올란테가 뜻밖에 그 고백을 받아들였기 때문입니다. 불행은 거기에서부터 시작되었습니다. 비올란테는 원래 조르조네의 연인이었습니다. 고아로 자라 오갈 데가 없었던 그녀를 조르조네는 따뜻이 보호해 주었습니다. 조르조네는 비올란테의 구원자이자 연인이었던 것입니다. 조르조네와 나는 함께 벨리니 공방*에 속한 화가였습니다. 나보다 열한 살이나 많은 대선배인 조르조네는 이미 베네치아에서 당대 최고의 화가로 명성을 떨치고 있는 반면, 나는 아직 내 이름으로 그림을 주문 받아본 적도 없는 신출내기에 불과했지요. 조르조네와 나는 사이가 무척 좋았습니다. 나는 그의 작업을 도우면서 그에게 그림 그리는 법을 배웠고, 그도 나를 친동생처럼 아끼면서 많은 것을 가르쳐주었습니다. 조르조네의 제단화나 초상화는 시대를 앞서가는 걸작으로 평가받아 여러 곳에서 그림 주문이 줄을 이었지요. 난 언제 조르조네처럼 인정을 받는 화가가 될 수 있을까 조바심만 나던 시절이었고. 거기다 조르조네는 무척 잘생겨서 뭇 여성들의 선망의 대상이 되었지요. 비올란테도 그중 한 사람이었는데, 조르조네는 많은 여자들 중에 특히 비올란테를 가장 아꼈습니다. 그런데 내가 조르조네를 배신하고 그의 연인을 빼앗아 어디론가 사라져버렸던 것입니다. 도대체 비올란테는 왜 나를 따라나섰던 것일까요? 자기와 동갑내기인 나에게서 두려움 없는 젊은 청년의 기개를 보았던 것일까요? 틀에 박힌 일상사에 권태를 느꼈던 것일까요?

 조르조네는 분노하다 못해 미친 지경에까지 이르렀다고 합니다. 베네치아의 유력자인 그는 권력자에게 부탁하여 나를 잡으러 다니게 했답니다. 그러나 바다 건너 두브로니크의 도미니크 수도원 골방에 숨어 있는 우리를 쉬이 찾지는 못했지요. 유난히 자존심이 강하고 편집광 기질까지 있는 그는 끝내 화병이 나서 자리에 누웠고, 자리에 누운 지 열흘 만에 속절없이 세상을 떠나고 말았습니다. 베네치아 최고의 천재가 서른세 살의 나이에 떠나갔습니다. 세상에는 그가 당시 떠돌던 전염병인 페스트에 걸려 죽었다고만 알려져 있지만, 사실은 나와 비올란테에 대한 배신감으로 그리 되었다는 것을 우린 짐작할 수 있었지요. 아! 난 정말 몹쓸 짓을 한 것입니다. 나를 친동생처럼 돌봐주던 조르조네에게 죽음에 이르는 고통을 안겨주다니! 난 그저 조르조네에게는 따르는 여자들이 많으니 그가 비올란테를 쉽게 잊을 수도 있지 않을까 생각했습니다. 그러나 그것은 틀린 생각이었지요. 조르조네는 비올란테를 진정 사랑했나 봅니다. 비올란테도 몸은 두브로브니크에서 나와 함께 있었지만 멀리 베네치아의 조르조네를 잊지 못하는 것 같았습니다. 나는 두 연인 사이에 끼어들어 그들을 갈라서게 만든 악마였는지도 모릅니다.

 조르조네의 죽음은 바다를 건너 두브로브니크까지 전해졌

습니다. 그 소식을 듣고 비올란테는 무척 슬퍼했습니다. 죽음
보다 더 고통스러운 슬픔이었습니다. 그녀는 밥을 먹지 못하
고 잠을 자지 못했습니다. 알고 보니 그녀는 배 속에 아이를
가지고 있었습니다. 그 아이가 누구의 아이인지는 섣불리 확
신하지 못했습니다. 조르조네의 아이일 수도 있고 내 아이일
수도 있었지요. 비올란테는 충격으로 아이를 조산했습니다.
가엾게도 그녀는 출산 도중에 생명을 잃고 말았습니다. 아이
와 함께. 나는 무력하게도 그녀에게 의사를 불러주지도 못했
습니다. 비올란테와 아이를 수도원 뒤뜰 묘지에 묻어주었을
뿐입니다. 관도 없고 비석도 없었습니다.

　이제 그녀가 없는 그곳에 내가 머물러 있을 이유는 없게 되
었지요. 한낱 잡역부로서는 물감도 붓도 구할 수 없어 그림 한
장 그릴 수도 없었으니까요. 그러던 중 나는 수제자인 조르조
네를 잃고 수심에 빠져 있던 벨리니로부터 부름을 받았습니
다. 내가 바다 건너 수도원 구석에 숨어 있다는 소문을 들은
모양입니다. 나의 재능을 아끼는 스승의 권유였습니다. 조르
조네 대신 공방을 이끌어가면서 주문 받은 그림을 맡아 그리
라는 것이었지요. 조르조네가 마치지 못한 채 남기고 간 그림
도 마저 완성해야 했습니다. 벨리니는 베네치아의 통치자인
도제˚에게 부탁해서 나의 죄를 묻지 않도록 만들어주었습니
다. 나는 비올란테의 무덤을 뒤로하고 홀로 베네치아로 돌아

왔습니다.

조르조네 없는 세상은 나에게 큰 기회였지요. 조르조네로부터 온갖 기법을 배웠고 그의 화풍을 빼닮은 나에게 주문이 들어오기 시작했습니다. 그전에도 나는 조르조네를 도와 그림을 함께 그린 적도 있었고, 어느 때는 내가 다 그려 놓은 그림에 조르조네의 이름이 붙어서 나간 적도 있었지요. 사람들은 조르조네와 나의 그림을 구별하지 못할 정도였습니다. 그러다가 이제는 당당히 내 이름을 걸고 그림이 나가기에 이른 것입니다. 파도바*의 스쿠올라 델 산토 교회*의 프레스코 벽화와 베네치아의 프라리 성당의「성모승천」제단화를 그리고 나자 나의 명성은 확고해졌습니다. 나는 조르조네를 대신해서 베네치아의 공식화가*의 자리까지 오르게 되었지요. 한 사람의 불행이 다른 사람에게는 큰 행운이 되다니! 나는 죄의식에 빠질 틈도 없이 영광 속에 파묻혀갔습니다. 그러나 나의 의식 속에는 항상 그 두 사람, 조르조네와 비올란테가 자리 잡고 있었습니다. 그 의식은 그때부터 지금까지, 아마 내 목숨이 붙어 있는 한 나를 짓누르고 있을 것입니다.

조르조네가 그리다 만 이름 없는 조그마한 그림이 하나 있었습니다. 기묘한 그림이었습니다. 멀리 하늘에는 검은 구름이 잔뜩 껴 있고 그 밑에 사람이 사는 세상이 펼쳐져 있습니다. 도시의 건물과 숲과 개울이 있습니다. 그것을 배경으로 삼아 한 쌍의 여자가 서로 멀리 떨어져서 옷을 다 벗은 알몸으로 풀밭 위에 앉아서 이쪽 정면을 바라보고 있습니다. 조르조네가 전에 알몸의 여체를 그린 것이 몇 점 있었습니다. 침대에 누워 있는 비너스를 그렸고, 전원에서 노니는 뮤즈를 그렸습니다. 그런데 이 그림은 종전의 것과는 완전히 다릅니다. 종전의 것은 사람이 중심이고 주변 풍경은 배경에 불과했습니다. 그런데 이 그림은 풍경이 화폭의 대부분을 차지하고 사람은 작게 그렸습니다. 사람을 그릴 때에도 종전에는 신화 속의 여인들이 품위 있게 그려졌으나, 이 그림에 있는 사람들은 그냥 거리를 떠도는 집시 같은 여인들에 불과합니다. 나는 조르조네가 도대체 어떤 의도로 무엇을 그리려 한 것인지 알 수가 없었습니다. 조르조네는 좀 엉뚱한 데가 있었거든요. 사람들은 자기들이 따라가지 못할 생각을 하는 그를 천재라고 불렀지요. 알프스 이남의 화가들은 모두 목판 위에 템페라 물감으로 그림을 그리고 있었을 때, 북쪽 나라에서 들여온 기름물감을 사용해서 두꺼운 천을 감싼 판 위에 그림을 그리기 시작한 것도 조르조네였으니까요. 난 서서히 그 그림에 관심을 갖게 되었습니다. 무언가를 암시하는 신비로운 기운이 섞인 그림이기도 했습니다. 그래서 그 그림을 마저 완성시키기로 마음먹었습니다. 마치 조르조네를 마주 대하듯이 그 그림 앞에 앉았습니다. 미처 채우지 못한 부분을 색칠해 넣은 다음, 그것으로 그치지 않고 조르조네가 의도하지 않았던 변화를 꾀했습니다.

　우선 배경의 구름 사이로 번쩍 빛나는 순간의 번갯불을 그려 넣었습니다. 마치 하늘이 타락한 인간 세상에 벌을 내리는 것 같이. 다음에 왼쪽에 앉아 있는 여자의 형체를 전부 지워 버리고 그 위에 다른 사람을 그려 넣었습니다. 템페라가 아닌 기름물감이기에 그렇게 덧칠을 하는 것이 가능했지요. 멋진 붉은색 조끼를 걸치고 화려한 무늬의 바지를 입고 서 있는 남자를 새로 그려 넣었습니다. 그 남자의 얼굴은, 밝은 빛깔의 잘생긴 조르조네의 얼굴이 아니고, 나처럼 검은 빛깔의 얼굴입니다. 남자는 건너편 여자를 그윽한 눈초리로 바라보고 있습니다. 완전히 벌거벗은 여자의 양 어깨 위에 흰 옷자락을 걸치게 하고 엉덩이 밑에도 흰 천 자락을 깔고 있게 했습니다. 그리고 갓난아이를 새로 그려 넣었습니다. 여자가 갓난아이를 품에 안고 젖을 물리고 있는 자세로 바꾸었습니다. 여자는 남자를 쳐다보지 않고 그림을 감상하는 사람에게 시선을 향하고 있습니다. 마지막으로 알몸의 여자를 살짝 가리도록 여자 앞에 나뭇가지 몇 줄기를 그려 넣었습니다. 이쯤이면 내가 그림을 그렇게 바꾼 것이 무엇을 뜻하는지를 그대는 짐작할 수 있겠습니까? 그림 속의 남자와 여자는 마치 천벌을 받고 이 세상에 내려온 아담과 이브같이 보이지는 않겠는지요? 그 아담과 이브가 만약 나 티치아노와 그녀 비올란테라고 한다면, 저 멀리 보이는 도시의 건물은 그대가 사는 바다 건너의 땅 두브로브니크가 아니겠는지요? 그녀와 내가 잠깐이나마 행복을 누렸던 그곳 말입니다. 아아, 그러나 그림 속에서 여자가 안고 있는 그 갓난아이가 누구의 아이인가는 제발 묻지 말아주십시오. 그것은 나도 확신하지 못하는 사실이니까요.

그 그림은 완성된 다음 원래의 주문자인 벤드라민 씨에게 양도되었습니다. 나는 그 그림을 다른 사람에게 주기 싫었지만, 조르조네가 죽기 전에 이미 주문자로부터 선금을 받아 놓은 상태였기 때문에 어쩔 수가 없었습니다. 멋진 풍경화를 기대하고 있던 벤드라민 씨는 적잖이 실망하는 기색이었습니다. 납품 시기도 늦었던 데다가 이해하기 힘든 엉뚱한 내용의 그림이었거든요. 그러나 이미 사거한 조르조네의 마지막 작품이라는 생각에 기꺼이 그림을 받아 갔지요. 내게 잔금도 두둑하게 얹어주고서 말입니다. 이게 도대체 무엇을 그린 그림이냐고 묻는 그에게 나는 그저 폭풍이 몰려오는 전원의 풍경이라고만 대답해주었습니다. 나는 그로부터 30년 후에 벤드라민 씨에게 잘 그린 내 그림 하나를 주는 것으로 보답을 했습니다. 벤드라민 가족 3대를 다 모아 놓고 그린 그림이었습니다. 그때는 이미 내가 상당히 유명해진 때라서 그는 기쁘게 받으면서 내게 감사했지요. 폭풍 그림은 밴드라민 가족 그림과 함께 그 가문에서 앞으로도 잘 보존되리라 믿습니다. 그러나 그 그림이 조르조네만의 작품이 아니라 절반 이상 나의 손을 거친 작품이라는 사실을 아는 사람은 아무도 없을 것입니다. 그것 외에도 내가 조르조네의 미완성 그림을 완성한 것이 몇 개 더 있었습니다. 그러나 나로선 폭풍이 몰려오는 전원에 한 쌍의 남녀가 나와 있는 모습을 그린 그 그림이 유독 마음속에 남아 있습니다. 그것은 조르조네와 비올란테와 나, 세 사람 사이의 추억을 되살리는 그림이기 때문이겠지요. 나 이외는 아무도 모르는 사연을 간직한 그림이니까요.

그로부터 몇 년 후 나는 기어코 비올란테의 초상을 그리고야 맙니다. 사실은 그 초상화를 그리기를 몹시 주저했습니다. 아니, 그리기가 두려웠다고 해야겠지요. 그러나 그것이 그녀에 대한 나의 의무라는 생각이 들어서 붓을 들게 되었습니다. 나를 따라 나섰던 죄로 바다 건너 낯선 땅에서 이름도 없이 사라져 간 그녀에게 사죄하는 마음이었습니다. 최소한 그녀의 흔적만이라도 이 세상에 남겨주고 싶었습니다. 모델도 없이 눈앞에 가물거리는 그녀의 생전 모습을 상상만으로 그리는 것은 어려운 일이었지요. 무엇보다도 그녀의 비단결 같은 금발을 그대로 묘사하는 것이 가장 어려웠습니다. 그녀에게 가슴이 깊게 파인 보라색 드레스를 입혔습니다. 그녀의 이름을 연상시키는 색깔이니까요. 그녀의 왼쪽 가슴에 보라색 제비꽃 문신을 넣었습니다. 그녀가 좋아하던 꽃이니까요. 그림을 완성하고서 보니, 결코 과장되지 않은 그녀의 있는 그대로의 모습을 보이고 싶었던 나의 의도는 이루어진 것 같았습니다. 난 그 상상의 초상화를 베키오에게 주어서 보관하게 했습니다. 베키오는 화가로서 조르조네와 아주 가까운 친구였는데, 그에게는 비올란테라는 같은 이름을 가진 어린 딸이 있었습니다. 이 그림은 조르조네가 그린 것으로 내가 보관하고 있었던 것인데 조르조네가 남긴 선물로 드리고 싶다고 하면서, 그림 제목이 비올란테이니 같은 이름을 가진 딸이 있는 그대가 간직하는 게 좋겠다고 하자, 베키오는 무척 반기면서 그림을 받았습니다. 그렇게 해서 그 그림은 조르조네가 베키오의 딸을 그린 초상화로 알려지며 남아 있게 됐습니다. 아마 베키오 가문의 보물로서 잘 보관될 것이고, 그렇게 하는 것이 그 그림이 영원히 살아남는 데 좋을 것이라는 생각이 들었습니다. 사실 비올란테의 초상화를 내 화실에 두고 평생 그 얼굴을 바라보며 산다는 것은 내게는 고문이나 마찬가지였을 것입니다.

친애하는 라디치 원장님. 내가 이번에 두브로브니크에 가서 그렸던 그림 두 점에 대해서도 말씀드려야 하겠습니다. 그대로부터 두브로브니크 방문 초청을 받았을 때 난 망설였습니다. 나의 충실한 벗이자 신성로마제국의 황제로서 지금까지 세계를 지배해오던 카를 5세*가 서거하고 나서 주변의 정세가 어지러워지자, 나는 외지를 마음 놓고 여행하기가 두려웠던 데다가 이제 적잖은 내 나이 걱정도 하게 되더군요. 그러나 그대의 우정과 의리를 생각하면 모처럼의 초청을 거절할 수는 없었습니다. 결코 두브로브니크 대성당 대주교의 요청 때문에 간 것이 아니라, 어디까지나 그대의 부탁에 응한 것이라는 사실을 그대는 잘 아실 것입니다. 대주교가 그대와 나 사이의 우정을 눈치채고 그대를 이용하여 나를 초청한 것은 현명한 처사였다고 칭찬하지 않을 수 없군요. 그곳에 4개월을 머무르면서 정말 오랜만에 또 하나의 성모승천 제단화를 그려봤습니다. 그 역사 깊은 대성당이 최근 겪었던 지진 피해를 딛고 일어서는 데 나의 새 제단화가 도움이 된다면 더할 나위 없는 위안이 될 것입니다. 나에게도 신의 은총이 보태어지는 또 한 번의 기회가 되겠지요. 이번에 그린 두브로브니크 대성당의 「성모승천」은 내가 한창 때에 그린 베네치아 프라리 성당의 것에 비하면 규모도 작고 구성도 단순한 것이었습니다. 솔직히 나이 탓을 하지 않을 수 없군요. 이제 제단화 같은 큰 그림은 힘이 부치는 것 같습니다. 좀 작지만 더 섬세한 그림에 집중해야겠다는 생각입니다. 그러나 이번에 아마 마지막이 될지도 모를 제단화를 남겼다는 감회가 남긴 했습니다. 그곳 대주교가 내 그림을 잘 보관해서 후세에 남겨줄 것을 기대할 뿐입니다.

그 성모승천 제단화보다도, 그대의 도미니크 수도원에 기증하기 위해 그린 막달라 마리아 그림이 내게는 더 소중합니다. 그 그림을 그리느라고 한 달을 더 그 도시에 머무르게 되었지요.

그대가 내어 준 수도원장 저택에서 편안하게 지내면서 그림을 그릴 수 있었지요. 40년 만에 가본 도미니크 수도원은 몰라볼 만큼 좋아졌더군요. 특히 회랑을 둘러싼 중정이 무척 아름다웠습니다. 여기저기 그림과 조각도 많이 진열되어 있고요. 예술을 사랑하는 그대 같은 원장을 모신 덕분이 아닌가 여깁니다. 그 분위기에 싸여 막달라 마리아를 그렸습니다. 내 생애에 세 번째로 그리는 막달라 마리아였습니다. 그 전에 그린 두 개의 막달라 마리아는, 하나는 피렌체에 있고 하나는 작센˙에 있지요. 이번에는 좀 다르게 그렸습니다. 막달라 마리아 혼자 있는 모습이 아니라 여러 사람이 함께 있는 구도이고, 배경으로는 아드리아 바다의 풍경이 펼쳐져 있습니다. 그림의 주제도 특별합니다. 그대가 청하는 대로 구약성경의 토비트서에 나오는 토비아 전설을 그린 것이지요. 라파엘 대천사가 토비아에게 해준 예언에 따라, 토비아가 물고기의 간을 아버지의 먼 눈에 붙여서 눈을 뜨게 했다는 전설입니다. 막달라 마리아 곁에 토비아와 라파엘 대천사를 그리고, 그 왼쪽에는 두브로브니크의 수호성인 블라호를 그렸지요. 그리고 그림을 주문 받고 그려 줄 때 주문자를 그림 안에 넣어주는 관례에 따라 라디치 원장 그대의 모습을 그렸지요. 경건하게 무릎을 꿇고 두 손을 모아 막달라 마리아를 향해 기도를 올리는 모습입니다. 그대에게서 그림값을 받고 그린 것이 아니라 그대가 내게 보여준 우정에 대한 보답으로 그려 준 것이긴 하지만, 엄연히 그 그림의 기증자는 바로 라디치 원장인 것입니다.

친애하는 라디치 원장님. 그곳에서 말씀드리지 않고 이제 야 이 고백을 하는 것을 용서해주시기 바랍니다. 그 막달라 마리아의 얼굴은 바로 비올란테의 얼굴이랍니다. 40년 전 그곳 도미니크 수도원에서 몇 개월 동안 살았던 비올란테가 그림 속에서 막달라 마리아로 부활한 것입니다. 그때 무덤도 만들 어주지 못했던 나는 이제야 무덤 대신 그림 속에서나마 그녀 가 편안히 잠들게 해주고 싶었습니다. 비올란테의 얼굴은 결 코 슬픈 표정이 아닙니다. 모든 고통을 잊고서 오로지 신의 축 복 속에서 평안을 만끽하고 있는 행복한 표정입니다. 그래서 내가 마지막으로 그린 그 막달라 마리아 그림은 다른 막달라 마리아 그림들과는 달리 유난히 밝고 활기찬 그림이 되었습 니다. 비올란테는 라파엘 대천사와 토비아 소년과 블라호 성 인과, 그리고 라디치 원장 그대와 함께 영원히 즐겁게 그곳에 서 영생을 누릴 것입니다. 부디 부탁드리건대, 그 그림을 수도 원에서 가장 축복받은 장소에 보관해주시기 바랍니다. 찾아 오는 사람들이 모두 볼 수 있는 곳에 놓아서, 그들의 경배 속 에서 비올란테가 외롭지 않게 지낼 수 있게 해주소서.

이번에 그대의 권유를 받아들여 그곳까지 가기를 결심한

것은, 물론 그대의 우정에 보답하려는 뜻이 우선이라 할 수 있으나, 내심으로는 비올란테의 무덤을 마지막으로 한번 더 보고 싶은 생각이 들었기 때문이기도 하답니다. 내가 비석도 없이 남기고 왔던 그 무덤에 그대가 십자가가 새겨진 작은 돌비석을 세워 준 것을 보았을 때, 나는 얼마나 감동을 받았는지 모릅니다. 다시 한번 깊이 감사드립니다.

존경하는 라디치 원장님. 나의 긴 고해를 들어주셔서 감사합니다. 지난 40년간 쌓였던 불안이 봄눈 녹듯 사라지고 이제 좀 후련해진 기분입니다. 노구를 이끌고 바다를 건너 험한 항해를 한 보람이 있습니다. 암석 위에 세워진 아름다운 도시 두브로브니크를 언제 다시 가보게 될지 알 수 없습니다. 이번에는 그대가 베네치아를 한번 방문해주시면 고맙겠습니다. 세계의 중심은 이미 이곳 베네치아로 모이고 있습니다. 적어도 우리 예술의 세계에서는 그렇습니다. 나는 이곳에서 웬만큼 자리를 잡았으니 예의 갖춰 그대를 맞이할 수 있을 것입니다. 그 옛날 방황하던 나를 보호해주고 용기를 준 그대의 은혜를 잊을 수 없습니다. 라디치 원장님과 도미니크 수도원의 영광을 위해 기도합니다.

주님 오신 후 1550년 베네치아에서
티치아노 베첼리오 드림

(추신)

바사리˚라는 사람을 경계하십시오. 그는 피렌체의 메디치 가문에 기대어서 살아가는 사람인데, 근래에 자기의 본분인 화가나 건축 일은 제쳐놓고 남의 뒤를 캐고 다니는 데에 전력을 기울인다고 합니다. 그가 미술의 역사가를 자처하면서 얼마 전 『미술가들의 생애』라는 책을 발간했는데, 베네치아보다는 피렌체를 우위에 놓고 썼고, 미켈란젤로와 나를 비교해서 미켈란젤로 편만 들었다는 평이 자자합니다. 최근 그 책의 증보판을 내겠다고 다시 설치고 다닌다는데, 별 기대를 할 수 없는 인물입니다. 내가 여기 밝힌 진실들이 혹여 바사리의 귀에 들어가지 않도록 각별히 유의해주시기 바랍니다. 이것은 나와 그대 두 사람만이 아는 비밀로 간직하고 싶으니까요.

「폭풍」
조르조네, 베니스 아카데미아 미술관

「비올란테」
티치아노, 오스트리아 빈 미술사박물관

잃어버린 사람을 찾아서

인사동길 골목. 어느 빌딩 1층에 있는 화랑 '꽃'. 입구의 포스터.

권유지 개인전
「잃어버린 사람을 찾아서」
갤러리 꽃
2018. 5. 21.~5. 27.

그리 크지 않은 홀. 아무도 없다. 전시회를 축하하는 리본이 달린 화분이 몇 개 놓였다. 상앗빛 바바리코트를 입은 남자가 들어선다. 홀 안에 혼자서 앉아 있던 여자가 기다렸다는 듯이 일어서서 남자 쪽으로 다가와 맞는다. 남자가 들고 온 작은 꽃바구니를 건네고, 여자가 받아서 책상 위에 놓는다.
"페라스트 해변 레스토랑 테이블 위에 놓여 있던 그 붉은 빛깔 장미네요."

"그날의 자리를 기억하고 계시는군요."

"이름 모를 섬을 찾아서 돌아다니며 퍼즐을 맞추던 때의 순간순간들이 하나라도 기억나지 않을 수 있겠어요? 낱낱이 머릿속에 영상이 남아 있답니다. 모딜리아니 그림을 닮은 꽃병속에 꽂혀 있었지요. 눈같이 하얀 테이블보 색깔과 선명하게 대비되던 붉은 장미 색깔이 지금도 생생해요."

"그때 유지 씨는 장미에 관한 신화를 얘기했지요."

"뒤이어 준선 씨는 장미에 관한 역사 얘기를 했고요."

두 사람은 나란히 서서 그림을 차례로 둘러본다. 스물 몇 점 그림을 담은 액자들이 벽을 따라 줄에 매달려 있다. 인물화와 정물화가 계속되다가 그것이 끝나는 지점에 풍경화 세 점이 연이어 걸려 있다. 다른 그림에 비해 유독 큰 화폭의 그림들이다.

"눈에 익은 풍경이로군요. 우리가 찾아갔던 그곳 아닙니까? 유지 씨 아버지께서 보낸 엽서 석 장의 사진에 있는 바로 그곳 풍경들이네요."

"네. 맞아요. 두브로브니크, 모스타르, 페라스트 풍경이에요. 아빠 엽서를 보고 그렸지만 나름대로 과감한 변화를 줬지요. 실경을 직접 대하고 와서 그린 것이라 한결 실감이 나는 그림이에요. 적어도 저 자신에게는."

"그건 저에게도 마찬가지예요. 우린 함께 저곳에 있었으니까요. 유지 씨 그림은 엽서 속 사진 같은 것과는 비교가 되지 않아요. 역시 기계보다는 사람의 눈이 우월해요. 풍경 묘사가 단순한 사실적 표현을 넘어서 뭔가 속에 그윽하게 품고 있는 것이 있어요. 그래서 따뜻한 정감이 흐르는군요. 그때의 추억이 담겨 있으니 더욱 그렇게 느껴지나 봐요."

짙푸른 아드리아 바닷가에 우뚝 솟아오른 두브로브니크 성벽. 도도하게 흐르는 네레트바 강물 위로 높이 아치를 그리며 걸린 모스타르 다리. 코토르만의 호수같이 잔잔한 바다에 둥실 뜬 두 개의 섬.

"그런데 풍경 속에 그려진 이 사람들에게 눈길이 가네요. 여기 두브로브니크 성벽 위에, 그리고 모스타르 다리 위에는 사람이 한 사람씩 그려져 있군요. 여기 페라스트 해변에는 두 사람이 그려져 있고요. 멀리서 보이는 사람들이라 얼굴을 분간하기 어렵지만 짐작은 할 수 있을 것 같군요."

"역시 소설가의 눈은 남다르네요. 그래요. 두브로브니크와 모스타르 그림에 한 사람씩 있는 사람은 우리가 찾으러 갔던 그 잃어버린 사람이에요. 페라스트 그림에 있는 두 사람은 그 잃어버린 사람을 찾으러 갔던 우리 두 사람이고요."

"아, 전시회 이름을 「잃어버린 사람을 찾아서」라고 붙인 이

유를 이제야 알겠습니다. 그분은 그때, 이 그림처럼, 두브로브니크 성벽 위에서, 모스타르 다리 위에서, 우리를 바라보고 계셨던 거로군요. 우린 그곳에서 그분을 보지 못했지만, 그분은 우릴 지켜보고 계셨던 거군요."

"아빠는 어디에서나 저와 함께 계셨어요. 지금 이 자리에도 와계신다고 전 생각한답니다."

"그렇군요. 이 페라스트 그림에는 아버지가 안 계시고 대신 제가 유지 씨와 함께 그려져 있는 건가요? 제가 아버지 자리를 빼앗은 건 아닌지요?"

"페라스트에서 아빠는 검은 산 속에 숨어계신 거예요. 안 보이는 곳에 꽁꽁 숨었지요. 영영 그러시려나 봐요. 그것이 그분 뜻인 것 같아서 그림에 그려 넣지 않았어요."

"풍경화 세 작품은 다른 그림들과는 사뭇 다르군요. 인물화나 정물화는 사실적인 모습을 세밀하게 묘사한 전형적인 구상화인 데 비해서, 이 세 작품은 디테일을 과감히 생략하고 굵고 단순하게 표현한 추상적인 요소가 깃든 작품들이에요."

"네, 맞아요. 재미화가 최동열˚ 스타일이죠. 제가 좋아하는 화가예요. 그분 그림은 전체적으로 구상인데 세부는 추상성이 강하죠. 색채도 강렬하고요. 그렇게 그린 히말라야 풍경화 시리즈가 유명하죠. 그 스타일을 따라서 해봤어요."

"그렇군요. 선이나 색채가 무척 강렬한 인상을 주는데요. 결코 평범함을 용납하지 않는. 과연 꿈속의 환상을 현실세계의 무대로 창조해내는 스테이지 디자이너다워요."

"과찬의 말씀이에요. 서투른 시도에 불과한 걸요. 그런데 준선 씨 그간 그림공부도 좀 하셨나 보지요? 날카로운 비평을 하시는 것을 보니."

"하하. 비평이라니요. 역시 과찬의 말씀입니다. 뭔가 한 마디는 해야 할 것 같아 느낀 대로 소박하게 말씀드린 것뿐입니다."

두 사람은 전시된 그림들을 돌아보면서 홀 안을 두 바퀴 돈 다음 의자에 앉는다.

"유지 씨, 제 소설 읽어보셨나요?"

"그럼요. 그날 밤으로 다 읽었지요."

"어땠던가요? 독후감 준비하겠다고 하셨잖아요?"

"유고슬라비아에 대해 다시 한번 복습을 하는 기분이었어요. 준선 씨한테 설명을 들었던 것이 다시금 새록새록 피어났어요. 두브로브니크, 모스타르, 코토르, 페라스트의 파란만장한 역사와 아름다운 자연이 파노라마처럼 펼쳐지더군요. 역사소설과 탐방기를 한꺼번에 펼쳐놓고 읽는 기분이었어요. 그런데 준선 씨 글을 읽고 문득 어떤 생각이 들었어요. 직접 만나서 물어보고 싶었답니다."

"무슨 생각이 들었는데요? 무엇을 물어보고 싶었지요?"

"어떤 예감이라고 할까, 준선 씨의 미래에 대한 추측 같은 것."

"제가 다음으로 어떤 작품을 쓸 것인가 하는 궁금증? 또는 소설가로서의 가능성 같은 것이었나요?"

"아니요. 이건 문학 이외의 얘기예요. 물론 준선 씨는 계속 소설을 쓸 것이지만, 그것과는 별개로 다른 무엇이 준선 씨에게는 있을 것 같았어요. 소설이 전개되면서 틈틈이 엿보이는 세계가 분명 있었어요. 그것이 제 눈에는 보였어요. 마치 연극 무대 위에 준선 씨가 배우가 되어 서 있는 듯한 장면이."

"흥미롭군요. 제가 배우로 서 있다는 그 무대는 어떤 무대였을까요?"

고개를 갸우뚱하며 내려다보는 남자의 시선과 호기심을 품은 소녀처럼 올려 보는 여자의 시선이 마주친다.

"준선 씨는 정치가가 될 것 같다는 생각이 들었어요. 아니, 정치가가 되어야 한다는 생각이었어요."

"제가 정치를 한다고요? 너무 넘겨짚으시는 것 아닌가요?"

남자는 입가에 미소를 띄우며 짐짓 크게 놀라는 척하는 표정을 짓는다.

"제가 못 알아챌 줄 아셨어요? 배우는 객석의 관객을 속일 수 있을지 몰라도 무대 뒤를 지키고 있는 스테이지 디자이너까지 속일 수는 없을 걸요?"

"이크! 탄로 나기 직전이로군요. 도대체 어떤 대목이 유지 씨로 하여금 그런 기발한 상상을 하게 만들었나요?"

남자의 정말 탄로라도 난 듯한 말투와 몸짓에 여자는 득의만면한 얼굴이 된다.

　"그것 보세요. 벌써 탄로가 난 표정이잖아요. 준선 씨의 소설은 무대를 아드리아해의 유적지 여러 곳을 옮겨 다니면서 전개되지만, 단순한 기행문이나 관광안내서가 아니에요. 남녀 한 쌍 인물이 등장하지만 남녀의 연애 얘기를 주제로 하는 통속소설은 더욱 아니지요. 다분히 정치적인 성격을 띤 소설이라고 봐요. 유고슬라비아 내전을 세밀하게 파헤치면서 국제정세와 역사의식을 설명하는 데 꽤 많은 부분을 할애하고 있어요. 그것이 이 소설의 진짜 주제라고 해야겠지요. 유고슬라비아의 비극은, 그 나라를 둘러싸고 있는 강대국들의 간섭과, 걸핏하면 민족이니 종교니 이념을 내세우는 가짜 지도자들의 선동에서 비롯된 것이라는 게 준선 씨의 결론이었지요. 그 상황을 한국과 비교해서 한국의 정치를 날카롭게 비판하기도 했고요. 특히 현재 한국의 정치가 나라를 통합하는 쪽으로 나아가는 것이 아니라 저마다 자기 이익을 위해 국민을 분열시키는 데 열중하고 있다고 일갈하고 계시잖아요. 그런 정치를 바로잡는 것이 준선 씨 자신의 의무라고 다짐하는 것으로 저에겐 읽히더군요. 제가 잘못 넘겨짚는 것만은 아니라고 믿는데요?"

　여자의 말을 듣는 남자가 자세를 바로잡으면서 호흡을 가다듬는다.

"유지 씨를 결코 만만하게 보진 않았지만 이 정도로 예리한 식견을 가지신 줄은 미처 몰라봤습니다. 제 소설에 대해 폐부를 찌르는 분석이로군요."

"준선 씨 소설을 읽으면서 저 자신도 많은 생각을 해보게 됐어요. 학창 시절 이래 묻혀 있던 의식이 새로 깨어나는 기분이 들기도 했고요. 책장 한구석에 꽂혀 있던 서양사 책을 꺼내 읽어보고, 특히 생소하기만 했던 발칸 지역 역사를 자세히 들여다보게 되더라고요."

"발칸의 복잡다단한 역사는 흡사 우리나라를 둘러싼 동북아시아의 현대사를 생각나게 하지요."

"네. 그런 것 같아요. 그래서 더 관심이 가더군요. 그곳에서 벌어진 그 전쟁은 워낙 복잡해서 이해하기가 쉽지 않아요. 어떻게 해석하고 어떻게 평가를 내려야 할지 모르겠어요. 그 비극은 과연 누구의 잘못이고 누구의 책임인가요? 저자의 말씀을 한번 들어보고 싶었어요."

"하하. 이거 작가와 독자의 대화 프로그램에 불려 나간 기분인데요? 퍽 까다로운 독자의 질문이로군요. 한마디로 답하기는 어려운데요. 유고슬라비아 내전을 두고 제가 내린 결론은 이렇습니다. 이 전쟁에 끼어든 집단들은 저마다 자기는 정당하고 상대방이 나쁘다고 주장하지만, 아무도 정당한 집단은 없다는 것입니다. 어느 민족이든, 어떤 종교든, 세르비아든, 크로아티아든, 무슬림이든, 코소보든, 전쟁을 일으킨 명분에서나 전쟁 중에 저지른 행동에서나, 모두가 일방적인 자기 정당화에 불과하고, 모두가 교활하고, 모두가 무자비했습니다. 여기에는 선악은 물론이고 우열의 차이도 없습니다. 세계 평화와 정의를 내세우면서 그 전쟁에 간섭을 한 강대국들 역시 저마다 자기의 이해관계와 국내 여론의 동향에 따라서 실력을 행사했을 뿐이었고요. 오늘날 서방 세계에서는 크로아티아 전쟁과 보스니아 전쟁에서 벌어진 참상에 대한 책임을 주로 세르비아 측에게만 돌리는 경향이 있지만, 사실은 크로아티아와 이슬람 측에게도 책임을 추궁할 여지가 많다는 사실을 인식해야 합니다.

그런 사례들이 많습니다. 보스니아 전쟁에서 크로아티아계 군사집단을 지휘한 마테 보반이라는 인물이 있습니다. 그는 크로아티아 투지만 대통령의 후원을 받아서 보스니아 내의 모스타르 지역에서 크로아티아계 정규군을 보유한 사실상 별개의 국가를 운영했습니다. 그 군대는 모스타르 지역의 무슬림에게 무차별 포격을 가해서 무수한 사람을 죽이고 모스타르 다리도 붕괴시켰습니다. 보반의 군대가 모스타르를 봉쇄하고 포격을 가한 것은, 세르비아계 군대가 사라예보 포위전˙에서 가했던 공격 못지않았다는 것입니다. 보스니아의 크로아티아계는, 보스니아 정부가 세르비아계의 공격을 받아 힘이 약해진 틈을 타서, 보스니아 안에서 크로아티아계의 세력을 확장시키려는 의도로 무슬림을 공격했지요. 그러다가 나중에 가서야 미국 클린턴 대통령의 강력한 설득에 의해 이슬람계와 힘을 합쳐 세르비아계에 대항하는 쪽으로 전략을 바꾸게 된 것입니다. 크로아티아의 민족주의와 팽창 본능은 세르비아의 그것에 버금가는 것이었지요.

보스니아 전쟁 중에 이슬람 군대가 저지른 비열한 행위도 적지 않았습니다. 이슬람계는 세르비아계의 잔학상을 돋보이게 하여 국제적인 지지를 얻을 목적으로 스스로 자해행위를 주저하지 않았습니다. 스레브레니차 학살사건이 벌어지던 현장에서, 세르비아계의 공격을 받은 무슬림들이 피난을 가려는 것을 이슬람계 군인들이 막아서 피난을 가지 못하도록 방해했어요. 시민들을 인간방패로 삼기 위해서 그랬던 겁니다. 그 때문에 더 많은 사람들이 희생을 당하게 되었지요. 또, 세르비아계 군대가 사라예보를 포위하여 공격하고 있을 때, 유엔 평화유지군의 구호품 수송이 원활히 이루어지지 못하도록 통로를 막았고, 유엔에서 파견한 고위 간부들이 사라예보에 들어가지 못하도록 저격병을 배치하기도 했어요. 이슬람계로서는 사라예보가 포위된 채로 있는 것이 오히려 세계의 주목을 받기에 유리하다는 판단이었지요. 이러한 술책에 분노한 유엔 평화유지군 사령관이 사임을 하는 일이 벌어졌습니다.

이렇듯 전쟁은 인간 본성의 민낯을 낱낱이 드러내는 현장입니다. 인간의 본성이 원래 그런 것일까요? 아니면 원래는 그렇지 않은데 전쟁으로 인해 일순 타락을 하는 것일까요? 알수 없군요."

여자는 고개를 끄덕이며 진지하게 남자의 얘기를 듣는다. 그리고 내처 묻는다.

"글 중에 포퓰리즘 정치를 극복해야 한다고 한 부분이 있던데, 포퓰리즘이란 게 무엇인가요? 듣고 싶었어요."

"네. 포퓰리즘은 원래는 긍정적인 의미로 쓰이던 정치용어입니다. 대중의 견해와 바람을 정치에 우선적으로 반영한다는 것이니 이론의 여지가 없지요. 그러나 1인 1표의 대중적 민주주의, 자본과 언론에 의해 좌우되는 상업적 민주주의가 중우정치로 흐르면서 사회의 흐름이 균형을 잃어버리고 일방적으로 치닫는 경우가 왕왕 벌어집니다. 정치집단이 인기를 얻기 위해 성급한 논리로 대중을 선동하는 데 몰두하고, 여기에 대중은 부화뇌동해서 사상적, 행동적 폭력을 동원하기에 이르지요. 그 와중에 양식과 지성을 갖춘 엘리트는 소외되는 현상이 초래되고요. 나치스로 대표되는 유럽의 파시즘, 중국 마오쩌둥 시대 홍위병의 문화혁명, 쿠바의 카스트로 혁명, 아르헨티나 페론 대통령의 페로니즘, 미국의 극우 매카시즘, 프랑스 극우주의자 르펜의 극우주의 노선, 베네수엘라의 차베스 정권, 남미나 동남아시아의 군부 독재정권 등이 사례로 꼽힙니다."

"우리나라 정치는 어땠나요?"

"한국도 포퓰리즘 정치를 오래 경험했지요. 워낙 험난한 현대사를 겪다 보니 민주주의가 궤도를 찾기까지 숱한 고비를 넘어야만 했어요. 군사 쿠데타가 두 번이나 일어났고 장기집권 독재정치가 횡행해서 수많은 희생자와 양심수를 내지 않았습니까? 독재자와 군인 정치가는 집권을 위한 수단으로 때마다 포퓰리즘을 동원하곤 했지요. 시민의 피와 땀을 바친 투쟁과 혁명을 겪으면서 차츰 민주주의가 실현되어 가는 과정입니다만, 아직도 시대를 잘못 이끄는 포퓰리즘 정치의 여파가 남아 있다고 봅니다."

"어떤 점이 문제인가요?"

"방금 유지 씨가 말한 대로 분열의 정치가 가장 큰 문제입니다. 정치인이나 정치집단들이 자기의 이익을 지키기 위해 국민의 편을 갈라놓고 서로 간의 증오심을 자극하기에 앞장서고 있습니다. 지역감정을 부추겨서 이 좁은 영토에 동서장벽을 쌓는다거나, 남북문제를 악용해서 냉전시대의 유물인 이념논쟁을 유발한다거나, 소수층에게만 유리한 정책으로 계층 간의 갈등을 확대하거나 하는 행태가 그것입니다. 이런 정치는 화합과 통일로 바쁘게 나아가야 하는 우리 민족사에 장애물 역할을 할 뿐입니다. 여기에는 언론의 책임이 큽니다. 언론의 편파성, 아집, 편 가르기가 그런 분열정치를 조장하고 있다고 봅니다. 시대가 필요로 하는 진정한 저널리즘 정신이 아쉬운 상황이지요."

"지금 우리나라에 가장 필요한 것이 무엇이라고 보세요?"

"지금 우리 한민족에게는 통일이라는 가장 시급한 역사적 과제가 부여되어 있는 때입니다. 강대국들의 계산과 흥정에 의해 일방적으로 분단된 지 70년이 넘도록 아직도 서로 원수같이 싸우고 있는 민족이 세상에 우리 말고 어디 있습니까? 민족의 수치일 뿐 아니라 스스로 자해행위를 하고 있는 꼴입니다. 같은 민족끼리 서로 극단적으로 싸우고 대립해온 과거를 돌이켜 볼 때, 그리고 지금도 그 상황을 벗어나지 못하고 있는 자신의 모습을 볼 때, 과연 우리가 유고슬라비아 내전을 일으킨 그 사람들을 비판할 자격이 있는지 의문입니다. 하루바삐 강대국에 의해 잃어버린 우리의 자주성을 되찾아야 해요. 우리의 자주적 힘을 바탕으로 한 통일 없이는 우리의 진정한 미래는 열리지 않을 겁니다. 이 지상과제를 놓고도 국론을 통일시키지 못하고 오히려 이것을 당파싸움의 소재로 삼고 있는 현실이 안타까워요. 정치하는 사람들이 각성해야 합니다. 이제 지구상에는 다른 민족끼리도 서로 화합해서 모두가 평등하고 우애 깊은 공동체를 만들자고 하는 새로운 윤리가 세워지고 있는 시대 아닙니까? 하물며 같은 민족이야 말할 것도 없겠지요. 거부할 수 없는 시대의 흐름입니다."

"저는 준선 씨를 만났을 때 풍기는 첫 인상부터 진작 그런 일을 하실 것 같다는 느낌을 받았었지요. 소설을 읽으면서 그런 느낌이 더 강해졌고요. 요즘 들어 언론이 준선 씨에게 관심을 집중하는 것을 보고서는 사람들이 준선 씨에게 그런 역할을 기대하고 있다는 생각으로 발전하게 되더군요. 제 느낌이 결코 틀린 것은 아니겠죠?"

남자는 여자의 질문에 대답을 회피하려는 듯이 손을 내저으면서 말한다. 어조는 한결 부드럽게 바뀌었다.

"하하. 제가 유지 씨에게 말려든 감이 있네요. 정치 얘기는 이제 그만 하시고 본론인 소설 얘기로 돌아가기로 하지요. 저는 제 소설에 대한 유지 씨의 얘기를 듣고 싶은 걸요. 특히 소설 속의 두 남녀 주인공에 대해서 말이죠."

여자도 화답하듯 어조를 바꾼다.

"그 두 남녀 여행객이 이 소설의 주인공인 것은 맞나요? 역사 이야기 사이에 엑스트라로 잠깐 등장한 것은 아니었던가요?"

"괜스레 그런 자조적인 말씀은 하지 마시지요. 그 두 사람이야말로 확실한 주인공입니다. 두브로브니크에서 유지 씨를 만나지 못했다면 전 아예 이 소설을 쓰려고 들지도 않았을 겁니다."

"그 두 여행객에 대해서 무척 적나라하게 쓰셨던데요? 두브로브니크, 모스타르, 코토르, 페라스트에서 있었던 일을 사실 그대로 다 쓰셨더군요. 특히 두 사람이 두브로브니크를 떠나서 돌아가는 길에, 스플리트에서 하루 머무르면서 메슈트로비치 미술관에 갔던 것, 베니스에서 사흘간 머무르면서 프라리 성당에 가서 티치아노의 성모승천 제단화를 본 것까지도 그대로 다 쓰셨어요. 감성적인 심리묘사까지 덧붙여져서 말이죠. 폭로라도 당하는 것 같아서 가슴이 뜨끔했지요. 페라스트까지만 간 것으로 해서 소설이 끝났다면, 두 사람 사이에 대해 쓸데없이 과장된 추측을 하게 하지 않았을 텐데 말이죠."

"전 그때 스플리트의 메슈트로비치 미술관을 꼭 유지 씨에게 보여드리고 싶었지요. 그래서 유지 씨를 그곳으로 안내했던 겁니다. 유지 씨도 무척 좋아하셨잖아요?"

"네. 그곳에서 전 너무 행복했어요. 미술을 소중히 여기는 사람이라면 반드시 가봐야 할 곳이라고 생각해요. 그곳에 데려다주신 것 감사하게 여기고 있어요."

"그리고 그다음에 간 곳, 베니스에서 며칠 머무르자고 한 사람은 유지 씨였잖아요? 소녀 때 추억이 서린 곳이라고 하면서."

"네. 제가 제안했던 거였지요. 어릴 적 아빠 엄마하고 함께 갔던 베니스에 다시 가볼 수 있었던 것도 무척 행복했어요. 그것에 대해서도 역시 감사하다고 생각해요."

"베니스에서 우린 중요한 점 하나를 확인하지 않았습니까. 프라리 성당에 갔을 때, 유지 씨는 프라리 성당의 성모승천 제단화가 두브로브니크 대성당의 성모승천 제단화와 어떻게 다른지 설명해주셨지요. 두브로브니크에서 찍어 온 성모승천 그림의 사진을 보여주면서 말입니다. 과연 두 성모승천은 서로 사뭇 다르더군요. 프라리 것이 훨씬 더 화려했지요. 두브로브니크 대성당에서 만났던 영국인이 말한대로였어요. 프라리 것은, 성모가 입은 드레스가 화려한 붉은 색깔이고, 성모 주위를 많은 아기 천사들이 둘러싸며 환영하고 있고, 성모 머리 위에는 창조주를 상징하는 흰 수염의 노인이 천사들과 함께 성모를 굽어보며 품에 안아 들이려 하고 있지요. 반면 두브로브니크 것은, 성모의 드레스가 단순한 흰색이고, 성모 좌우에는 구름만 있을 뿐 천사들은 없고, 성모 위에도 창조주는 없이 아기 천사 하나가 외로이 성모를 맞이하고 있어요. 성모를 둘러싼 오로라의 색채도 프라리의 것은 가슴이 툭 트일 정도로 훤하게 광채가 나는 것이었는데 비해서 두브로브니크의 것은 좀 침침한 편이었잖아요."

"준선 씨 학습능력과 기억력은 정말 유별나군요. 설명해드렸던 저 자신도 기억이 희미한데요. 프라리 성당의 그림은 티치아노가 젊어서 전성기일 때의 것이고 두브로브니크의 그림은 나이가 들었을 때의 것이어서 좀 차이가 날 수도 있을 거예요. 티치아노가 아드리아 바다를 건너는 먼 여행에 시달렸을 수도 있고 또 현지의 여건도 달랐을 거고요. 그렇지만 꼭 두브로브니크의 성모승천이 베니스의 성모승천보다 못하다고 단정할 수는 없는 것 아닐까요? 예술작품은 화려하다고 해서 좋은 것만은 아니니까요. 오히려 두브로브니크 것이 소박하고 자연스러워 보여서 더 나은 점이 있을지도 몰라요. 특히 구름 아래의 세상에서 성모를 우러러보고 있는 사람들의 몸짓이나 표정을 보면 그렇지요. 프라리 것은 사람들이 손을 쳐들고 아우성을 치는 모습이 좀 과장된 느낌이 드는 반면, 두브로브니크 것은 사람들이 차분하고 경건하게 위를 바라보는 모습이 편안한 마음이 들지요. 예술가가 나이가 들면 작품이 단순해지고 담백해지는 것 같아요. 그런 것을 원숙함이라고 하는 것 아닐까요?"

남자가 고개를 끄덕인다.

"그렇게 볼 수도 있겠네요. 역시 예술작품은 여러 측면에서 음미할 필요가 있을 것 같군요."

"스플리트와 베니스에 동행해주신 것에 대해 다시 한번 감사드립니다. 그렇지만 전 준선 씨에게 항의할 것이 있어요."

여자의 가볍게 눈을 흘기는 표정을 남자는 놀라는 표정으로 받는다.

"네? 항의라고요?"

"소설 속의 이야기에 대해서 말씀드리는 거예요. 베니스 방문을 마치고 두 사람이 마르코폴로 공항*으로 가서 각자의 길로 헤어져 갈 때의 장면 말이에요. 그 장면은 사실과 아주 다르게 묘사되어 있더군요. 제가 한국행 비행기를 타러 게이트 안으로 들어가기 직전에 우리가 포옹을 한 적이 없었는데도, 소설 속 두 사람은 포옹을 하는 걸로 나오잖아요. 그것도 아주

뜨겁게 말이죠. 소설을 읽는 독자들은 만족했을지 몰라도 저는 섬뜩했답니다."

남자는 대답할 말을 찾는 듯 입술을 깨물며 잠시 숨을 고르다가 이윽고 힘을 주어 말한다.

"하하. 아주 준엄한 항의로군요. 네, 우린 마르코폴로 공항에서 결코 포옹을 한 적이 없었던 것이 팩트 맞지요. 분명히 인정합니다. 그러나 전 그때 마음속으로 유지 씨를 포옹했습니다. 가까스로 참긴 했지만 거의 포옹을 할 뻔했습니다. 전 유지 씨와 정말 헤어지기 싫었거든요. 우린 그 일주일 남짓의 시간을 함께 다니면서 퍽 정이 들어 있었잖아요? 저 혼자만의 착각이 아니기를 바라지만. 고백하자면, 유지 씨를 먼저 게이트로 들여보내고 돌아설 때 전 그만 눈물을 흘리고 말았답니다. 돌아서 있었기에 보이지 않아서 다행이었지만. 이것 또한 팩트입니다. 소설은 결코 과장된 것이 아니랍니다."

여자가 말없이 고개를 끄덕인다. 그녀의 입술 가에 옅은 미소가 감돈다.

"그러니까 이 소설은 아직 미완성이로군요. 마지막 장면에 두 사람은 포옹을 나누고 아무런 기약도 없이 헤어지잖아요. 그렇지만 소설이 계속된다면 다시 만날 수도 있겠지요? 지금 우리처럼."

"전 우리가 다시 만날 수 있으리라고 확신했어요. 그 확신의 힘으로 혼자 돌아서서 헤이그행 비행기를 타러 갈 수 있었습니다."

"……."

전등 스위치를 켜지 않아 어둑해진 갤러리 홀 안에서 두 사람은 오랫동안 나란히 앉아 있다. 손을 맞잡은 채로.

부록: 덧풀이

<caption>| ㄱㄴㄷ순 |</caption>

ㄱ

갈리아: Gallia. 이탈리아 북부의 포Po강을 경계로 하는 고대 로마 영토 이북의 유럽지역. 카이사르의 정복으로 로마의 속주가 되었다 (B.C. 58).

갈리치: Stanislav Galić(1943~). 유고 내전의 보스니아 전쟁 시 세르비아계 스릅스카공화국군의 군단 지휘관. 사라예보 포위전 시 민간인에 대한 공격 죄목으로 유고전범재판소에서 20년 형을 선고 받고 항소했으나 항소심에서 종신형이 선고됨(2006.11.30.)

갤리선船: 고대 지중해 연안의 국가들이 주로 전투함으로 사용하기 시작하여 중세까지 사용한 배로 노를 주로 쓰고 돛을 보조적으로 쓴다.

게르만: 유럽의 북방인종. 기원전 2세기부터 서쪽과 남쪽으로 이동하기 시작, 4세기경 유럽 각 지역에 정착하여 여러 나라를 형성함. 오늘날 스웨덴, 덴마크, 노르웨이, 아이슬란드, 잉글랜드, 네덜란드, 독일 지역에 주로 분포.

게슈타포: 독일 나치스 정권의 비밀경찰.

곤돌라: 운하도시인 베네치아에서 사용되어 온 배로 배의 양쪽 끝이 위로 솟아 있고 바닥이 평평한 형태를 가졌다. 현재는 주로 관광용

나룻배로 사용되고 있음.

공식화가: 베네치아공화국을 대표하는 화가로 의회가 지명. 총독의 초상화, 공공장소의 벽화를 의뢰받아 그리고 세금을 면제받는 특권을 누린다.

괴링: Hermann Wilhelm Göring(1893~1946). 독일의 군인이자 정치인. 1차 세계대전 시 에이스 전투기 조종사. 2차 세계대전 시 나치공군의 총사령관이자 원수. 종전 후 뉘른베르크 전범재판에서 사형선고를 받고 집행 전날 감방에서 자살했다.

국제유고슬라비아전범재판소: International Criminal Tribunal for the Former Yugoslavia(약칭 ICTY). 구舊유고슬라비아 지역에서 1991년부터 1998년 사이에 벌어진 전쟁 중에 저질러진 반인도적 범죄를 단죄하기 위한 국제재판소. 유엔 안전보장이사회의 의결에 따라 1993년 설립되어 2017년까지 운영. 14명의 재판관은 유엔총회에서 선거를 통해 임명. 총 161명의 전범을 기소하여 그중 90명에게 유죄를 선고했다.

그나이우스: Gnaeus Pompeius Magus(?~B.C. 45). 폼페이우스 마그누스의 장남. 아버지와 함께 전장을 누비고 다녔다. 아버지가 카이사르와의 전투에서 패배하고 살해당하자 히스파니아(이베리아 반도)로 넘어가 항전을 계속하였으나 끝내 패배하고 잡혀서 처형당함. 덧풀이 '폼페이우스' 참조.

그래미상: Grammy Awards. 미국 레코드예술과학아카데미(NARAS)가 수여하는 가장 권위 있는 음악상. 1959년부터 매년 팝과 클래식 구별 없이 그 해의 우수한 레코드, 앨범, 노래, 가수에게 수여. 영화계의 아카데미상에 비견된다.

나이팅게일: 유럽에 많이 사는 참새목 딱새과의 작은 새. 울음소리가 고와 신화나 문학작품에 자주 등장한다.

나토군: NATO(북대서양조약기구)軍. NATO가맹국이 파견하는 군인으로 구성된 군대. 덧풀이 'NATO' 참조.

나폴레옹: Napoléon Bonaparte(1769~1821). 식민지 코르시카 섬에서 태어나 프랑스 제국 황제까지 이른 폭풍의 인물. 인간적으로 역사적으로 이처럼 드라마틱한 삶은 없을 것이다. 소설도 영화도 그것을 그리기에는 벅차다. 40번의 전투에서 연전연승을 거둔 전쟁의 신이자, 불후의 근대적 법전인 나폴레옹 법전의 시행자. 출세를 위해 사교계의 여왕 조제핀과 결혼하고, 황제가 된 이후에는 영원한 제국을 위해 오스트리아 황녀 마리 루이즈와 다시 결혼한다. 마렝고 전투에서 극적인 역전승을 거두어 황제로 가는 발판을 닦았으나, 15년 후 워털루 회전에서 통한의 역전패를 당하고 대서양의 고도 세인트 헬레나로 유배되어 외롭게 마침표를 찍는다. 1840년 나폴레옹의 유해는 세인트 헬레나에서 파리로 옮겨졌고 앵발리드 지하묘지에 잠들어 있다. "내 사전에 불가능이란 없다."

네레트바강: Neretva강江. 보스니아의 디나르알프스 산에서 발원하여 225킬로미터를 잇는 강. 중류가 모스타르를 남북으로 관통하며 흐르고 끝부분에서 크로아티아 영토를 거쳐 아드리아해로 흘러든다. 하류 유역에서 면화, 와인을 생산. 2차 세계대전 시 협곡에서 독일 점령군과 저항 독립군 간에 전투가 치열했다.

네스호: Ness호湖. 영국 스코틀랜드 인버네스 지역의 글렌 계곡에 남서쪽으로 좁고 길게 뻗은 호수. 길이 36킬로미터, 평균너비 1.6킬로미터, 수심 230미터. 예로부터 네시라는 공룡 같은 괴물이 산다

는 전설이 내려오고 있다.

네움: Neum. 보스니아에서 유일하게 아드리아해에 면해 있는 유명한 관광도시. 아드리아 해안도로에서 북쪽 모스타르, 사라예보 쪽으로 가는 도로가 연결되는 지점이고, 크로아티아 중앙부에서 육로로 두브로브니크에 가려면 반드시 통과해야 하는 곳.

뉘른베르크 전범재판소: 2차 세계대전이 끝난 후 나치 전쟁 범죄자들을 처벌하기 위해 미국, 영국, 프랑스, 소련, 4개국이 주도하여 설치한 재판소. 1945년 11월 나치의 본거지였던 독일 바이에른주 뉘른베르크에 설치. 1946년 10월까지 24명의 나치 고위직들을 심리하여 12명에게 교수형, 3명에게 종신형, 4명에게 유기형, 3명에게 무죄를 선고했다. 2명은 재판 도중 사망. 전쟁 중에 저지른 반인류범죄에 대한 최초의 단죄로서 역사적 의미가 깊다.

ㄷ

다빈치 코드: 미국 소설가 댄 브라운이 쓴 스릴러 소설. 2003년 출간되어 미국에서만 7백만 부가 팔리고 세계적으로 베스트셀러가 되었다. 2006년 톰 행크스 주연의 영화가 나와 한국에서도 흥행에 큰 성공. 기독교인들로부터는 교회 역사를 왜곡했다는 비판에 직면. 덧풀이 '댄 브라운' 참조.

달마티아: Dalmatia. 발칸반도 남서부 아드리아해 연안지방. 디나르알프스산맥에 면한 좁은 해안평야와 해안을 따라 있는 천여 개의 섬으로 이루어진다. 온화한 지중해성 기후. 토질상 곡물보다는 올리브, 채소, 포도를 주로 재배. 특히 맛 좋은 와인으로 유명. 고대 로마의 속주로 7세기부터 슬라브인들이 남하하여 거주. 한때 이탈리아, 오스트리아의 지배를 받기도 했으나 지금은 대부분 크로아티

아에 속한다. 수려한 풍광을 자랑하며 스플리트, 두브로브니크라는 대표적 관광도시가 있다.

대천사 라파엘: Archangel Raphael. 大天使 라파엘. 기독교 천사들 중에서 하느님의 특별한 사명을 전하기 위해 파견된 지위 높은 천사가 대천사로, 미카엘, 가브리엘, 라파엘이 가장 중요시된다.

댄 브라운: Dan Brown(1964~). 본명 Daniel Gerhard Brown. 미국 뉴햄프셔 출신 소설가. 작곡가, 가수, 영어 교사를 거쳐 1996년부터 스릴러물 작가에 전념. 그다지 성공적이지 못했던 세 개의 작품을 내고 네 번째 작품인 『다빈치 코드』가 크게 히트. 기호학 교수인 로버트 랭던을 주인공으로 내세운 4부작 『천사와 악마』(2000), 『다빈치 코드』(2003), 『로스트 심벌』(2009), 『인페르노』(2013)가 연속 성공. 그의 책은 52개국에서 번역되고 2억 부 이상 팔렸다.

데이턴협정: 유고 내전의 보스니아 전쟁을 종식하기 위해 서방국들의 중재에 따라 보스니아, 세르비아, 크로아티아 3국 대통령 간에 이룬 합의. 미국 클린턴 대통령의 인도로 미국 오하이오주 데이턴에서 합의를 하고(1995.11.22.) 프랑스 파리에서 협정을 체결(1995.12.14.). 보스니아 독립 공인, 영토를 보스니아·크로아티아계 51% 세르비아계 49%로 나누어 세르비아계의 자치정부 스릅스카 공화국의 실체를 인정, UN 평화유지군 6만 명 주둔 등이 결정되었다. 결국 보스니아는 한국과 마찬가지로 분단국가가 된 셈이다.

데카메론: 이탈리아 르네상스 초창기 작가 조반니 보카치오(1313~1375)의 소설(1351).

도메스틱 보더: domestic border. 국내 국경. 구유고연방에 속했던 나라의 국민들이 사용하는 국경 통과 장소. 덧풀이 '인터내셔널 보더' 참조.

도미니크 수도원: 1216년 가톨릭의 성 도미니크가 청빈한 생활과 학문연구를 목적으로 설립한 도미니크 수도회는 세계 곳곳에 수도원을 세워나갔다. 기도와 묵상을 주로 하는 수도원으로 80여 국에 존재. 두브로브니크의 도미니크 수도원은 아드리아해 동부에서 가장 큰 고딕양식 건물 중 하나. 14세기 초에 짓기 시작하여 15세기 중반에 완성. 두브로브니크에 있는 또 하나의 수도원인 프란체스코 수도원이 도서관으로 유명하다면, 이 도미니크 수도원은 훌륭한 예술작품을 많이 가진 것으로 유명하다.

도버해협: 대서양과 북해를 연결하는 영국과 프랑스 사이의 해협. 도버-칼레 35.7킬로미터.

도스토옙스키: Fyodor Mikhailovich Dostoevsky(1821~1881). 러시아의 소설가.

도제: Doge. 최고지도자를 뜻하는 이탈리아어. 베네치아공화국의 선출직 최고지도자.

동방정교: 東方正敎. 로마의 교회가 동서로 분열될 때 동로마를 중심으로 분리되어 나간 기독교. 그리스, 동유럽, 러시아 지역에 약 2억 5천만 신도가 있다.

두브로브니크: Dubrovnik. 떡갈나무라는 뜻의 슬라브어. 크로아티아 달마티아 지방의 최남단 도시. 중세 라구사공화국의 수도. '아드리아해의 진주'라고 불리어온 아드리아해의 문화 중심지. 구시가지 전역이 유네스코 세계문화유산(1979). 성벽은 길이 1940미터, 높이 25미터, 너비 3미터.

두브로브니크 대성당: 두브로브니크를 대표하는 가장 큰 성당. 12세기에 건축. 1713년 바로크 양식으로 재건축. 티치아노의 제단화「성모승천」이 있고, 수호성인 성 블라호St. Vlaho의 유물함이 보관

된 보물실이 있다.

디오클레티아누스: Gaius Aurelius Valerius Diocletianus Augustus
(245~316). 고대 로마의 황제(재위 284~305). 로마를 동서로 구분하여
다스리기 시작하여 후일 로마 분할의 원인을 제공. 생전에 제국을
부황제에게 물려준 후 고향 살로네에서 여생을 보냈다.

딩가츠: Dingac. 크로아티아 달마티아 지방의 페제샤츠반도에 있는
와인 산지. 이 지역에서 재배되는 플라바츠 말리 품종 포도로 크로
아티아를 대표하는 딩가츠 와인이 생산된다.

ㄹ

라구사공화국: 14세기부터 1808년까지 달마티아 지역에 존재한 도
시국가. 수도 라구사는 지금의 두브로브니크. 15~16세기 해상무
역으로 번성. 나폴레옹의 정복으로 멸망.

라다: 러시아어로 '돛단배'라는 뜻. 구소련 시절에 생산하기 시작한
러시아의 국민 차. 기술력의 한계로 한때 구식 자동차의 대명사였
으나 지금은 국제적 경쟁력을 갖춤.

라파엘로: Raffaello Sanzio da Urbino(1483~1520). 이탈리아 르네상
스 전성기에 피렌체, 로마에서 활약한 화가.

란코비치: Aleksandar Ranković(1909~1983). 티토의 오래된 공산당
파르티잔 동지. 세르비아 출신으로 숲속의 대독일 독립투쟁을 거
쳐 유고연방의 내무장관, 비밀경찰 수장, 부통령을 역임. 개방파를
견제하는 통제파의 대표적 인물.

레바논: 지중해 동부 연안에 있는 면적 10,400제곱킬로미터, 인구
600만 명의 크지 않은 나라. 프랑스 식민지에서 1944년 독립. 수

도 베이루트는 알파벳 문자의 효시를 이룬 페니키아인이 기원전 15세기경부터 번영을 이루던 역사적 도시로서, 동양과 서양, 기독교와 이슬람이 조화를 이루며 번성하여 한때 '중동의 파리'라고 불리는 화려함을 과시. 근래에 종교적 이념적 대립으로 내전을 겪고 주변국의 침공까지 겪으면서 혼란에 빠졌으나, 최근 종파간의 타협을 통해 안정을 도모하고 있다.

레오나르도 다빈치: Leonardo di ser Piero da Vinci(1452~1519). 이탈리아 르네상스를 대표하는 예술가. 화가, 조각가, 건축가, 발명가, 과학자, 음악가, 문학가, 역사가.

레이디 멕베스: Lady Macbeth. 전 세르비아 대통령 밀로셰비치의 아내 미라 마르코비치가 권력을 행사하던 시절 붙여진 별명. 셰익스피어의 비극『멕베스』에서 남편의 횡포를 부추기는 아내의 이미지를 차용한 명칭. 영국 윌리엄 올드로이드 감독의 동명의 영화가 있다(2016).

로렌초: Lorenzo di Piero de Medici(1449~1492). 피렌체공화국을 통치한 메디치가家의 지도자들 중 가장 출중한 인물. 예술과 인문학을 진흥시키고 소년 미켈란젤로를 발탁하여 성장할 수 있도록 후원. 덧풀이 '메디치' 참조.

로댕: François Auguste René Rodin(1840~1917). 프랑스의 조각가. 조각에 생명과 감정을 불어넣은 근대조각의 시조로 불림.

롤랑 기둥: 두브로브니크 구시가지 루자 광장 중심에 서 있는 기둥(1418 건립). 롤랑은 중세 프랑스의 전설적인 기사로서 유럽의 자유도시들에 상징적으로 그의 모습을 새긴 기둥이 세워져 있다.

롬바르디아: 북부 이탈리아의 중심부. 알프스 산맥에서 흘러내리는 포강 유역의 비옥한 평야. 오늘날 이탈리아 공업지대로서 경제의

중심지.

루비콘강: 이탈리아 북동부를 동쪽으로 흘러 아드리아해로 가는 작은 강. 카이사르가 "주사위는 던져졌다"고 외치며 루비콘강을 건너 로마로 진격함으로써 '루비콘강을 건너다'라는 용어를 역사에 남겼다.

루자 광장: 두브로브니크 구시가지 플라차 대로의 동쪽 끝에 있는 광장. 구시가의 중심지로 역사적 건물들에 둘러싸여 있다.

룩소르: 카이로에서 660킬로미터. 남쪽 나일강 동안의 도시. 이집트 신왕국의 수도 테베 지역. 거대하고 화려한 신전과 유적들이 즐비하다. 나일강 반대편 서안에는 역대 왕들의 무덤이 숨겨진 '왕가의 계곡'이 있다. 고대 이집트를 대표하는 역사적 도시로 유네스코 세계문화유산.

ㅁ

마렝고 전투: 1800년 당시 프랑스공화국의 제1통령이었던 나폴레옹이 알프스산맥을 넘어가서 오스트리아와 벌인 전투. 나폴레옹은 패색이 짙었으나 극적으로 반전에 성공하여 승리를 거두었다. 이 전투로 프랑스의 이탈리아 지배를 확고히 하고 자신이 황제로 가는 길을 다질 수 있었기에 나폴레옹은 일생을 두고 이를 주변에 되뇐다.

마르몽: Auguste Frédéric Louis Viesse de Marmont(1774~1852). 나폴레옹 휘하 26인의 원수(최고 지휘관) 중의 한 사람. 나폴레옹에게 가장 충실했고 가장 공을 많이 세웠던 장군. 나폴레옹과는 툴롱 전투(1793)에서 신의를 맺은 이래 그를 따라 숱한 전장을 누볐다. 특히 마렝고 전투(1800)에서는 패배에 직면한 나폴레옹을 구원해 전투를 승리로 이끎으로써 황제 등극의 기회를 헌정. 두브로브니크

에서 러시아를 물리치고 라구사공화국을 프랑스 영토로 복속시켰다(1806). 황제는 라구사공화국을 폐하고 마르몽을 라구사공작에 올려 부근의 땅 일리리아 전역을 다스리게 했다(1808). 1814년 황제가 동맹국군에게 패배하고 엘바섬으로 유배를 갈 때 그가 황제를 배신했다는 것이 정설로 남겨져 왔으나, 사실은 그가 끝까지 황제의 편에 서서 싸웠다는 설도 유력하다. 7월혁명(1830) 이후 외국으로 망명생활을 다니다가 베네치아에서 사망.

마르얀: Marjan. 크로아티아 스플리트 교외 서부 해안지역. 180미터 높이의 언덕에 오르면 온 스플리트 시가가 내려다보인다.

마르코폴로 공항: 베니스 북쪽 12킬로미터 지점의 국제공항. 공항에서 베니스섬 시내까지 직행하는 수상버스가 있다.

마리아 복음서: 막달라 마리아 복음서. 2세기경에 만들어졌다는 것(100여년 전 이집트에서 발견, 옥스퍼드 대학 소장)과 5세기경에 만들어졌다는 것(1896년 이집트에서 발견, 베를린 이집트 박물관 소장)이 있다. 성경의 정설에 반하는 사실이 들어 있어 논란이 일어남.

마오쩌둥: 毛澤東(1893~1976). 중국 현대 정치가. 중화인민공화국 정부 설립(1949). 국가주석 역임.

마케도니아: Macedonia. 발칸반도 중부 내륙지역. 마케도니아공화국. 수도 스코페. 25,700제곱킬로미터, 2,030,000명. 마케도니아인 64%, 알바니아인 25%. 동방정교 65%, 이슬람 33%. 주위 여러 민족이 벌이는 영토 쟁탈전에 시달림. 티토의 유고슬라비아연방국에 들어서 독립된 민족으로서의 지위를 처음으로 인정받음.

막달라 마리아: Maria Magdalena. 여러 개의 호칭이 있으나 한국어로는 막달라 마리아로 통칭. 그리스도의 여제자이자 기독교의 성인.

메디치: Medici. 이탈리아 토스카나 지역의 피렌체공화국에서 14~

18세기에 융성했던 가문. 금융업으로 부를 쌓아 일어서서 정치로 진출. 15~16세기에 세력이 절정에 달함. 피렌체의 최고 지도자인 대공을 7대에 걸쳐 지내고 로마 교회의 교황을 세 명 배출. 피렌체의 문화와 예술을 크게 진흥시켜 르네상스 전성기를 이룸.

메소포타미아: 티그리스, 유프라테스 두 강 유역의 지역. 기원전 3000년경 세계 4대 고대 문명의 하나를 태동. 오늘날 이라크, 이란, 시리아, 터키 등의 일부를 이룸.

메슈트로비치 미술관: 크로아티아 스플리트 교외 마르얀 지역에 있는 메슈트로비치의 저택과 아틀리에를 개조한 미술관. 그의 조각과 회화가 건물 안과 정원에 전시되어 있음.

메트로폴리탄 뮤지엄: 미국 뉴욕 맨해튼에 있는 박물관. 세계 4대 박물관 중 하나.

모딜리아니: Amedeo Clemente Modigliani(1884~1920). 이탈리아 출생, 파리에서 활동한 화가이자 조각가.

모라바강: 세르비아 동부를 흘러서 베오그라드 부근에서 도나우강과 합류.

모마 마르코비치: Momčilo "Moma" Marković(1912~1992). 베라 밀레티치의 연인. 미라 마르코비치의 아버지. 덧풀이 '밀레티치가' 참조.

모스타르: Mostar. 다리라는 뜻의 슬라브어 '모스트'에서 온 이름. 보스니아 중부 네레트바강을 끼고 있는 도시. 강 양쪽에 이슬람과 기독교 간의 사뭇 다른 모습과 그 양쪽을 잇는 유명한 다리 '스타리 모스트' 때문에 관광객이 몰린다.

몬테네그로: Montenegro. 발칸반도 남서부 아드리아해에 면함. 몬테네그로공화국. 수도 포드고리차. 13,800제곱킬로미터, 647,000명.

몬테네그로인 44%, 세르비아인 28%, 알바니아인 10%. 동방정교 74%, 이슬람 18%, 가톨릭 3.5%. 최고봉 2522미터의 산악과 길이 293킬로미터의 해안선.

믈라디치: Ratko Mladić(1942~). 유고연방국의 육군장교로서 부군단 장까지 올랐다가 유고 내전 시 보스니아 전쟁에서 세르비아계 스릅스카공화국의 참모총장이 되어 전쟁을 지휘(1992~1995). 사라예보 포위공격, 스레브레니카 학살 등 인종청소를 주도해 '발칸의 도살자'라는 별명을 얻음. 유고전범재판소에 기소되었으나 16년간 도주생활을 하다가 체포되어(2011) 재판을 받고 종신형을 선고받음(2017.11.22.).

미라 마르코비치: Mira Marcović(1942~2019). 베라 밀레티치와 모마 마르코비치 사이에 난 딸(1942~). 슬로보단 밀로셰비치의 아내. 남편의 뒤에서 실질적 권력을 행사하여 '레이디 멕베스', '응접실 공산주의자'로 불렸다. 직접 '유고 좌익당'을 만들어 일선에 나서기도 했다. 남편의 몰락과 함께 망명을 가서 침잠함. 2003년부터 망명처로 삼았던 러시아 모스크바에서 2019년 4월 사망함. 덧풀이 '밀레티치가' 참조.

미켈란젤로: Michelangelo di Lodovico Buonarroti Simoni(1475~1564). 피렌체, 로마에서 활약한 이탈리아 르네상스 최고의 예술가. 조각가, 화가, 건축가를 겸비. 대표적 작품으로는, 조각은 「피에타」(1499), 「다비드」(1504), 「모세」(1516) 3대 조각품, 그림은 시스티나 예배당의 천장화 「천지창조」(1504), 벽화 「최후의 심판」(1541), 건축은 이탈리아 최초의 공공도서관이자 세계에서 가장 아름다운 도서관이라 칭하는 라우렌치아 도서관(1534), 산 피에트로 성당의 돔(1558)을 든다.

미하일로비치: Dragoljub "Draža" Mihailović(1893~1946). 유고슬라비

아왕국(1918~1941)의 정통파 군인. 독일 침공에 맞서는 저항군 체트니크를 결성하여 유격전을 벌임. 공산당 파르티잔 지도자 티토와 라이벌로서 독립전쟁 후의 주도권을 놓고 경쟁. 영국의 처칠 수상은 세르비아를 우선시하는 범세르비아주의를 추구하는 미하일로비치를 멀리하고 통합주의자인 티토를 지지함. 종전 후 동유럽을 장악한 소련의 정치국은 티토 옹립작전을 펴서 공산당을 거부하는 미하일로비치 제거에 나섬. 티토 세력에게 밀려 산악지대에 숨어 있다가 체포되어 국가반역죄로 사형선고를 받고 처형됨. 유고슬라비아연방이 해체된 지금 세르비아에서는 민족주의자 드라자를 재평가하는 풍조가 일어나고 있다.

밀라노공국: 이탈리아 롬바르디아주의 주도 밀라노 지역에 14세기 경부터 18세기 말까지 존재했던 독자적인 공국公國(공작의 통치령). 나폴레옹 점령으로 멸망(1797).

밀레티치가家: 밀레티치 가문.

라도반 밀레티치, 드라고미르 밀레티치 형제.

라도반 밀레티치의 딸 즈텐카 밀레티치(1919~1946).

드라고미르 밀레티치의 딸 베라 밀레티치(1920~1944).

즈텐카 밀레티치의 연인 티토(파르티잔 사령관, 종전 후 유고슬라비아연방국 대통령).

베라 밀레티치의 연인 모마 마르코비치(티토 휘하의 파르티잔, 종전 후 유고슬라비아연방국 정치가).

모마 마르코비치와 베라 밀레티치 사이에 출생한 딸 미라 마르코비치(1942~).

미라 마르코비치의 남편 슬로보단 밀로셰비치(1941~2006, 세르비아, 신유고슬라비아연방국 대통령).

밀로셰비치: Slobodan Milošević(1941~2006). 유고슬라비아연방이 해

체되는 과정에서 대★세르비아주의에 입각하여 연방의 통합을 유지하려 안간힘을 쓴 인물. 법대를 나와 금융계 임원으로 있다가 정치로 진출. 공산당 당수를 거쳐 세르비아공화국 최초의 직선제 대통령 당선(1989~1997). 신유고슬라비아연방국 대통령(1997~2000). 임기 중에 발생한 유고 내전, 코소보 분쟁에서 시종 강경정책을 취하여 '발칸의 도살자'라는 악명을 얻고 결국 유고전범재판소에 전범으로 기소됨(1999). 민중봉기로 대통령에서 실각한 후 체포되어 헤이그로 이송됨(2001). 자신의 정당함을 주장하며 재판을 받던 중 감옥에서 사망(2006). 고향 포차레바츠의 집 뒤뜰 보리수 나무 아래에 묻힘. 내전 후반기에는 서방국가들과의 협상에 나서서 데이턴 협정을 이끌어낸 합리적인 면도 있었음.

ㅂ

바로크식: baroque. 유럽의 르네상스 이후 16~17세기에 유행한 예술양식. 자유분방 속의 정돈된 질서를 추구. 특히 건축은 화려한 장식.

바사리: Giorgio Vasari(1511~1574). 이탈리아 르네상스 시기의 화가이자 건축가. 미술가들의 전기를 쓴 작가로서 최초의 미술사가로 꼽힌다. 저서 『뛰어난 화가, 조각가, 건축가들의 생애』(1550 출판. 1568 보충 재판본 출판)

바이칼: 러시아 시베리아 남부에 있는 세계에서 가장 수심이 깊은 호수(1742미터). 전세계 담수량의 20% 보유. 유네스코 세계자연유산. 주변에 부랴트 자치공화국을 이루며 사는 부랴트 족은 한민족과 같이 곰 토템 사상을 가졌고 선녀와 나무꾼과 같은 비슷한 전설들이 내려온다.

발칸반도: 유럽대륙의 동남쪽, 지중해 동쪽, 흑해 서쪽 지역에 위치한 반도. 발칸은 터키어로 '산맥'의 뜻. 그리스, 루마니아, 불가리아, 알바니아, 구유고슬라비아 6개국이 위치함.

백 투 블랙: Back to Black. 가수 에이미 와인하우스의 히트곡. 덧풀이 '에이미 와인하우스' 참조. "… I died a hundred times. You go back to her. And I go back to black, black, black …"

베네치아: Venezia. 영어로는 베니스Venice. 이탈리아 베네토주의 주도. 구舊도시는 118개의 섬이 400여 개의 다리로 이어진 물의 도시. 유네스코 세계문화유산. 동로마의 영토에서 8세기경 독립하여 자치공화국 유지. 14세기경 유럽 제1의 해상세력. 나폴레옹 점령으로 공화국 폐지(1797). 오스트리아 영토였다가 이탈리아 통일왕국에 편입(1866).

베네치안 르네상스: 15~16세기 베네치아를 중심으로 일어난 르네상스. 베네치아는 개방적이고 화려한 풍조의 예술을 키워낼 정치적 경제적 배경을 갖추고 있었다. 르네상스는 피렌체에서 발아했으나 베네치아에서 결산을 보았다고 할 수 있다. 회화로는 벨리니, 조르조네, 티치아노, 틴토레토, 베로네세가 맥을 잇는다.

베라 밀레티치: Vera Miletić(1920~1944). 베오그라드 대학 불문학도 출신 파르티잔 여전사. 모마 마르코비치의 연인. 파르티잔 생활 도중 숲속에서 딸 미라 마르코비치 출산(1942). 동료 파르티잔들에게 배신자로 몰려 총살당함(1944). 덧풀이 '밀레티치가' 참조.

베오그라드: Beograd. '하얀 도시'라는 뜻의 슬라브어. 구유고연방의 수도였다가 지금은 세르비아의 수도. 사바강과 도나우강이 합류하는 지점. 세계에서 가장 큰 동방정교 교회인 성 사바 교회가 있다.

벨리니 공방: 이탈리아 르네상스 시기 베네치아파 형성의 선구자인

조반니 벨리니(1430~1516)가 만든 미술품 제작 스튜디오. 조르조네, 티치아노 등 우수한 화가들이 배출됨.

벨뷰 호텔: Bellevue Hotel. 두브로브니크 구시가지 서쪽 1.2킬로미터 거리 미라마레배이 바닷가 절벽 위에 있는 5성급 호텔.

보스니아: 공식명칭 보스니아 헤르체고비나공화국Bosnia and Herzegovina. 발칸반도 중남부 내륙지역(북부 보스니아 80%, 남부 헤르체고비나 20%). 수도 사라예보. 51,200제곱킬로미터, 3,860,000명. 보스니아인(이슬람) 48%, 세르비아인(세르비아정교) 37%, 크로아티아인(가톨릭) 14%. 세르비아인의 자치정부 스릅스카공화국이 내부에 별도로 존재(영토의 49% 차지).

부다페스트: Budapest. 헝가리 수도. 도나우강을 사이에 둔 두 도시 '부다'와 '페스트'가 하나로 합쳐짐.

브라나츠: Vranac. 보스니아, 세르비아, 몬테네그로에 널리 분포된 대표적인 포도 품종.

브라만테: Donato Bramante(1444~1514). 이탈리아 르네상스 시기의 대표적 건축가. 로마의 바티칸 궁전, 산 피에트로 성당.

브룬디시움: 브린디시의 옛 이름. 이탈리아 반도 남동쪽 끝 장화의 뒤꿈치 부분 아드리아해에 면해 있는 도시. 아피아 가도의 종점.

블라디보스토크: 러시아어로 '동방정복'이란 뜻의 이름을 가진 러시아 동쪽 끝 북태평양의 최북단 부동항. 1860년 중국과의 베이징 조약 이후 러시아 영토가 되었다. 7세기경 한韓민족이 발해를 건국하여 지배한 지역. 9288킬로미터 시베리아 횡단철도의 시발점.

블라호: 성聖 블라호St. Vlaho. 10세기경 베네치아의 공격을 두브로브니크 시민에게 알려 도시를 구해 두브로브니크의 수호성인으로 추

앙 받음.

블레드호수: 슬로베니아 북서부의 에메랄드빛 호수와 주변 경관으로 유명한 관광지. 호수 가운데 있는 블레드섬은 슬로베니아의 유일한 섬이다.

비엔나: 오스트리아의 수도. 원어는 비인Wien, 영어로 비엔나Vienna.

비잔틴제국: 로마제국이 동서로 분열된 이후의 동로마제국(395~1453). 수도 콘스탄티노플(이스탄불).

ㅅ

사라예보: Sarajevo. 보스니아 헤르체고비나공화국의 수도. 141제곱킬로미터, 37만 명(보스니아 전쟁 전에 52만 명이었으나 전쟁으로 줄어듦). 기독교와 이슬람 문화권이 접하는 곳. 제1차 세계대전의 도화선이 된 사라예보 암살사건(1914), 처음으로 남북한 단일팀이 출전한 세계탁구대회(1973), 동계올림픽(1984), 보스니아 전쟁 중의 사라예보 포위전(1992~1996)의 무대. 전쟁의 후유증은 아직도 깊다. 구시가지는 유네스코 세계문화유산. 동사라예보는 세르비아인의 자치정부인 스릅스카공화국 영역에 속함.

사라예보 포위전: 유고 내전 보스니아 전쟁 때 보스니아 수도 사라예보는 세르비아계인 유고연방군과 스릅스카공화국군에게 1992년 4월 5일부터 1996년 2월 29일까지 1425일 동안 포위당한 채 공격을 받았다. 세계 전쟁사에서 포위전의 최장기 기록. 무기와 군대가 압도적으로 우세한 세르비아계에게 밀려 이슬람계의 희생이 컸다. 보스니아 측은 민간인 5600여 명을 포함 총 14,000여 명 사망, 세르비아 측은 2200여 명 사망. 세르비아 측의 민간인에 대한 무차별 포격, 집단학살, 가혹행위 등이 발생.

사라예보협정: 유고 내전의 크로아티아 전쟁 도중에 UN의 중재 하에 유고연방군, 크로아티아 정부 사이에 맺어진 협정(1992.1.15. 사라예보). 양측은 일체의 전투행위를 중지하고 이를 감시하는 UN보호군(UNPROFOR)을 파병하기로 결정.

사마르칸트: 중앙아시아 최고最古의 도시. 실크로드 교역로의 중심지. 14세기 티무르제국의 수도. 현재 우즈베키스탄에 속한 관광 명소. 유네스코 세계문화유산 등재(2001).

산 마르코 광장: 베니스 본섬의 중심에 있는 광장. 산 마르코 대성당, 두칼레 궁전, 정부 청사, 카페 플로리안, 종탑, 시계탑으로 둘러싸인 '세계에서 가장 아름다운 응접실'(나폴레옹의 말).

산 피에트로 성당: 이탈리아 로마 바티칸에 있는 가톨릭 총본산 성당. 4세기에 최초 건축. 르네상스 시기에 재건. 1506년 당대 제1의 건축가 브라만테가 공사 시작. 1546년 71세의 미켈란젤로가 공사 맡아 1564년 죽을 때까지 계속. 1622년 헌당식.

살로나: 로마의 옛 지명. 지금의 솔린. 크로아티아 스플리트 북쪽 5킬로미터. 로마제국 달마티아 속주의 주도州都. 대규모의 원형극장을 비롯해서 로마시대의 유적이 많다. 디오클레티아누스 황제의 고향.

샤를마뉴: Charlemagne(742~814). 샤를 대제大帝라고 칭함. 라틴어로 카롤루스, 영어로 찰스. 서로마가 망한 후 게르만족에 의해 서부 유럽에 설립된 최초의 통일국가인 프랑크왕국을 반석 위에 올려놓은 왕. 정복사업으로 영토를 넓히고 기독교에 기반을 둔 문명을 일구어 로마교황으로부터 서로마 황제 칭호를 받았다. 나폴레옹이 항상 자신과 동일시하며 우상으로 삼은 인물.

성 루카 교회: Church St. Luka. 성聖 루카 교회. 코토르성 안 구시가지에 있는 동방정교 교회(1195년 건립).

성모승천: 예수의 어머니 마리아가 죽어서 육체와 정신이 함께 하늘로 올랐다는 가톨릭 신앙. 14세기 이후 이탈리아에서 많이 그린 화제畫題.

성 바실리 성당: 러시아 모스크바 붉은 광장 남쪽의 16세기에 세워진 성당. 갖가지 색깔의 양파 모양 돔으로 잘 알려짐. 유네스코 세계문화유산.

성 블레즈: St. Blaise. 두브로브니크 수호성인 성 블라호의 영어 명칭. 덧풀이 '블라호' 참조.

세계문화유산: 유네스코가 지정한 세계유산World Heritage에는 문화유산Cultural Heritage과 자연유산Natural Heritage이 있다. 문화유산은 건축, 기념물, 도시, 조경 등 인간의 창의성으로 빚어진 작품을 대상으로 한다.

세르비아: Serbia. 발칸반도 중심 내륙에 위치. 세르비아공화국. 77,474제곱킬로미터, 7,270,000여 명(코소보 제외). 수도 베오그라드. 세르비아인 83%, 헝가리인 3.8%. 세르비아정교 85%. 다뉴브 강 전체 2,857킬로미터 중 588킬로미터가 세르비아를 흐른다.

세인트 헬레나: 아프리카 대륙의 앙골라 해안에서 서쪽으로 1900킬로미터 떨어진 대서양 상의 영국령 섬. 122제곱킬로미터. 인구 6000여 명.

소더비, 크리스티: 세계에서 가장 규모가 큰 두 경매회사. 18세기 영국에서 출발. 크리스티는 영국에서 보수적 경영. 소더비는 본사를 뉴욕으로 옮기고 세계경영에 주력.

소비에트연방국: 소비에트사회주의공화국연방(USSR). 소련이라고 칭함. 러시아혁명 후에 러시아를 중심으로 주변의 15개 사회주의 공화국이 연방을 이룸(1922). 1991년 소련의 해체로 과거 연방국의

일원이었던 공화국들은 모두 독립을 했다.

소포클레스: Sophocles(B.C. 496~406). 고대 그리스 3대 비극시인의 한 사람.

스레브레니차 학살: 유고 내전 보스니아 전쟁 중 믈라디치가 지휘하는 세르비아계 스릅스카공화국군에 의해 무슬림 거주 도시인 스레브레니차가 포위되어 집단학살, 강간, 가혹행위가 자행됨 (1993.7.11.~7.18.). 8000여 명 사망, 30,000여 명 부상.

스르지: 두브로브니크 구시가지 북쪽에 솟은 해발 412미터의 산.

스릅스카공화국: 보스니아가 독립을 선언하자(1992.3.) 보스니아 안에 사는 세르비아인들이 독립을 선언하고 세운 공화국(1992.4.부터 지금까지 존속). 자체적인 정부와 의회를 가짐. 수도 바냐루카. 24,857 제곱킬로미터, 1,430,000명. 덧풀이 '데이턴협정' 참조

스쿠올라 델 산토 교회: 이탈리아 파도바에 있는 교회. 티치아노가 조르조네의 그늘에서 벗어나 처음으로 자신의 이름으로 그린 벽화가 있다.

스타리 모스트: Stari Most. '오래된 다리'라는 뜻의 슬라브어. 모스타르의 네레트바강 위에 세워진 다리(1566). 보스니아 전쟁 때 파괴되고(1993) 전쟁 후 다시 복원됨(2004). 유네스코 세계문화유산.

스테이지 디자이너: stage designer. 무대미술가.

스테피나츠: Alojzije Viktor Stepinac(1898~1960). 천 년의 역사를 가진 자그레브 대성당에 성인으로 추대되어 밀랍인형이 전시되어 있는 스테피나츠 신부(대주교, 추기경). 그는 과연 2차 세계대전 시 나치군의 진주를 환영하고 그들에게 협력한 기회주의자였던가? 아니면 종전 후 전쟁 범죄를 고발하다가 반체제 인사로 몰려 투옥된 희

생자였던가?

스플리트: Split. 두브로브니크에서 북서쪽으로 229킬로미터. 아드리아해에 면한 달마티아 최대의 항구도시이자 크로아티아 제2의 도시. 인구 20만. 수도 자그레브와 자존심 싸움이 대단함. 로마의 디오클레티아누스 황제가 궁전을 짓고 살면서 역사가 시작(305). 오늘날 산업과 관광의 중심지. 구시가지는 유네스코 세계문화유산.

슬라노: 두브로브니크 북서쪽 34킬로미터. 아드리아 해안도시.

슬라브: 슬라브족. 동유럽, 발칸반도, 러시아에 거주.

슬로베니아: Slovenia. 발칸반도 북서부 이탈리아, 오스트리아와 접경. 슬로베니아공화국. 수도 류블랴나. 20,200제곱킬로미터, 2,050,000명. 슬로베니아인 83%, 세르비아인 2%, 크로아티아인 1.8%. 가톨릭 58%, 동방정교 2.3%. 1인당 국민소득 23,000달러. 2004년 EU 가입.

시스티나 예배당: 로마 바티칸 궁전 안의 예배당(1473).

신유고슬라비아연방: 슬로베니아, 크로아티아, 보스니아가 유고슬라비아연방을 탈퇴하여 독립을 선언하자 세르비아, 몬테네그로가 연합하여 새로 신유고슬라비아연방을 구성(1992). 후에 몬테네그로가 독립을 선언하자 자연 소멸(2006).

○

아드리아해: Adriatic Sea. 이탈리아반도와 발칸반도 사이의 좁고 긴 바다. 길이 800킬로미터, 너비 100~225킬로미터. 과거 로마제국의 내해內海. 온화한 지중해성 기후로 관광지가 많다.

아 보뜨르 상떼: À votre santé! '건강을 위하여'. 프랑스의 건배사.

아우슈비츠: 폴란드 명칭 오슈비엥침. 독일어 아우슈비츠. 독일 베를
린 남서쪽 550킬로미터, 폴란드 크라쿠프 서쪽 70킬로미터 지점
폴란드의 작은 마을. 2차대전 시 독일 나치가 만든 강제수용소에서
400만 명이 집단학살당함(1940~1945). 현장을 보존하고 홀로코스
트 뮤지엄을 세워 후세에 교훈으로 남김. 유네스코 세계문화유산.

아이젠하워: Dwight David Eisenhower(1890~1969). 미국 제34대 대통령.

아카데미아 미술관: Galleria dell'Accademia. 미켈란젤로의 「다비드」
상이 소장된 피렌체 아카데미아(1784)가 있고, 조르조네의 「폭풍」
이 소장된 베니스 아카데미아(1750)가 있다.

아프로디테: 그리스 신화의 미와 사랑의 여신. 로마 신화의 비너스에
해당.

안티고네: 그리스 신화에 나오는 테베 왕 오이디푸스의 딸. 죽음을
두려워하지 않고 도전하는 의지의 여인.

암만: Amman. 요르단의 수도. 요르단강 동쪽에서 기원전 5세기경
부터 번성한 고도. 성지 메카와 예루살렘으로 가는 순례길의 요지.

앱슬리 미술관: Apsley House / Wellington Museum. 영국 런던 중심
가 피카딜리 광장 부근 18세기 후반에 지은 앱슬리 공의 저택. 웰링
턴 공작 가문이 소유하다가 국가에 기증(1947). 웰링턴가의 유물이
보존된 박물관과 유명 화가들의 작품 200여 점이 소장된 미술관이
있다.

앵글로색슨: Anglo-Saxon. 게르만족의 일파가 5세기경 북해를 건너
잉글랜드로 이주한 인종. 현재 영국인의 조상이며 미국의 주도적
인종을 이루고 있다.

에게해: Aegean Sea. 지중해 동부 그리스와 터키 사이의 바다. 400여 개의 섬이 깔린 다도해. 고대 문명의 교류지.

에르미타주 미술관: 러시아 상트페테르부르크 소재 국립미술관 (1764). 300만 점의 컬렉션을 보유하여 세계에서 가장 크고 오래된 미술관 중 하나로 꼽힘.

에이미 와인하우스: Amy Winehouse(1983~2011). 영국 런던 출생의 싱어송라이터. R&B, 소울, 재즈를 혼합한 독특한 스타일로 인기를 끌었다. 〈Back to Black〉(2006), 〈Rehab〉(2006), 〈You know I'm no good〉(2007) 등의 히트곡. 알코올과 약물 남용으로 수차례 체포되고 연인과의 이별로 시달리며 살다가 27세에 런던 자택에서 약물 과다복용으로 사망.

엘 그레코: El Greco(그리스인이라는 뜻의 스페인어 별명. 1541~1614). 베네치아공화국 지배하의 크레타섬에서 나서 베네치아, 로마를 거쳐 스페인에 정착. 주관적이고 정신적인 세계를 파격적 수법으로 표현. 200년 후 표현주의 선구로 재평가.

오리엔트: Orient. 해가 뜨는 곳 동쪽이라는 뜻. 유럽인이 선진문명이 있는 메소포타미아와 인더스 지역을 일컫는 말.

오스만 터키: 투르크족이 아나톨리아(지금의 터키)를 중심으로 건설한 제국(1299~1922). 덧풀이 '투르크' 참조.

오스트리아·헝가리 제국: 합스부르크 왕가가 오스트리아와 헝가리를 합쳐서 단일제국을 형성한 나라(1867~1918). 1차 세계대전 패배로 해체됨.

오타비체: 스플리트 북서쪽 63킬로미터 산간마을. 메슈트로비치의 고향.

우스타샤: 크로아티아에 존재했던 민족주의자이자 파시스트가 결성한 단체(1929~1945). 2차 세계대전 시 나치 독일에 협력. 70여만 명으로 추산되는 세르비아인을 학살.

우키요에: 浮世繪. 일본 에도시대 중기부터 후기까지 유행한 판화. 서민생활을 강렬한 색채로 그려 19세기 유럽의 인상파 화가들에게 영향을 줌.

원로원: 고대 로마의 입법기관이자 실질적인 최고기관.

유고슬라비아: Yugoslavia. '남南슬라브인의 땅'이란 뜻의 슬라브어. 아드리아해에 면해 있는 발칸반도 서부 지역. 6세기경부터 슬라브인들이 남하하여 살았으나 여러 민족이 어울려 살면서 복잡한 구조를 형성하고 역사적으로 숱한 우여곡절을 겪었다.

유고슬라비아 내전: 유고슬라비아연방의 해체 · 재편 과정에서 일어난 세르비아계, 크로아티아계, 보스니아계 사이의 일련의 내부 전쟁. 크로아티아 전쟁(1991.9.~1992.7.), 보스니아 전쟁(1992.4.~ 1995.12.), 코소보 내전(1998.3.~1999.6.).

유고슬라비아연방: 1945년 2차 세계대전 종전 후 티토가 수반이 되어 세운 유고슬라비아 사회주의연방공화국이 있고(구유고연방), 그 사회주의연방공화국이 해체된 이후 1992년 세르비아와 몬테네그로가 함께 세운 유고슬라비아 연방공화국(신유고연방)이 있다. 신유고연방도 2006년 해체되어 세르비아, 몬테네그로가 분리 독립했다.

유고슬라비아왕국: 1차 세계대전에서 오스트리아 · 헝가리제국이 패배하고 물러난 발칸 지역에 슬라브인들이 결집하여 세운 왕국(1918~1941). 2차 세계대전 중에 독일에게 점령되어 페타르 왕이 영국에 망명정부를 세웠으나, 종전 후 티토의 유고슬라비아 사회주의

연방국이 들어섬으로써 왕국이 이어지지 못함.

유네스코: UNESCO. 국제연합 교육과학문화기구. 본부는 프랑스 파리에 있다.

유네스코협약: 유네스코가 주도하여 맺어진 국제협약. 문화재 불법 반출입 금지 협약(1970), 세계문화유산 및 자연유산 보호에 관한 협약(1972), 무형문화유산 보호 협약(2003), 문화다양성 보호 및 증진 협약(2005) 등이 있다.

이든: Robert Anthony Eden(1897~1977). 영국 보수당 제45대 수상(1955~1957).

이반 메슈트로비치: Ivan Meštrović(1883~1962). 크로아티아 출신 세계적 조각가. 대담한 선과 강한 힘으로 슬라브적인 웅대함을 나타내는 독자적 경지를 개척. 파시스트와 공산당을 싫어하는 자유주의자이자 민족주의자. 자주 조국을 떠나 세계 각지를 다니며 살다가 미국으로 이주하여 정착(1946). 평생 조국 크로아티아에 대한 사랑과 열정을 지니고 살았다.

이스탄불: 흑해 입구 보스포러스해협 양안에 걸친 역사적 도시. 유럽·아시아의 분기점. 고대 그리스가 식민도시 비잔티움 건설(B.C. 7세기). 로마의 콘스탄티누스가 제2의 수도로 삼고 콘스탄티노플이라 칭함(330). 로마제국 분열 후 동로마의 수도(395). 오스만 터키의 술탄 메흐메트가 점령하여 수도로 삼음(1453). 케말 파샤가 터키공화국을 건설하면서 이스탄불이 공식 명칭이 되고 수도는 내륙도시 앙카라로 옮김(1930). 터키의 심장이자 세계적 관광명소. 소피아 성당, 토프카피 궁전 등이 있는 구시가지는 유네스코 세계문화유산.

이언 피어스: Iain George Pears(1955~). 영국의 미술사가, 저널리스트, 소설가. 미술사에 관한 유명한 저서 『회화의 발견』. 미술사에 대

한 조예를 바탕으로 한 미스터리 연작소설 『라파엘로의 유혹』, 『최후의 심판』, 『베르니니 흉상』, 『티치아노 위원회』. 대표작 『평거포스트, 1663』(1997)는 24개국에서 출간.

이오니아식: 기원전 6세기경부터 그리스 아테네 지역을 중심으로 전파된 건축양식. 건물 기둥머리에 대접받침 모양의 장식이 있다.

이탈리아왕국: 프랑스 황제인 나폴레옹이 밀라노를 수도로 하여 이탈리아 북부에 세우고 스스로 왕으로 등극한 나라. 나폴레옹이 몰락하자 없어진다(1805~1814).

인터내셔널 보더: international border. 국제 국경. 구유고연방에 속했던 나라의 국민이 아닌 사람들이 사용하는 국경 통과 장소. 덧풀이 '도메스틱 보더' 참조.

일리리아: Illyria. 발칸반도 서부 지역의 고대 지명. 기원전 10세기경부터 일리리아어를 쓰는 일리리아인들이 정착.

일리리쿰: 일리리아 왕국을 복속시키고 세운 로마의 속주(B.C. 2세기). 수도는 스플리트 부근의 살로나. 오늘날 크로아티아, 보스니아, 세르비아 등이 위치함.

ㅈ

자그레브: 크로아티아의 수도. 인구 110만 명의 크로아티아 최대의 도시이자 세르비아의 베오그라드에 맞먹는 유고슬라비아 제2의 도시. 유럽의 동과 서를 연결하는 정치, 경제, 문화, 교통의 중심.

자유심증주의: 재판에서 증거채택과 사실인정, 나아가 형량의 결정을 법관의 자유로운 판단에 맡긴다는 근대법의 원칙.

작센: 5세기경 게르만족에 속하는 작센족이 중부 유럽에 왕국을 건설한 이래 여러 왕조와 가문의 부침이 있었다. 신성로마제국의 일원이었다가 비스마르크가 건설한 독일제국의 일부가 됨(1871). 현재 독일 작센주. 주도는 드레스덴.

장미전쟁: 영국 랭커스터가(붉은 장미)와 요크가(흰 장미) 사이에 벌인 왕위 쟁탈전(1455~1485). 양가의 혼인으로 튜더 왕조 성립. 붉은 장미와 흰 장미를 합친 새로운 문장은 현재도 영국 왕가 문장으로 사용 중.

장제스: 蔣介石(1887~1975). 중화민국 총통을 지낸 중국의 정치가.

제단화: 기독교 교회, 성당 건축물 안 제단의 위나 뒤에 설치하는 그림.

조르조네: Giorgio Barbarelli da Castelfranco(1477~1510). 이탈리아 르네상스 시기 베네치아의 화가. 베네치아파의 창시자로 일컬어짐. 티치아노에게 많은 영향을 줌.

죄형법정주의: "법률이 없으면 형벌도 없다." 범죄와 형벌은 미리 법률로 정해 놓아야 한다는 근대형법의 원칙. 권력의 개인에 대한 자의적 처벌을 금지하고자 하는 취지. 그 중요한 효과의 하나로, 행위 이후의 입법으로 소급해서 처벌할 수는 없다는 '소급입법의 금지' 원칙이 있다.

즈텐카 밀레티치: 베오그라드 대학 영문학도 출신 파르티잔 여전사. 티토 사령관의 영원한 연인. 유고연방국 독립 후 폐결핵으로 사망(1946). 덧풀이 '밀레티치가' 참조.

처칠: Winston Leonard Spencer Churchill(1874~1965). 2차 세계대전을 승리로 이끈 영국의 수상(1940~1945, 1951~1955). 유고슬라비아 대독일 저항군의 주도세력으로 미하일로비치를 제쳐놓고 티토를 선택. 전후 유럽의 구도를 놓고 소련의 스탈린과 비밀협상을 벌임. 노벨문학상(1953).

철의 장막: Iron Curtain. 2차 세계대전 후에 동부 유럽의 공산주의 국가들과 서부 유럽의 비공산주의 국가들의 국경을 따라 형성된 가상의 경계선. 공산국가들의 폐쇄성을 풍자하여 붙인 말.

체트니크: 2차 세계대전 중 유고슬라비아 망명정부의 전쟁장관 미하일로비치가 독일 점령군에게 대항하기 위해 조직한 군사조직(1941~1945). 티토의 공산당 파르티잔과 대립·경쟁하다가 패배하고 사라짐.

최동열: 재미화가(1951~). 20대에 도미. 뉴욕 맨해튼의 젊은 전위예술가들이 모이는 이스트 빌리지에서 활약하여 크게 주목받고 한국에도 진출. 추상성이 가미된 화려한 색채의 인물화, 정물화, 풍경화.

친퀘첸토: Cinquecento. 500이라는 뜻의 이탈리아어. 16세기 초 이탈리아 르네상스 전성기의 미술양식을 가리킨다. 레오나르도 다빈치, 라파엘로, 미켈란젤로, 티치아노, 뒤러, 홀바인 등이 활약한 시기. 앞선 15세기는 콰트로첸토Quattrocento.

카라조르제비치 가문: 세르비아의 왕가(1804~1945). 유고슬라비아왕
국을 건설. 덧풀이 '유고슬라비아왕국' 참조.

카라지치: Radovan Karadžić(1945~). 유고 내전 보스니아 전쟁 시 세
르비아계가 세운 스룹스카공화국의 대통령. 정신의학 전공 의사이
자 작가였으나 내란의 와중에 정치에 들어서서 세르비아계를 이끌
고 군을 통솔함. 세르비아 대통령 밀로셰비치보다 더욱 강경파로
일체의 협상을 거부하여 두 사람은 반목의 길로 접어듦. 전쟁 후 유
고전범재판소에 기소가 되었으나 변장을 하고 베오그라드에서 정
신과 의사로 개업을 하면서 13년간 도피하다가 끝내 체포됨(2008).
보스니아 무슬림을 대상으로 민족청소와 집단학살을 지시한 죄목
으로 징역 40년이 선고됨(2016.3.25.). 1심 판결에 불복하여 항소하
였으나 항소심에서 종신형을 선고받음(2019.3.20).

카를 5세: Carolus V. 아라곤왕국과 카스티야왕국의 왕위를 물려받
아 최초로 에스파냐제국의 왕이 된 인물(1500~1558. 재위 1516~1556).
동시에 신성로마제국의 왕도 겸하여 유럽 최강의 지위에 올랐다.
아메리카대륙에 이르기까지 해가 지지 않는 대제국을 건설.

카사블랑카: Casablanca. '하얀 집'이란 뜻. 모로코 대서양 연안
제1의 항구도시. 옛 아랍의 시가지와 프랑스 식민지 시절 도시계
획이 된 근대적 시가가 어울린 멋진 경관. 험프리 보가트, 잉그리드
버그만 주연의 영화 「카사블랑카」(1949)로 가슴에 남는 도시.

카슈테레트: 메슈트로비치 미술관 서쪽 400미터 거리에 있는 미술
관. 예배당과 정원, 바다의 경관이 멋지다.

카이사르: Gaius Julius Caesar(B.C. 100~B.C. 44). 고대 로마공화정의
가장 유명한 군인이자 정치가. 로마 법무관의 아들로 태어나 재무

관, 법무관, 집정관의 길을 차례로 걸었다. 갈리아 지역에 총독으로 부임하여 7년간의 정복사업으로 로마의 판도를 넓히고 명성을 얻었다. 원로원과 폼페이우스의 견제를 받아 무장해제 귀환령을 받았으나 이를 거부하고 일약 루비콘강을 건너 로마를 공격 점령했다(B.C. 49). 라이벌 폼페이우스를 쫓아 그리스를 거쳐 이집트까지 진군하여 그를 패배시키고 로마의 패권을 차지한다. 클레오파트라와의 사이에 아들을 낳고 종신 독재관에 오른다. 공화정을 폐하고 왕이 되려 한다는 소문이 나자 공화정 옹호파에게 원로원 회랑의 폼페이우스 동상 앞에서 암살당한다(B.C. 44.3.15.). "왔노라, 보았노라, 이겼노라.(Veni, vidi, vici.)"

카프카: Franz Kafka(1883~1924). 체코 프라하 태생의 작가. 프라하 대학에서 법률 공부. 실존주의 문학의 선구자라는 평가. 『성城』(*Das Schloss*.)은 1921년에 쓰고 사후 1926년에 유고로 발간된 소설. 주인공 K는 끝내 성에 다다르지 못한다. 한국카프카학회와 솔출판사가 1997년 카프카의 작품을 출간하기 시작한지 20년 만인 2017년, 10권 분량의 카프카전집을 완간했다.

칼 마르크스: Karl Heinrich Marx(1818~1883). 마르크스주의 창시자.

커시드럴 트레저리: Cathedral Treasury. 두브로브니크 대성당.

코린트식: 후기 그리스의 건축양식. 건물 기둥머리에 아칸서스 잎 모양의 장식이 있다.

코소보: Kosovo. 코소보공화국. 10,900제곱킬로미터, 190만 명. 인구의 90%가 이슬람 알바니아계이고 10%가 세르비아계. 유고슬라비아연방국 성립 시 코소보는 세르비아 영토 안의 자치주. 민족적 갈등이 계속되다가 알바니아계가 코소보공화국 독립을 선언하고(1990) 코소보해방군(KLA)를 결성하여 무력투쟁. 무력충돌이 격화되어 세르비아의 대대적인 소탕전(1998)으로 코소보인의 희생이

커지자 서방 NATO군이 세르비아를 78일간 폭격한 끝에 평화안 타결(1999). 코소보공화국 독립 선언(2008). 현재 한국을 포함한 108개국의 승인을 받음.

코토르: Kotor. 아드리아해 몬테네그로 코토르만灣 안쪽에 있는 아름답기로 유명한 도시. 고대 로마시대부터 해상무역의 거점. 앞은 바다, 뒤는 험준한 산, 옆은 견고한 성으로 싸인 요새도시. 성안 구시가지는 역사적 유적이 많은 유네스코 세계문화유산.

콘술: 로마 공화정 시대 행정과 군사의 대권을 가진 최고 관직. 집정관. 매년 2인을 민회에서 선출.

콘스탄티노플: 이스탄불의 로마시대 명칭.

쿠나: Kuna. 크로아티아의 통화.

쿠프린: Milka Kufrin(1921~2000). 티토 밑에서 파르티잔 여전사로 성장. 여성으로서 유고연방 정부의 고위직을 맡은 드문 예. 외교통상부 차관으로서 과감한 개방정책을 주장. 연방관광협회 회장을 거쳐 초대 관광부 장관에 임명. 통제파의 견제 속에서도 티토의 신임으로 개방파를 이끌었다.

크로아티아: Croatia. 발칸반도 중서부 아드리아해에 면함. 크로아티아공화국. 56,594제곱킬로미터, 4,500,000명. 수도 자그레브. 크로아티아인 89%, 세르비아인 4.5%. 가톨릭 87%. EU 가입(2013). 역사적 부침에 따라 세계 각국으로 진출한 크로아티아계 인구가 많다.

E

타고르: Rabindranath Tagore(1861~1941). 인도의 시인. 시집 『기탄잘리』로 아시아인 최초로 노벨문학상 수상(1913). "일찍이 아시아

의 황금시기에 빛나던 등불 코리아, 너는 동방의 밝은 빛이 되리라."(1929)

템페라화: 색채 가루인 안료를 용매에 녹여서 만든 물감인 템페라를 사용하여 그린 그림. 안료로는 주로 계란을 이용.

톈산산맥: 유라시아대륙을 동서로 구분하며 중국(위구르), 우즈베키스탄, 카자흐스탄, 키르기스스탄 4개국에 걸쳐 솟은 산맥. 실크로드를 북로와 남로로 나누는 기점. 길이 2000킬로미터, 너비 400킬로미터, 평균고도 4000미터, 최고봉 7443미터.

토비아: Tobias. 구약성경 외전 토비트서 6장 1절부터 8절까지 '토비아와 라파엘 대천사'의 이야기가 나온다. 토비아의 아버지 토비트가 눈이 멀었을 때 라파엘 대천사가 나타나 토비아에게 길을 인도하며 "물고기 간을 아버지 눈에 붙이면 치료된다"고 말한다. 토비아가 그대로 하여 아버지의 눈이 낫는다. 이를 주제로 티치아노가 그린 동명의 그림이 베니스 아카데미아 미술관에 소장되어 있음. 덧풀이 '대천사 라파엘' 참조.

투르크: 중앙아시아 지역에 분포한 민족. 일부는 서부 아시아, 동부 유럽까지 진출. 대부분 이슬람으로 개종. 그들이 세운 나라 중 종족 지도자 오스만의 이름으로 알려진 오스만 제국이 가장 큰 판도를 이루었다. 덧풀이 '오스만 터키' 참조.

툴롱 전투: 프랑스 남부 지중해 연안 항구 툴롱에서 프랑스군이 영국군을 물리치고 군사적 요지인 툴롱 항구를 탈환한 전투(1793). 나폴레옹은 소령으로 참전, 자신의 전공분야인 포병술을 발휘하여 승리에 결정적으로 기여하고 그 공적으로 소장으로 진급. 그의 최초의 승전이자 출세의 계기.

트웬티세븐 클럽: Twenty-seven Club. 27세로 죽은 대중스타들로 구

성된 클럽. 팬들이 1970년을 전후해서 클럽 멤버를 꼽기 시작했다. 록밴드 'Doors'의 리드싱어 짐 모리스, 전설적인 기타리스트 지미 핸드릭스 등 초창기 멤버로부터 시작해서 최근 21세기 들어오기까지 꾸준히 그 맥은 이어지고 있다. 'Nirvana'의 리드싱어 커트 코베인이나 배우인 조너선 브랜디스는 그 클럽 멤버가 되려고 자살까지 했다는 설이 유력하다.

트루먼: Harry S. Truman(1884~1972). 미국 제34대 대통령(1945~1953). 2차 세계대전, 한국전쟁. 파시즘과 공산주의에 대한 강경파.

티치아노: Tiziano Vecellio(1488~1576). 영어로는 Titian이라고 부름. 이탈리아 르네상스 시기 베네치아파의 대표적 화가. 피렌체파가 주도하는 고전적 양식을 벗어나 한층 인간적인 터치와 화려한 색채를 구사하여 후일 바로크 양식으로 흐르는 선구자 역할을 했다. 최고 권력자라도 그로부터 초상화를 그려 받으려면 몇 년씩 기다려야 할 정도로 당대 최고의 화가로 인기를 누리며 자유분방한 사생활을 즐겼다. 오늘날 미술품 옥션에서 최고가를 부르는 명품 다작을 남김.

티치아노 미스터리: 이언 피어스의 티치아노를 소재로 한 소설. 영어 원제목은 『*The Titian Committee*(티치아노 위원회)』. 덧풀이 '이언 피어스' 참조.

티치아노의 연인: 「Titian's Mistress」(1560 추정). Titian은 Tiziano의 영어식 명칭. 2015년 6월 앱슬리 미술관이 처음으로 선보인 티치아노의 작품 세 점 중의 하나로 「티치아노의 연인」을 공개했다.

티토: Josip Broz Tito(1892~1980). 본명은 요시프 브로즈, 티토는 당원명. 20세기 현대사의 전설적인 공산주의 지도자. 파르티잔 총사령관으로 대독일 독립운동의 선봉에 섰고, 종전 후 다민족 국가인 유고슬라비아 사회주의연방공화국을 건설하여 35년간 막강한

카리스마로 이끌었다. 동시에 소련의 간섭을 배제하고 제3세계의 리더로서 비동맹 중립외교를 폈다. 인간의 얼굴을 한 사회주의라고 표현되는 유고슬라비아연방의 독특한 정치는 와인과 파이프담배를 즐기는 그의 낭만주의적 성품에서 비롯된 것인지도 모른다. 그의 사후 유고연방이 각 민족별로 다시 분리되는 과정에서 극심한 혼란이 연출되자 그의 통합적 지도력에 대한 향수가 다시 일어나는 분위기가 있다.

틴토레토: Jacopo Comin Tintoretto(1519~1594). 베네치안 르네상스의 종결자이자 이탈리아 르네상스의 마지막 단계를 장식한 화가. 독창적이고 역동적인 빛과 구도를 구사하여 다음 시대 바로크의 무대를 열었다.

ㅍ

파도바: 이탈리아 베네토주의 도시. 로마시대부터 번성. 15~18세기 베네치아공화국의 지배를 받았다.

파르살로스: 그리스 중부 테살리아 지방의 평야지대.

파르티잔: partisan. 프랑스어 파르티parti, 당원·동지에서 나옴. 유격전을 벌이는 비정규군. 한국전쟁에서의 공산게릴라를 칭하는 빨치산이란 명칭이 여기서 유래함.

파사드: 건물의 정면 출입구.

페라스트: 몬테네그로 코토르만에 면한 마을. 두브로브니크에서 남동쪽 79킬로미터. 두 개의 섬, '성 조지St. George'와 '바위의 성모Our Lady of the Rock'가 앞바다에 있다.

페르시아: 기원전 6세기 아케메네스 왕조를 시발점으로 하여 현재

이란의 영토에 역사적으로 존재했던 여러 개의 제국을 서양인들이 20세기 들어 통칭하는 용어.

페타르: 페타르 2세Petar II(1923~1970). 유고슬라비아왕국의 마지막 왕(1934~1945 재위). 덧풀이 '유고슬라비아왕국' 참조.

페트라: 기원전 7세기경 요르단 남부 사막의 대상로에 나바테아인 이 건설한 암벽도시. 바위라는 뜻을 가진 명칭. 치솟은 암벽 사이로 난 협곡길 '시크'와 지상에서 가장 아름다운 건물로 꼽히는 바위 속 의 건물 '알 카즈네'는 스필버그의 영화 「인디아나 존스」(1989) 촬 영지로도 유명하다. 유네스코 세계문화유산.

포세이돈: Poseidon. 그리스 신화에서 삼지창을 들고 다니는 바다의 신.

포차레바츠: 세르비아 베오그라드 남쪽으로 80킬로미터 떨어진 작 은 마을. 밀로셰비치의 출생지이자 죽어서 묻힌 곳.

폼페이우스: Gnaeus Pompeius Magnus(B.C. 106~B.C. 48). 고대 로마 의 군인이자 정치가. 일찍이 탁월한 군사적 능력을 과시하여 마그 누스(위대한 자)라는 영웅의 칭호를 받고 높은 인기를 얻었다. 카이 사르, 크라수스와 함께 삼두정치를 펴면서 최고의 권력자로 군림 했으나, 갈리아 지방의 총독으로 나가 있던 카이사르가 로마를 공 격해오자 폼페이우스는 자신의 근거지인 그리스로 건너가 일전을 대비한다. 아테네 북쪽 파르살로스 평원에서 벌어진 카이사르와의 운명을 건 전투에서 패하고(B.C. 48. 8. 9.) 이집트 알렉산드리아로 피 신했으나 이집트인의 배신으로 암살당한다.

프라리 성당: 베니스에 있는 산타 마리아 글로리오사 데이 프라리 성 당. 약칭 프라리Frari. 티치아노의 「성모승천」 제단화가 유명함.

프랄랴크: Slobodan Praljak(1945~2017). 전 세계 TV 시청자 앞에서 마지막 무대의 대사를 장엄하게 외치고 홀연히 세상을 떠나간 배

우. 그는 햄릿인가 돈키호테인가? 왜 남들처럼 도피하지 않고 스스로 헤이그 법정에 출두했으며, 왜 구차한 변명 대신에 사실을 다 인정한 후 역습으로 정면대결을 벌이며 13년을 끌어갔는가? 곧 가석방이 될 것인데도 굳이 독병을 들이켜야만 했나? 의문이며 동시에 신비이다. 그래서 크로아티아 민족주의자들에게는 영웅인가?

프랑크왕국: 서유럽 최초의 그리스도교 게르만 통일국가(481~843). 샤를마뉴 대제가 최대 판도를 이룬 이후 3분되어 오늘날 프랑스, 독일, 이탈리아의 기원이 되었다. 덧풀이 '샤를마뉴' 참조.

플라바츠 말리: Plavac Mali. 크로아티아의 토착 품종 포도. 딩가츠 와인의 재료.

플라차 대로: Placa 大路. 스트라둔Stradun이라고도 함. 두브로브니크 구시가지 성벽의 서쪽 입구 필레 게이트에서 동쪽 끝부분 루자 광장을 일직선으로 잇는 돌길. 300미터.

피렌체: Firenze. 영어로는 플로렌스Florence. 이탈리아 중부 아르노강을 끼고 있는 토스카나주의 주도. 12세기에 수립된 피렌체공화국은 이탈리아 르네상스의 발상지. 거리 전체가 박물관. 세계문화유산.

피티 미술관: 이탈리아 피렌체 소재 미술관(1458). 르네상스, 바로크 회화 소장.

필레 게이트: Pile Gate. 두브로브니크 구시가지를 둘러싼 성벽을 통과하는 세 개의 입구 중에서 서쪽에 있는 가장 큰 주출입구.

ㅎ

홀로코스트: holocaust 대학살. 그리스어 '전부holo 태우다caust'에서 유래. 고유명사로는 2차 세계대전 중 나치 독일이 저지른 유대인 학

살을 가리킴.

회개하는 막달라 마리아: 티치아노가 그린 「회개하는 막달라 마리아」
는 두 점이 존재. 40대인 1533년에 그린 것은 피렌체 피티 미술관
에, 70대인 1565년에 그린 것은 상트페테르부르크 에르미타주 미
술관에 소장. 두브로브니크 도미니크 수도원에 있는 막달라 마리
아와는 분위기와 구도가 완전히 다르다.

국제기구

EEC: European Economic Community. 유럽경제공동체(1957). 후일
EC(유럽공동체)를 거쳐(1967) EU 결성(1993)의 모체가 되었다.

EU: European Union. 유럽연합(1993). 유럽 내 국가들이 단일통화를
사용하는 단일시장을 구축하여 유럽의 경제, 외교, 사회, 안보상의
이익을 공동으로 추구하기 위한 기구. 현재 28개국 가입.

NATO: North Atlantic Treaty Organization. 북대서양조약기구
(1949). 미국과 유럽 국가들 사이의 집단 안전보장 기구. 현재 29개
국 가입. 유고 내전에서 공군기를 동원한 맹렬한 공습으로 세르비
아를 굴복시키고 협상에 나서게끔 만들었다.

UN: United Nations. 국제연합(1945). 국제적인 평화와 협력을 위해
설립된 범세계적인 국제기구. 현재 193개국 가입.

작가의 말

정치를 그만두고 최후의 직업을 모색했다. 이제는 뭐든 읽을 때가 아니라 쓸 때라는 생각이 들었다. 소설가 신영이 되기로 했다. 실로 오래된 꿈이었다. 그 꿈이 필요로 하는 회상과 상상을 위해 멀리 여행을 떠났다. 그리고 먼 바닷길을 달린 끝에 숨 막히게 아름다운 낯선 해안에서 닻을 내렸다. 젊은 날 해군으로 배를 탄 이후 바다는 내가 찾아야 할 유일한 자연이었다. 나는 그곳에서 해신海神들의 숨결을 심호흡하기 시작했고, 문득 지치고 메마른 내 영혼이 맑은 물기를 머금어 반짝임을 느꼈다. 그곳은 긴 해안도로만큼이나 긴 핏빛 역사를 품고 있는 아드리아 바다였다.

백설공주의 성보다도 미녀와 야수의 성보다도 더 아름답다는 두브로브니크성이 그 바닷가에 서 있었다. 성안 골목 돌길을 걸으면서 갖가지 느낌과 생각에 잠겼다. 손으로 성벽을 쓰다듬자 돌이 사람이 되어 말을 걸어왔다. 성벽을 쌓고 성벽에 기대어 살아온 사람들의 이야기였다. 성벽을 부수고 그 부순 성벽을 다시 쌓은 이야기도 있었다. 아니, 그것은 절규였다. 그곳은 단순한 여행지가 아니었다. 그들이 남긴 영광과 좌절,

희열과 비탄의 자국을 따라가는 순례지였다. 뒤이어 찾아간 모스타르, 코토르, 페라스트, 스플리트에서도 마찬가지였다. 끊임없이 외세에 시달리고 20세기 말에 극심한 내전까지 치른 발칸의 역사는, 줄곧 주변 열강에 시달리다가 20세기 중반에 그들의 흥정에 의해 국토의 허리가 잘려 분단이 되고 나아가 같은 민족끼리 내전을 치른 우리의 역사를 방불케 한다. 그들에게도 우리에게도 자연의 축복 속에서 연출된 역사의 비극은 동병상련의 그늘을 짙게 드리운다. 그 아름답고도 아픈 산하를 답사하는 순례자로 상상의 남녀를 소설 속으로 불러들였다.

나는 발칸의 아름다운 자연과 역사 그리고 문화를 제삼자의 관점에서 가능한 한 객관적으로 서술하려고 했다. 작가의 주관적 개입을 철저히 차단하고 주인공 남녀의 행동과 대화에 대한 객관적 관찰만을 견지하는 소위 '카메라 기법'을 시도했다. 그 스토리 사이마다 아드리아해를 배경으로 전개된 역사적 사건과 인물을 소재로 삼은 열 개의 장편掌篇을 배치했다. 독자들이 아드리아 바다와 검은 산의 정취를 충분히 맛볼 수 있

342

었으면 하는 바람에서이다. 새로운 스타일을 내보였다는 데에
서 만족감까지는 아닐지라도 어떤 안도감 같은 것을 느낀다.

지상에서 가장 아름다운 곳들 중의 하나임에 틀림없는 두
브로브니크. 만약 당신이 그곳에 가게 된다면, 아드리아의 아
름다운 풍광 사이사이에 밴 발칸의 아픈 역사를 더듬어보시
기를. 그리고, 이 소설이 당신의 발길을 친절히 안내하는 다정
한 벗이 되기를.

두브로브니크에서 만난 사람

1판 1쇄 발행	2019년 1월 21일
1판 2쇄 발행	2019년 12월 24일

지은이	신 영
펴낸이	임양묵
펴낸곳	솔출판사

기획	임정림
편집	신주식 최찬미 윤정빈
디자인	오주희
경영 및 마케팅	김홍대 임수빈
재무관리	송선심

주소	서울시 마포구 와우산로29가길 80(서교동)
전화	02-332-1526
팩스	02-332-1529
홈페이지	www.solbook.co.kr
이메일	solbook@solbook.co.kr
출판등록	1990년 9월 15일 제10-420호

ISBN	979-11-6020-066-9 (03810)

· 이 도서의 국립중앙도서관 출판예정도서목록(CIP)은 서지정보유통지원시스템
  홈페이지(http://seoji.nl.go.kr)와 국가자료종합목록 구축시스템(http://kolis-net.nl.go.kr)에서
  이용하실 수 있습니다. (CIP제어번호:CIP2018035886)
· 잘못된 책은 구입한 곳에서 바꿔드립니다.
· 책값은 뒤표지에 표시되어 있습니다.